講談社文庫

人類最強の初恋

西尾維新

JN054412

講談社

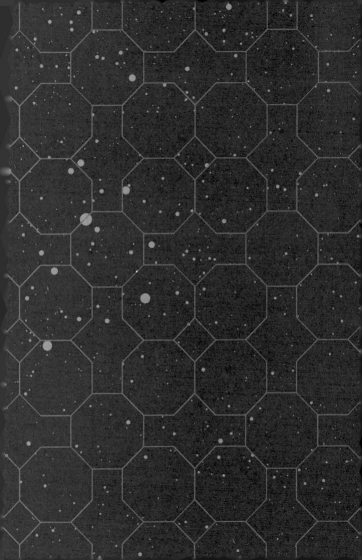

Illustration take　design Veia

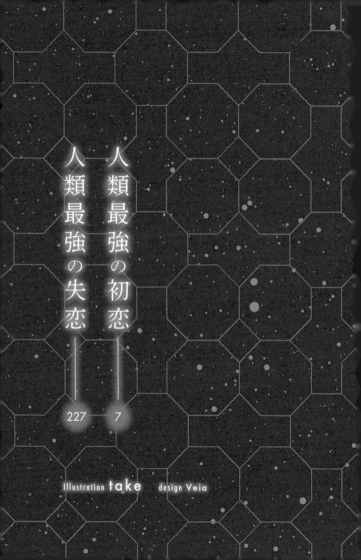

人類最強の初恋

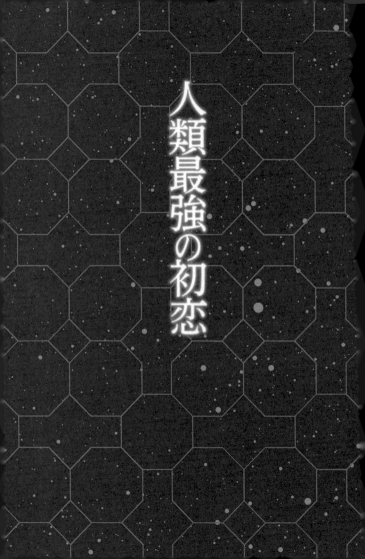

人類最強の初恋

1

最近仕事してねーな。そう気付いたときには、もう手遅れだった――このあたしにして手の打ちようがないくらい八方塞がりな現状って奴に、請負人《うけおいにん》の労働環境は陥《おちい》っていた。面倒だから厳密な記録をつけているわけじゃあねーんで、そりゃあ確かなことは言えねーけれど、どうやらあたしはここ一年ほど、新しい依頼を受注していねーらしかった――みっともねー言い訳になっちまうが、飽きっぽいあたしにしては長期にわたる仕事をいくつか同時に受注していて、その後始末にひーこら追われていたこともあったから、迂闊《うかつ》にも仕事量全体が減少しているのに気付かなかったわけだ。ばっかでー。自分的には変わらず、大好きな労働にいそいそとつつましく勤《いそ》しんでいるつもりだったのだが、その実、どうやら一昨年《おととし》の中頃くらいから、あたしに舞い込んでくる依頼は減少の一途をたどっていたみたいなのだから、我ながら間抜けな話だぜ。遅蒔《おそま》きながらそのグラフに気付いたときには、ちょっと笑っちまった。笑ってる場合じゃねーんだがな、社会人としては。しかしこういうときにちゃんと反省できるような性格だったなら、あたしはあたしをやってねえ――原因が自分にあるとはまったく思わなかった。あたし悪くないもん。請負人稼業をやって来て初めて遭遇《そうぐう》する異常事態だとは思ったが、しかし、この有様をあたしの仕事に不具合があったからだとか、あたしの評判が落ちているんだとか、そういう風にはまったく思わなかった。反省の色なし！　実際、なんとか片付けた諸々《もろもろ》の（最後の）仕事も、すべて上首尾に終わったはずだ――いやまあ、いくつか色々大変で大騒ぎな何やかんやにはなって、半分くらいのクライアントからは『哀川潤《あいかわじゅん》はもうこりごりだ』という労《ねぎら》いのお言葉をいただきはしたけれども、そんなのは些細《ささい》なことだ――いつものことだぜ。となると、いったいこれはどういうことなんだろう？　どうして急に、あたしのお仕事がなくなった？　まさか急に世界が平和になったってわけでもあるまい。

「何のことはありませんわ、お友達《ディアフレンド》。あなたが強くなり過ぎたんですわ――人類最強」

こういうときに頼りになるのが石丸小唄《いしまるこうた》だった――どうせ何か知っているだろう。と言うより、実のところ、どうせこいつがいつもの悪戯《いたずら》を仕掛けて来たんじゃねえかという強めの疑いを持って電話をかけてみると、小唄の奴は『やっと気付いたのか』と言わんばかりに、愉快そうにそう応《こた》えた。

「要するにあなたに仕事を依頼するのが『禁じ手』になったのですわ――そういう同盟が各所で結ばれました。紳士協定とでも言うのでしょうか……十全《じゅうぜん》ですわね」

紳士協定？　なんだそりゃ、ふざけてんのか。何が紳士だ。あたしをハブるとか、そんなのつまんねー臆病者がつるんだだけじゃねーか――と、思ったことをそのまま言うと、

「ええ、あなたがそう感じるのも無理はないのですけれども――善良なるわたくしとしては、ここは彼らの肩を持たざるを得ませんわ」

可哀想ですから、と、小唄は、心にもないことを言う――思ったことをそのまんま言っちまうのはあたしの悪い癖だが、心にもないことを平気で言うのは小唄の悪い癖で、まあ、そんなあたし達だからこそ、こうして長いこと、付き合っていられるのかもしれねー。

「臆病者。あなたは彼らをそう呼びますけれど、彼らは彼らで、あなたを味方につけることを卑怯者の所行だと判断したのですわ――まあ、子供の喧嘩《けんか》に大人が出て行くようなものですからね。これでも随分控え目な比喩《ひゆ》ですが」

強くなり過ぎた――というのは、どうやらそういう意味らしい。理路整然と説明さ

れればわかんなくもねー話だったが、しかしそれだけに、同時にわかりたくもねー話だな。何言ってんだ馬鹿としか思えない。

「あなたは弱い人の気持ちがわかりませんからねえ――それもまた十全。それでこそあなたですからねえ、お友達《ディアフレンド》」

小唄は笑う。嫌な奴だ。この大泥棒、最近、性格の悪さに益々《ますます》磨きがかかっている気がする――何磨いてんだお前。友達としていつかとっちめてやんねーと、と思うが、職業人として窮地にいる今やることじゃあないだろう。それはさておき、ここで小唄が言う『彼ら』には、どれくらいの人数が含まれるのだろう？　つまり、こともあろうにあたしをハブにしていじめてくれちゃってる連中は、どれくらいの規模に上るのか。少なくとも二、三の組織が協定を結んだくらいじゃあ、仕事がゼロになったりはすまい。むしろ反動として、その対抗機関からの依頼が急増する展開になりそうなものだぜ。つまり、相当数の組織があたしに（このあたしに！）牙《きば》をむいたということになり、ならばわくわくすると言わざるを得ないシークエンスにあたしの人生は突入したのではないかという期待が募《つの》る。だけどこれは、後から思えば希望的観測だった。

「全員ですわ、お友達《ディアフレンド》」

は？

「ですから、全員。十全に全員――十全員ですわ。いえ、わたくしのようなはぐれ者も世の中にはいますから、全員は言い過ぎかもしれませんわ――ただし、表裏どちらにおいても、主立った組織や機関、グループや集団、財閥も血族……そういった方々は、総じて『彼ら』の範囲に含まれると思っていただいて結構ですわ」

言うなら世界そのものが、あなたに白旗という反旗を翻したのです――と、小唄は、これはこの性悪《しょうわる》な女にしては珍しく、あたしに気を遣《つか》った言いかたをした。事実としては、あたしが世界そのものから嫌われたと言ったほうが正しかったろうに。それにしても全員とは……世界からハブにされるとは。えー？　そんなことってあるの？　いじめのスケールが大き過ぎるだろ。

「ええ。今は無き零崎一賊《ぜろざきいちぞく》だって、ここまで外されはしませんでしたわ――零崎一賊は敵に回すことを恐れられる集団でこそありましたが、こんな風に、味方に回すことまで恐れられはしませんでしたからね。いえ、恐れられるというと語弊《ごへい》がありますか……、あなたは恐れられているというより、崇《あが》められているのですから。あなたに仕事を依頼するなど恐れ多いという気持ちも、きっとどこかにあるんじゃないですかねえ――十全に」

適当なこと言ってやがる。気遣いが続かない奴だな。にしても、口振りからすると小唄はその紳士協定には参加していないようだが、しかしこいつみてーなはぐれ者は、基本的にはあたしの商売敵《がたき》なので、それが現状を打破する一助にはなりようがなさそうだ。むしろあたしが陥っているこの、事実上無職状態に一番嬉々としているのが、小唄達はぐれ者連中だぜ。こんな書き入れ時はあるまいよ。だからこそこちらからアプローチするまで、その紳士協定について教えてくれなかったってのは、絶対あるはずだからな――ったく、友達甲斐《がい》のない奴らだぜ。ここで強がりを言わせてもらえば、うん、嬉しくなっちゃうな。

「強がるまでもなく、だから最強なんですって、あなたは――言っておきますけれど、わたくし達も結構困ってはいるんですよ？　あなたというジョーカーの存在は、それなりに世界に秩序をもたらしていましたから。ただいるだけで、わたくし達のような独り身を守ってくれもしていたのです。それがいなくなるというのですから……、この一年で組織に呑み込まれていった独り者も、決して少なくありませんわ」

いなくなるとか、人を消えてなくなったみてーに言ってんじゃねえよ。と思ったが、そして言ったが、しかし扱いとしては現実的に、今、あたしはそういうことになっているんだろう――いながらにしていない、透明人間みたいなものになっているのだろう。社会的に『いない』扱いされているっつー……、なーんか、臆病とか卑怯とか、そんな言葉で表すよりも、はっきり陰湿と言ったほうがしっくり来そうでもあるが、それもここまで大規模に展開されれば、感心せざるを得ないぜ。普通にすげーって思う。よくあたしに気付かれずに、それだけの同盟を結んだものだ。こうなると、長引いていた仕事のうちのいくつかは、そのためのフェイクだった可能性もあるな──だとすれば『懲《こ》り懲《ご》りだ』と言わなかったクライアントが怪しいぜ。お前は大丈夫なのか、と、あたしは小唄を、一応心配しておいてやった。優しいぜ。

「まあ、わたくしはいつも通り、飄々《ひょうひょう》と仕事に興じていますわ。ご心配なく」

そんな返事。こいつの場合は、いつも通りであってもいつも通りでなくても、いつも通りの返事をするだろうから、まったく信用できねー。友達を信じるのが信条のあたしがそう思うのだから、よっぽどだぜ──そういうところが好きなんだけどな。こういうのは惚《ほ》れたほうの負けだ。

「それよりあなたは、ご自分の心配をなさったほうがいいと思いますわ、お友達《ディアフレンド》──と言うよりも、今後の身の振りかたを真面目《まじめ》に考えたほうがよろしいのでは？」

身の振りかた？

「わたくしの見るところ、人類最強。あなたに対して敷かれたこのフォーメーションが崩れることはありませんわ──首脳クラスで結託していますから。もちろん、あなたがその気になってサミットに特攻をかけ、問答無用で暴れまくれば、状況に変化は生じるでしょうが……」

人をなんだと思ってんだ、と突っ込みをいれると、哀川潤でしょう、と返された

——正解だ。まあ、やりかねねーっちゃやりかねねー。ただしあたしは小唄に思われてるほど直情的でもないつもりなので、確かにそれをすれば状況に変化が生じはするだろうけれど、それは悪化と呼ばれる類《たぐい》の変化であることくらいはわかる。むしろ紳士協定の首脳陣は、そうなることを望んでいる節《ふし》もあるのでは……なんて穿《うが》った見方もできそうだ。ひねくれ過ぎかな？　うーむ、いじめられて性格が悪くなりかけてるぜ——これじゃあ小唄の性悪を責められねえ。で、身の振りかたって言うのは？

「だから、そろそろ引退を考えられたら如何《いかが》ですかと、友人にご忠告申し上げているのですよ、わたくしは——失礼、引退とは言葉が悪かったですね。ご勇退と言い換えましょう」

なんて言っても同じだ。どこぞの戯言遣《ざれごとづか》いじゃあるまいし——どんな文藻《ぶんそう》豊かに飾られたところで、その行為の本質的な意味は変わらねーだろ。しかしここで意外だったのは、あたしが怒らなかったことだ——小唄にもそれは意外だっただろうが、あたしのほうが意外だった。引退。勇退。なんでもいいが、もしもそんなことを誰かから勧められたら、その場で相手をぶん殴りかねないのがあたしの性格だったはずだが、あたしは驚くほど冷静に、その言葉をリスニングできた。いやまあ、電話口の向こうにいる相手をぶん殴ることは、いくらあたしでも物理的にできねーんだけれど、それでも怒鳴りつけるくらいのことはしそうなもんだ——天下の哀川潤様も、いよいよ丸くなったのか？　それはショックな事実だ。自分で自分にがっかりする。

「いえ、ですから、それが強くなったということでしょう――あなたにとっては、長年好敵手として渡り合って来たはずのこのわたくしですら、今や問題ではないということです。悲しい話ではありますが……しかし、いつかこんな日が来ることも、あなたにはわかっていたんじゃあないですか？」

そいつは買いかぶりってもんだ。あたしにとって、この状況はまったく予想外と言うか、想像だにしないものだった。漠然と、あたしって奴は、いつまでも請負人稼業を続けるものだと思っていた。そういう意味じゃ、危機感に欠けていたとも言えるんだろうが……リスクマネジメント失敗。

「危機感を抱く必要もなくなっていたということだと、わたくしならば好意的に判断しますけれどね……、いえ、今のような状況でさえ、あなたにとっては、大して困るものではないのでしょう」

いやいや、困ってるって……マジ困ってるって。

「引退をお勧めしたのは、わたくしの見るところ、あなたが請負人という肩書きを名乗れる期間が、もう終了しかけているからですわ――自分で退《ひ》くか、それともこのまま為《な》すすべもなく退陣に追いやられるか。友人としてはあなたに、賢明な判断を期待したいところですわ――晩節を汚す哀川潤なんて、見たくもありませんから」

そんなもん、あたしが一番見たくねえ——そう思う反面、賢明な判断とやらを下す哀川潤ってのもまた、おんなじくらい見たくねーな。馬鹿やってこそのあたしだろ。となると、状況を悪化させることを承知の上で、全世界に向けて宣戦布告するってのも面白そうだ。

「面白そうだ、と言っている割に……、あんまり面白くなさそうですわね、お友達《ディアフレンド》」

その指摘は、悔しいかな、的確だった——あたしのテンションは、全然あがらなかった。やる気のやの字も出てこねー……るの字も気の字も見当たらねー。つーか、むしろ逆で、世界を敵に回すというそのアイディアを思いついたことで、テンションがダダ下がりになるくらいだった。世界の終わりを望む、あのクソ親父の先兵だったロリ時代のほうが、まだしも溌剌《はつらつ》としていたくらいだぜ。

「そりゃそうでしょうよ。さっき、子供の喧嘩に大人が乗り出すようなもの、とたとえましたけれど——子供と喧嘩してテンションがあがるような性格では、あなたはないでしょう」

子供と言うより赤ちゃんですかね、と小唄は言った。無茶苦茶言ってやがる。人をまるでゴジラみてーに。けれど小唄は、あたしの不満に構わず続ける。

「だからと言って、泣きわめいてだだをこねる赤ちゃんをあやすのに向いている性格でもありませんしね、あなたは——まあ、ですから詰《つ》みなんですよ」

詰み？　一瞬『罪』と聞き違えたが……、つまり人生という盤面で、あたしは王手をかけられたってことなのか？　負けんのは別に嫌いじゃねーけど、戦った覚えもねーのにいつの間にか敗北してたってのは、さすがに納得いかねーな。

「わからないかたですね、お友達《ディアフレンド》。詰まされたのは世界のほうですわ。あなたが思いっ切り手加減して遊んでくれてはいたのですけれど、いよいよ世界のほうの駒が尽きたんです――世界があなたに降参したんです。紳士協定とか、同盟とか、色々言いましたけれど……、格好つけずに有体《ありてい》に言うなら、あなたに対する世界の完全敗北ですわ。あなたの勝ちです」

どっちでもいいよ、そんなの。勝っても負けても楽しくねーならおんなじだろ。あーあ、つまんねーの。生きるモチベーションが直滑降だぜ。自殺しよっかな。

「自殺。それは実にいいアイディアだと思いますわ。今やあなたに敵する者はあなたくらいしかいないでしょうから――でも、そんなあなたでさえ、きっとあなたを倒し得ないでしょうね」

そう言ってもらえて光栄だが、しかし友達だったらまず止めろよ。実際、笑い話にもなんねーけどな。この哀川潤がいじめられて自殺したとか……あたし的には大爆笑だけど。でも自殺ってどうやってするんだ？　見当もつかねーぜ。何したら死ぬんだろう、あたしって。

「ま、冗談はともかく……、お友達《ディアフレンド》。四歳の頃から走り続けてきたあなたの人生も、とりあえずここで一旦停止ですわ。インターバル。金銭的に不自由しているわけでもないでしょうし、引退云々《うんぬん》は、まあじっくり考えればいいとして……あなたも一旦、立ち止まってこれまでの行いを振り返ってみるのも、いいんじゃありませんか？」

小唄は通話を、そんな風に締めくくった。こんな状況でも友達に見栄を張りたいあたしは、こうも逼迫《ひっぱく》したワークライフバランスになるとは思いもせずに最近ちょっぴり散財しちまって、現在あたしの個人資産が、ポケットに入っている千二百円しかないことを言い出せなかった。やっべーなあ。

2

でも実のところ金なんて問題じゃねーんだ。あってもなくても邪魔になるって意味じゃ、似たようなもんだしな。なので今なら無料でだって仕事を受けてやりてー自暴自棄な気分だったが、しかし依頼がないってんじゃそれもままならねえ。小唄の助言に従うつもりなんて更々《さらさら》ないにしても、しかし一旦停止は一旦停止だった。依頼がなきゃ動けないってのは、あたしの数ある弱点の中でも最大のものだぜ。このたびは見事、そこをつかれたわけだが。本当お見事。こんなときはふて寝に限る——と、あたしは現在の住処《すみか》の屋上へ登り、大の字に寝転がった。ちなみにあたしの現在の住居は、スカイツリーだった——勝手にこの名所に住んでる。今のところの最後の仕事の都合で、一時期東京にアジトを構えなきゃいけなくなったあたしだったのだが、あたしが住んだ途端、東京から都民が撤退した。総撤退した。すげードーナツ化現象だと話題になったから、説明する必要はないだろうし、あたし自身は詳しいことを知らんのだが、国から避難命令が出たらしい。あたしは戦争か何かか。今から思えば、その辺でちゃんと考えておけばあたしも紳士協定の存在に気付いたのかもしれなかったが、あたしの数ある弱点でも最大の次くらいの弱点が、ちゃんと考えないってことだ。……こんな弱点だらけの奴に世界はいったい何をビビってんだと思わなくもねーけど、ともかくあたしは、折角《せっかく》人口密度が極限まで減少した東京で暮らすんであれば一番目立つ場所ってことで、スカイツリーを根城にすることに決めたのだった。仕事も終わったしそろそろ退去してやんねーと、東京の都市機能が死んじまうんだが……、まーでも次に行った先でも似たようなことになると思うと、自然、腰も重くなっちまうぜ。無人の山にでもこもるか？　それともイリアのいる孤島にでも身を寄せるか？　それこそ引退みてーだな。とにかく今晩はここで夜を明かそうと、あたしは東京の濁った星空を見上げるのだった——定型句として『濁った星空』なんて悪口言っちまったけど、あたしの視力があれば、全然満天の星なんだけどな。

「何にしてもしばらくはおとなしくしておいたほうがいいと思いますよ。今のあなたは、何をしたって騒動になってしまいますから」

小唄からの情報だけでは信頼性に著《いちじる》しく欠けるので、あの後、あたしは一応ほうぼうの友達に確認を取ってみたが、皆、異口同音に、そんなようなアドバイスをくれた。引退を勧めるくらい無神経な奴は小唄くらいのものだったが、遠回しに隠棲《いんせい》を促《うなが》す奴はいないでもなかった――それに怒鳴る気にもならなかったあたしの反応は、もう意外でもなかった。

「潤さんが困っているのでしたら、できれば力になってあげたいんですけれど、……何もないのであれば、何もできないです」

そう言ったのは、今やすっかりえらくなっちまった京都《きようと》府警の佐々沙咲《ささささき》だった――組織に属している、つまり紳士協定の中にいるあの女にしてはやや踏み込んだ、友情溢《あふ》れる台詞《せりふ》ではあったが、しかし残酷なほどに、あたしの置かれているシチュを言い表しているとも言えた。まあそうだな。はたから見りゃあ今のあたしは、ウルトラマラソンをトップで走りきった奴が、まだ走り足りねえ距離を倍にしろといちゃもんをつけているようなもんだろうからな――それを困ってるとは、普通言うまいよ。いいから休め、自粛《じしゆく》しろってもんだ。自粛ねえ。自殺よりやりかたわかんねーな、それ。

とは言え参った。仕事がないって、じゃあ何すりゃいいんだよ。人間は何をしたら休んだことになるんだ？　こうしてスカイツリーの屋上で寝転んでいるのは、休んでいるってことになるのか？　あたし的には、寝るのも明日の仕事のためみてーなもんなんだが。これからは目的もなく寝ろって言うのか？　……仕事一筋の職人肌だと思っちゃいたが、まさか自分がここまで重度のワーカホリックだとは知らなかった。なくしてわかる幸せと言うか……、こんなことなら、もっと手を抜いて仕事するべきだったのかねえ？　神様がくれた休暇だと思って、仕事にかまけて今までできなかったことをするべきだと言ってくれた奴もいたな、そういえば……しかし神様も、どうせくれるんなら、休暇よりも仕事をくれってんだ。それでもあたしが行動も起こさず、不貞寝《ふてね》をしているのは——十年前なら迷わず何か誰かに八つ当たりをしていただろう——小唄の言う通り、いつかこんな日が来ることを、あたしも本当はどこかで予見していたからかもしれない。無意識って奴で——人類最強の行き着く先は人類からの逸脱《いつだつ》。ふざけた話だが、別に誰も、ふざけてるわけじゃあないんだろう。大真面目なんだろう。結構あたし的に衝撃だったのは、小唄のようなタイプの——つまり、『強大さ』とか『巨大さ』とか、そういうスケールめいたあれこれをまったく問題視しない、むしろせせら笑うタイプの奴らまで、今回のことを『仕方がない』と受け入れちゃっている点だった。なんて言うかもう、そういうレベルでさえないと思われちゃったわけだ……修行の甲斐もあったってもんだぜ。基本、誉められ、認められてるってことなんだろうから、謙遜《けんそん》の一つでも申し上げたいところだが、だけど双六《すごろく》でもあるまいし、人類をあがっちまった奴は、その後どうすべきなんだ？　世俗を離れ、偉そうに構えて、みんなが楽しげに遊んでるのを見守ってればいいのか？　そんな拷問《ごうもん》があるかよ、あたしくらいの俗物はいねーんだぜ。何の罰だ。仕事にかまけて今までできなかったことをやればいい……と言われても、咄嗟《とっさ》には何も思いつかねー。やってないことってのはあたしにとって、大抵、やりたくないことだからなあ。命乞《ご》いとかかな？

「恋、とかじゃないです？」

そう言ったのは誰だっけ。あんまりにも馬鹿馬鹿しかったから、そんなたわごとをそう言ったのが誰だったかは忘れちまったけれど——がんばって思い出してみれば、そう、あたしは確か、こう言い返したんだっけ？　あたしくらい人間が大好きな奴を捕まえてお前何言ってんだ、あたしを女子中学生かなんかと勘違いしてんのか、愛するぞボケ、とかなんとか——そう言えば、ちょっと言葉遣いが荒れてたな。ひょっとするとイラついたのかもしれねえ。

「いやいや、潤さんは確かに人間が大好きで、愛しているのかもしれないですけれど……、まさかあなたを女子中学生のようにウブだとは思いませんけれど、でも、仕事一筋でここまで来たあなたが、あまりいい恋をしているとは思えないんですけれど」

それを聞いてあたしは、…………、と、得《え》も言われぬ気分になった。言葉に詰まった？　反論できなかった？　いや、やっぱり単純に馬鹿馬鹿しくなっちまっただけだ。妙齢の女性に対して恋愛経験がないとか、本当、失礼な奴だったぜ。本当、誰だったんだ？

「恋愛ではなく、だから恋ですよ」

と、無理矢理思い出した記憶の中での誰かさんはしつこかった——だがまあ、そこまでくどく言われると、言わんとするところもわかんなくもなかった。真面目な話、あたしには少女時代みたいなもんが、ほとんどなかったからな——物心ついた頃から三人の父親の労働力として使役されていた。言っちまえばその頃から請負人をやってたようなもんだ——小唄が言ったみたいに、四歳の頃から云々というのは大袈裟《おおげさ》にしても、子供時代を経由せずに今に至っちまった感はある。それとも、子供のまんま大人になっちまった感——か。年下の連中が大人になっていくのを見送ることも、最近じゃあしばしばだ。いつまでも童心を失わないどころの話じゃなくって、童心しか持ってねえってか。そう考えるとくっだらねえ。こんな子供みてーな奴相手に恐れをなして、名だたる皆さんが徒党を組み、シカトを決めようってんだから。組織に属していようが一匹狼《いっぴきおおかみ》だろうが、折角あたしが孤立してるってんだから、これを好機とばかりに無人の東京都に乗り込んでくるくらいの度胸のある奴はいねえもんかね？　今なら特別に手加減してやってもいい気分なんだが。そんな気分の悪い協定の内容なんて詳しく聞いちゃいねえけれども、推察するにあたしに仕事を依頼するのが反則ってだけで、別にあたしへの挑戦が禁止されているわけじゃあないんだろう？　仕返しとか復讐とか……、別にそーゆー因縁がなくても、これを機に名を上げたいとか、挑戦する動機はいくらでもあるだろうに——と思ったところで、そんなあれこれがない理由に察しがついた。もちろんあたしと勝負して、戦って勝つ自信がねーとか、そういう根本的な要因もあるだろうが、それ以前に、この状況であたしを倒すこと、この状況であたしに勝つことは、プロのプレイヤーなら絶対に避けたいことなんだ。だって、今のあたしに勝つってことは、あたしと立場が入れ替わるってことだもんな。仕事が、そして世界との関わりが一切消失するというのは、誰だってキツいだろ。なーんかそう思うと、いじめられっ子を庇《かば》ったら自分もいじめられるかもしれないから、今のところは現状を静観しているみてーな奴らも結構いるんだろうな。そういう奴らをうまく利用すれば、現状の打破に繋《つな》がるかも……と、計略を立てかけて、あたしはやめた。このまま考え続けたら、そのうち何か良策を思いついたかもしれなかったが、ここがあたしのいい加減なところで、あまりにアホらしくってどうでもよくなっちまったのだ。なんでそんな弱気な世界と絡むために、あたしのほうから能動的に動いてやらなきゃなんねーんだという気分になっちまった。短気だね、我ながら。しかしそんな短気な奴が、ここまでは一応、曲がりなりにも事態の解決を目論《もくろ》んでいたことが、既にひとつの奇跡みてーなもんなんだが……ただ、その反動なのか、あたしはこのとき、初めて『引退』という言葉にちゃんと向き合った。極端から極端って感じでもあるが……、確かにここらが退き際なのかねえ、と。あたしにとってあたしは当たり前にあたしだから、あんまりしっかり考えたことはねーんだけれど、今の哀川潤が全盛期だっつーのはわかる。全盛期のときに引退するってのは少年漫画の最終回っぽくて、それなりにかっちょよくはある……、だとすれば、友達を集めて盛大な引退式を開くのも悪くないだろう。しかし一方で、今日のあたしよりも明日のあたしのほうが、より全盛期だってことも、あたしにはわかっちゃうわけだ。最終回なんてのは、人類最終の真心《まごころ》にでも任せておけばいいわけで、あたしはあたしを、ずっと未完の大作だと思ってる。それが最強だってことだとも……、だったらここで引退を表明するというのは、やっぱり中途半端だよなあ。途中でやめた感がある——結局、堂々巡りか。こうやって一人でうじうじ悩んでるのが関の山なのかねえ。ま、今日のところはこのまま寝ちまうのがベストだろ。明日の朝になったら、案外全部解決しちまってるかもしれねえ——なんて、ポジティヴというよりは投げやりに考えながら、あたしは目を閉じた。それはたぶん、

「潤。お前は誰よりも強くなるかもしれない——いつか本当に、紛れもなく人類最強に到達するかもしれない。でも、だからといって心配することはない——お前の人生は、それでも退屈とは無縁だ。まかり間違って、お前が生きることに飽きるようなことがあっても——そのときはお前を退屈させまいと、運命の采配がなされるだろう」

とかいう、いつだったか誰だったかが言った言葉が根拠になっていたのかもしれない——そいつはだからこそ、あたしが退屈になったり、暇になったりすることを危惧《きぐ》していたんじゃなかったっけか？　つまり、その事態の到来は、イコールでまだ誰も見たこともないようなトラブルの到来を意味することになるのだから——

「————————————————————！」

と、そのとき、つまりあたしが目を閉じて、一瞬で寝入りかけた——身体機能の大半をオフにしかけたそのとき、轟音《ごうおん》が聞こえた。いや、轟音ではなく、爆音と言ったほうが正確かもしれない。鼓膜をつんざくような音だった。そう、最初に聞こえたのは音だった——だけどこれは、本当はおかしい。たとえば花火や、雷だ——音よりも光のほうが速く伝わる以上、最初に届いたのが音だというのは、物理法則に反する。あたしはその辺、真面目に勉強したことがあるわけじゃねーんだが、音より光のほうが速い、これは常識レベルの話だろう——もっとも、そんなことを考えられたのは、後々の話だ。リアルタイムにおいては、ただただあたしは、その響きわたるような爆音に、全身を真上から押さえつけられている感覚に、わけがわからないまま耐えていた。音っつーのは要は波であり、なので風にも似ていて、あたしをスカイツリーに大の字のまま張り付けた。びりびり来る。来続ける。大袈裟に言えば、スカイツリーごと押しつぶされて、平たくなっちまいそうだった——ああ、だから大袈裟に言えばだよ、この表現は。この後あたしは本当にスカイツリーごと押しつぶされることになるのだが、それは音によってではなかったんだ。

「————————————————————————————！」

大音量の圧力。真上からの指向性に、もちろんあたしは、戦いの始まりを連想した。さっき考えたように、今の機会を、あたしの孤立を、あたしを獲《と》るチャンスだと見た向こう見ずが、仕掛けてきたのだと思った。結果あたしと立場が入れ替わっちまうというリスクにも目をつぶってアタックしてきた、気概のある感心な奴がいたんだと。やっほー！　なんだろう、誰だろう、いつぞやの音使いだろうか？　いや、あいつはもういない……まあ誰でもいいぜ、戦ってくれるっつーなら。そんな風に、ある種シンプルに構えかけたあたしだったが、これは大間違いだった。残念なことに、かつてそれこそあの音使いがそうしたように、今のあたしにアタックしてくる奴はいなかったし——この爆音は、攻撃じゃあなかった。だからと言って警告音でもなかったのだろうが、しかし結果としてその役割を果たしたことは確かだった。なんであれ、あたしが『攻撃に備えて構えた』っつー、意識の切り替えを終えられたのは大きい——さすがに完全に寝入っている状態だったら、あたしの防御力も何割か低下していただろう。だからこの爆音は、目覚まし時計として優れていた。だがまあ、目覚まし時計と言うより、あたしとしてはやっぱり警告音と言いたいところだ。次なるフェイズに移行するにあたってのアラート。実際、爆音が鳴り響いた時間は、あたしの体感的には結構なロングスパンだったが、しかし秒数で表せば大したことはなかったかもしれない。後からそんな話を聞かないじゃなかった。ともかく、音の次は光だった。さっき言った通りだ——光よりも音のほうが、先行してきていたわけだが、しかし、追いついてしまえば、音よりも光のほうが強力だった。強烈な光だった。それも真上から——だが、その強烈な光があまりに強烈過ぎて、何が光っているのかわからなかった。至近距離でメタハラ浴びせられてる気分、と言ったんじゃ、味気なさ過ぎるくらいの眩《まぶ》しさ。夜空にいきなり太陽が出現したようなもんだ——のちに、この比喩は実のところ、思いの外《ほか》真実に近かったことをあたしは知るわけだが、今はまだ、ただただ強い光に、反射的に目を閉じるだけだった。光が音を吹っ飛ばしたかのように、いつの間にかあの爆音が消えていた。その恩恵に浴したというには、目を閉じようが関係なく、失明しかねないまでの光量だった。くそう。だからと言って、ここで目を閉じちまうなんて、あたしも情けない。反射神経くらい根性で抑え切れってんだ。だが、音響閃光手榴弾《しゅりゅうだん》なんてものの数じゃねえくらいの音と光に、あたしはガチで固まっちまった――固定されちまったのは確かだった。そして固定されちまったあたしは、いい的《まと》だった。的？　まあ的か。とにかく、音と光に続く第三フェイズ――つまりは音と光の発信源の、爆音と閃光を放っていた『物体』の直撃を、遥か上空から落下してきたと思しき『物体』の直撃を、もろに土手っ腹で食らうことになったんだ。ぐふっ、と。あたしは実に久し振りに、自分のうめき声って奴を聞いた。あたしが覚えているのは、つーか、認識できたのは、そこまでだ。何が起こったのか、音と光の正体は何だったのか、『物体』は、真上から腹に食らった『物体』は何なのか、そして何より、これからいったいどうなっちまうのか、どれひとつわからないままに――つまり、結構わくわくしながら、あたし、ほぼ無職状態となった人類最強の請負人、哀川潤は意識を失ったのだった。ぐふっ。

3

思えば、あたしが自身の、事実上の失職に気付いたその日の夜にはもう事態が――

異常事態が動き出したってわけで、いくら運命があたしを退屈させまいと計らうと言っても、こりゃあいくらなんでも性急ってものだった。よきに計らい過ぎだぜ。贅沢《ぜいたく》を言わせてもらえるなら、一日二日の猶予《ゆうよ》期間は開けてもらっても、こちらとしては一向に構わなかったんだが……、まあ結局、あたしに休暇は似合わないってだけのことなのかもしれない。働いてこそあたし。ともかく、あたしが気絶している時間を利用して、あたしの知らないところでどんな話が進んでいたかを説明しよう──つっても、あとから聞いた話を継《つ》ぎ接《は》ぎしただけの張りぼてだから、事実とはちいっとズレているかもしんねーけど、まあ、あたしはそういう風に、事態をいい加減に理解したってわけだ。

「奇跡としか言いようがありませんね──これだけのスケールの自然災害が起こったというのに、人的被害が皆無《かいむ》というのは。死者も怪我人も零人だというのは」

そんなことを言いながら、慎重に『クレーター』に一歩踏み入れた男がいる。男の名は若紫和歌《わかむらさきわか》と言った──説明するまでもなく、匂宮《におうのみや》雑技団が分家のひとつ、若紫家に属する『殺し屋』だ。ただしここには、『殺し屋』として来たわけではない──急遽《きゅうきょ》結成された調査団に属する一人として、つまり、昨夜、東京を襲った謎の現象を調べるために、彼はやってきたのだった。

「人的被害が皆無というのは正しくないわね。確かに昨夜、東京はほとんど無人だったけれど……、彼女がいた。哀川潤が」

和歌の独り言に、そんな風に注釈を加えつつ、その後ろを追って『クレーター』内に這入《はい》った女の名は、長瀞《ながとろ》とろみと言う。名前に反してシャープな印象を放つ、スーツ姿の女だった——同じように出自《しゅつじ》を述べると、彼女は普段、檻神《おりがみ》財閥の中枢《ちゅうすう》近くで勤務している。彼女ももちろん、送り込まれた調査団の一人である。

「わかっていますよ。別に忘れていたわけではありません」

「何。じゃあ、哀川潤はもう、人間には数えられないってわけ？　最強過ぎて、たとえ死んでも、それは人的被害には数えられないってわけ？」

やけに突っかかるような物言いでとろみが言うと、それをうるさそうに和歌は、

「そういう意味ではありません」と否定した。

「だって、死にますかね。あの人類最強が、たかが隕石《いんせき》の直撃くらいで。東京一帯を更地に均《なら》してしまう恐るべき破壊力を持った隕石——程度で」

「…………」

反論はせず、それでもとろみは口を尖《とが》らして、不服そうに彼の後に続く。そんな二人の後に続くのが、肆屍然刃《しかばねしかば》という名の老人だった——玖渚《くなぎさ》機関の四の名、『葬局《ほうむきょく》』とも呼ばれる肆屍に属する古参で、本来、こんな実地の調査に参加するような立場の人物ではない。事実、和歌もとろみも含め、調査団の人間は全員、彼には一定の敬意

を払っているようだった。なにぶん急造の調査団のこと、リーダーはあえて立てなかったのだが、それでも彼――然刃がこの集団の中心的人物であることは間違いなかった。

「ここから先はこの三人でよい、じゃ」

と、然刃は後続の調査員を制した――残る十数人は、それで当たり前のように足を止めた。かくしてクレーターの中心部には、若紫和歌、長瀞とろみ、肆屍然刃の三人だけが向かうことになった。

「翁《おきな》はどう思います？」

と、『クレーター』内をだいぶん歩いたところで、和歌が老人に訊《き》いた。

「おそらくは隕石の直撃を食らったであろう哀川潤は、存命だと思いますか？」

「どうでもよい――じゃ」

即答だった。

「存命だろうと……、あるいは、重体だろうと、どうでもよい、じゃ。忘れるでないぞ、二人とも。興味をひかれるのはわかるが、しかし私達は別に、哀川潤の生死の確認に来たというわけではないのだから――目的は別にある」

「そりゃ、わかってますよ」

自分が質問したわけでもないのに一緒くたに『二人とも』とくくられたことがさす

がに不満だったのか、とろみが然刃に反論する。

「私達の仕事は、あくまでも隕石の調査ですよね——まあ、本当に隕石かどうかなんてわからないですけれど。私は最初は、孤立した哀川潤をここぞとばかりに始末せんと、誰かが核ミサイルでも撃ち込んだんだとばかり思いましたよ」

「奇遇ですね、私も似たようなことを考えました。ただまあ……、さすがは人類最強と言うべきでしょうか。東京が無人だったのは、あのかたがそこに住居を構えていたからなんでしょう？　本人にその気がなくとも、結果として一千万人以上の人口を、彼女は助けたということになる……事前に避難させていたということになる。滅茶苦茶ですね」

『殺し屋』の彼は、別に一千万人以上の人口が隕石の直撃で死んでいたとしても構わなかったと言わんばかりの、気楽そうな口調で言った。そんな彼にとろみは、嫌悪感を隠そうともしない目を向けるが、それを言葉にもせず、

「東京が消滅するほどの隕石って、どれくらいの大きさなのかしら」

と問いを投げ掛ける。『クレーター』内をだいぶん進んでも、辺り一帯に何もない窪地のこと、風景に変化はなく、気にくわない相手であっても喋《しゃべ》ってでもいないと、間が持たないのだろう。

「さあ——なにぶん、ただの隕石じゃあありませんからね。だからこそ、私達が派遣

されたという運びのはずです。そうでなきゃ、まずは表の世界の学者が大挙して押し寄せていますよ」

そう。彼らは決して隕石の専門家というわけではない――『クレーター』の外に置いてきた調査団の中にはそれを専門とする者ももちろん同行していたが、先遣部隊の三名は、少なくとも天文学や地学の専門家ではない。だが、まずは彼らが『クレーター』中央に向かわねばならない理由がふたつ、あったのだ。ひとつはもちろん、哀川潤の存在だ――隕石落下時、唯一該当地点にいた人間が彼女だということは、ただでさえデリケートな事態を、重ねて非常にややこしくしている。

「実のところ相当の長期間に亘《わた》って調整していた協定が、ようやく成立し、世界に平和が訪れたと思った途端にこれですから……、少しは大人しくできないんですかねえ、あのかたは」

とは、この任務を与えられたときの和歌の感想だった――勝手な言い分ではあったが、しかしその事実を知ったときの、それは人間に概《おおむ》ね共通する素直な感想でもあっただろう。特に調査団内で、いざというときの戦闘担当という任務を課されている（厳密に言えば、『我々は有事の事態に備えて戦闘員をきちんと配置した』という体面を保つという任務を課されている）和歌は、その気持ちが他の者よりも強いというだけだった。だが、実のところ、それは理由のひとつではあったものの、ふたつある理由のふたつ目でしかなかった――あくまでも重なった側の理由だった。哀川潤さえも二の次に据《す》える理由が、その下にはあるのだった。断っておくが、それはもちろん、東京全土を更地へと変え、その中心部に大穴を空けた隕石落下それ自体ではない。人的被害が出ていたならば、無論騒ぎはこんなものではなかっただろう――どんな組織がいくら連合を組んだところで、落下地点の封鎖などできなかっただろう。

「哀川潤に対する包囲網が、そのまま今回の件の調査探索の同盟になってしまったのは、皮肉なものよね――」

これは長瀞とろみの言。

「――まるで天の配剤のようだけれど」

しかし天の配剤という言葉のほうが、正体不明の隕石に対して遣うにはよっぽど皮肉だっただろう。否、とろみも言った通り、昨夜空から『落ちてきた』らしい物体が、本当に隕石だったかどうかも、彼らにはまだわからないのだ。謎の発光体、謎の音響物質としかわかっていない――当たり前だ、だからこそ調査団が組織されたのだから。もっとも、これは現代――現代社会の事件である。こうして直《じか》に足を踏み入れる前に、当然、衛星写真の百枚くらいは撮影されている――東京都の中心部に大きく空いた穴、『クレーター』の映像分析はなされている。それに世界中の天文台が、昨夜の現象を観測している。その結果得られた情報が――情報不足こそが、彼らをこの地に派遣させたのだ。つまり、それが第一の理由だった。

「さあ、もう到着しますよ。そろそろ『クレーター』の中心部です――『クレーター』の底です。いうなら東京スカイツリー跡、ですか」

感慨もなさそうに言う和歌。まあ、元より裏世界に生きる彼は、観光名所にはさほどの興味がないのだろう――仮にあったとしても、建築基礎ごとひっくり返されているこの現場に来て、何かを思えというのは無茶な話だろうが。

「何もありませんね」

隕石落下によって生じた直径二十キロ以上、深さ三キロ以上に及ぶ『クレーター』の中心部には、とろみが言った通り、何もなかった――衛星写真の通りである。ただの更地で、巨大なすり鉢の底みたいな風景だ――別の意味での『絶景』である。隕石落下の衝撃で、すべてが消し飛んでいる――隕石自体も？　当然、そう考えるべきだろう。地球に落下する隕石の大半は、大気圏突入の摩擦熱で消滅すると言うが……。

「しかし、そう判断したいのは山々ですけれど……、何せ哀川潤が現場にいたというのであれば、そんな予定調和が起こるとは思えませんね」

「哀川潤に幻想を抱き過ぎじゃあないの？　隕石は恐竜だって絶滅させたのよ。いかに人類最強でも、その直撃を受けたらひとたまりもないでしょ。ま、それはそれで彼女らしいとも言えるんじゃない？　死体を残さず、消滅するなんて……」

和歌を非難するようなことを言いつつ、とろみはとろみで、人類最強に対する幻想にとらわれたことを言った――そんな若い二人を一歩退いて見ていた肆屍然刃が、別に見かねたというわけではないだろうが、

「和歌。掘り起こせ、じゃ」

と、沈黙を破った。言われたほうも、当然ながらプロのプレイヤーだ、聞き返したり、いちいち意味を勘案したりはしない。片足をすっと浮かせて、そして『だんっ』と勢いよく踏みしめた――と同時に、周辺の土が『ひっくり返る』。さながら、その地下に地雷でも埋められていたかのように――『クレーター』の中心部が掘り起こされた。その奇妙な現象に、命令した然刃はもちろん、同行しているとろみも驚いた風もない。若紫和歌――『土使い』である彼は、その能力『穴掘り』を買われてここにいるのだから当たり前だ。ただ、その現象には驚かなくとも、巨大な穴の底に、更に掘られたもう一つの穴から出現したものには、とろみは目を見張った。

「腕……？」

腕だった。地面の中から人間の腕が生えている――否、『穴掘り』の結果、地面の下に埋まっていた腕が露出したというのが正確なところだろう。むき出しの腕、見たところ女性の腕――それを受けて、掘り起こした張本人である和歌が、一番嫌そうな顔をする。ただ、発見して――発掘してしまった以上、このままというわけにもいか

ない。和歌は再度、地面を踏みつけるようにした。すると腕の周囲から、更に土が散る。埋まっていたのは千切《ちぎ》れた腕だった——という線ももちろんあったろうが、そんなこともなく、更にその下に埋まっていた胴体も現れる。胴体、脚、そして頭部。逆側の腕のみが、まだ更なる深みに埋まったたままだった。若紫和歌、長瀞とろみ、肆屍然刃。それぞれ属す業界は違えども、裏の世界に生きる者には違いなく——ならば、掘り起こされたその人物の顔を知らないはずもなかった。

「哀川潤……ですね」

噂ほど赤く見えないのは、あちこちぼろぼろで、全身土に汚れているせいだろう。しかしそれで見誤るはずもなかった——何せ、自分達がその強度ゆえに、プライドを捨てて『仲間外れ』にした相手なのだから。どうやら意識をなくしているようだが……しかし、顔色から判断すれば、生きていることは確かだった。血色はいい——赤い。

「当たり前みたいに生き残ってましたね、やはり——よりにもよって爆心地で。生き残りと言うか、生き埋めと言うか。私達が来なければ、さすがにいつかは窒息していたでしょうが。……今なら倒せますかね。哀川潤を」

冗談めかして和歌が言ったが、しかし自分で思ったほどはウィットには富んでなかったし、また、とろみも然刃も、にこりともしなかった。ここで哀川潤に彼らが手を出さなかった理由は、もしもここで哀川潤を倒したら、彼らが、正確には彼らの属するそれぞれの組織が実行した、その卑劣で恥ずべき作戦が、自分に降りかかってくるかもしれないという事情によるもの——ではなかったし、自分達は眠っている哀川潤にさえ勝てないかもしれないという怯《おび》えでもなかった。

「この大災害の唯一の生き残り——唯一の体験者。ここで殺すわけにはいかん、じゃ。調査団としては」

然刃は無感情に言った。

「連れて帰って治療するしかあるまい、じゃ——待たせてある連中を呼び寄せよう。どうやら危険はなさそうだ」

「哀川潤が生存している以上の危険がありますかね？」

そんな軽口を叩いたものの、然刃の決定に逆らうようなことはせず、和歌は彼女に近づいていく——ここからは例の『足踏み』ではなく、丁寧《ていねい》に手で掘り起こすつもりらしい。とろみは衛星電話を取り出して、調査団本隊へと連絡する。そして今後の手順——ドクターヘリや医者や病院の手配など——を、本隊の調査員と手際よくてきぱきと話し合う。年齢からくる体力的な問題なのか、手の空いている然刃は哀川潤の発掘作業を手伝おうとはしないが、彼女がここで突然目を覚ましても対応できるように、密《ひそ》かに身構えていた——心配しなくとも、このとき哀川潤は狸《たぬき》寝入りをしているわけもなく、完全に意識を喪失していた。だから和歌の冗談に乗っかるならば、この日、このときならば確かに、彼ら三人がかりだったら、あるいはこの人類最強の請負人を倒しえたかもしれない。事情があったとは言え、そうしなかったことを、後日彼らはとても後悔することになる——なんちゃってな。

4

というわけで、あたしはこともあろうに、あたしを封鎖してやがった連中に救助されたわけだ——外傷こそ少なかったものの、結構ガチで瀕死の重傷だったらしいので、実際、奴らが来てくれてなかったら、しゃんしゃんとめでたく命を落としていたかもしれねー。感謝の気持ちを忘れちゃいけないな。しかしどうしてあたしは敵に命を助けられることが多いんだ？　いやまあ、今回の場合は、協定結んでる連中はあたしの敵ってわけじゃあなかったわけだし、連中にしたって助けたくてあたしを助けたわけじゃあねーんだが——あたしが目を覚ましたのは、天空からの落下物を胴体で受け止めた、その一週間後のことだった。なんとたっぷり七日間、生死の境をさまよったってことらしい——いや、もしも病室にかけてあったカレンダーの日付が正しかったらって話だが。見知らぬ病室で、しかも窓もねーよーな病室で目覚めて、入ってくる情報を鵜呑《うの》みにするほどに整備された人生を歩んで来ちゃいねえ。

きた。

「おはようございます、哀川さん」

目覚めると同時に、ベッドの脇のパイプ椅子《いす》に座っていた女が、そんな風に言って
「私は長瀞とろみと言います。とろみとお呼びください」

その自己紹介を受けて、あたしは考える——名字《みようじ》で呼ぶな、名字で呼ぶのは敵だけだ、っつー例の決め台詞を言おうかと思ったのだが、しかし『とろみ』はともかく、『長瀞』には聞き覚えがあった。いや、確かとは言えない知識だが、四神一鏡《ししんいつきよう》のどっかの家に、そんな名前のできる奴が仕《つか》えてるって話は、メイドから聞いたことがあった——ならばこいつはあたしを『外した』組織の関係者ってことであって、敵ではないにしても、やっぱり味方とは言いづらい。でもまあ、蛾眉《がび》とでも言やーいいのか、すらっと格好いい感じの美人ちゃんなので、あたしは好感を持った。美人は好きだぜ。あたしはとろみに訊いた——今はいつで、ここはどこで、何があった？

「端的な質問ですね」

とろみは微笑《ほほえ》んで——業務的な微笑だった——、あたしからの質問の、最初のひとつにだけ応えた。つまり今日の日付だけだ。ここがどこで、何があったかは教えてくれなかった。ただ、ここがどこなのかはあえて伏せたのだろうが、何があったのかを聞きたかったのは、どうもあちら側のほうだったようだ。それくらいのことは、表情

や仕草、声の調子を（真面目に）読めばわかる――最近はあんまりやってなかったけれど、読心術は得意なんだ。何にしても、こいつ（ら？）があたしを助けてくれたのは確かなようだから、人として、膝《ひざ》をただしてお礼は言っておかねばならないだろう。あたしは言った。サンキュー。

「軽いですね……本当に死にかけてたんですよ、あなた。そこからたったの一週間でほぼ全快したというのが、驚きなんですけれど」

そんなこと言われても、死にかけるってのも、あたしにとっちゃー日常茶飯事みてーなもんだからなあ。でも、さすがに一週間意識不明ってのは、近頃はなかったか？少なくとも入院するほどの怪我をしたのは久し振りだ。あたしは今更ながら、ベッドの上の我が身を確認する。包帯やらガーゼやらの面積のほうが患者衣よりも多めのようでもあったが、どうやら五体満足のようだ。くくく。なんだよ、あたしが気絶してる間に、腕の筋でも切断するくらいのこと、しときゃいーのに。

「そんなことをする……、あるいは薬物治療やらで、あなたを弱体化させようという案も、もちろん上層部からは出たんですけれどね。あなたと実際に接したことのある現場の人間が、総反対でした。私は、あなたとお会いするのはこれが初めてですけれど――噂《うわさ》をうかがう限りでは、手出し無用派に与《くみ》しますね。あなたをピンチに追い込んで元気づけるような愚策になんて、とても賛成できません」

無茶苦茶言ってんなあ、と思いながら見てみると、とろみは自《みず》らの両手に手錠を、両足に足枷《あしかせ》をつけていた。なんだ、奇抜なファッションか？　己《おのれ》の力を抑えつけるための拘束か？　いや、こいつはどう見ても戦闘タイプじゃねえし。つまり、この病室内に、とろみ以外にそれらしい奴がいないことも含めて、『あたしをピンチに追い込まない』の一環らしい。徹底して、あたしをステージに上げるつもりがないという意思表示——紳士協定。なるほど、脱帽もののいいアイディアだ。今がどういう状況なのかは知らねーけれど、手足を封じられている女一人を相手に攻撃的に出ようって気には、あたしはなれねーよな。あたしをベッドに縛りつけたりしてくれてたら、鎖を引きちぎるくらいの曲芸は見せてやったってのに。

「哀川さん。あなたに対する最大の防御、そして最大の攻撃は——あなたに『つまらない』と感じさせることだというのが、我々の見解でして。人類最強に対して最低限の敬意は払わしていただきますが、ここから先、楽しい思いはひとつもできないと覚悟してください」

嫌な宣言だな。だからと言って、その嫌さに対して打つ手がないのも確かだった。たとえとろみの手足の拘束をあたしが引きちぎったところで、とろみに戦う意志がねーんじゃおんなじだし。まあいいさ。今のところはそのやりかたに付き合ってやろう。助けてもらった恩もあるしな。ただ、そうなるとどうしてこいつらがあたしを助けたのかって疑問が頭をもたげて来る。あたしをそこまでの脅威だと評価してくれてんなら（過大評価だと謙遜はすまい）、ほっときゃ死んだってのに。請負人としてのあたしを干すみてーなこすい真似をしておいて、今更人道に目覚めたってわけでもないだろう――だからいったい、何があったんだ？　寝起きでおぼろげなあたしの記憶を探る限り、確かあたしは東京スカイツリーの屋上で、音と光の爆弾みてーな何かが空から落ちてきて――リアルタイムじゃさすがに何がなんだかわからなかったけれど、思い出してみるに、隕石の直撃でも食らったたって感じか？

「ええ、まあ」

と、曖昧《あいまい》な返事をとろみはした。ん、推理としてあまりに突飛だったかな？　それよりも、あたしを狙ったミサイルとか、軍事衛星の墜落とか、そういう線で考えたほうが現実的だったかな。まあ、隕石の直撃とか、いくらあたしが悪魔みてーな悪運の持ち主だとは言っても、そんな漫画みてーなことはねえか。

「漫画みたいなこと……」

意味深にとろみは呟《つぶや》く。理知的な彼女の顔が、少しひきつる。懐かしの読心術であたしが読む限りにおいて、『まさに漫画だ』というようなことを思ったたっぽいけれど。

「起きた被害だけ、まずは説明させていただきますと……、あなたはこうして無事に生還されましたが、なにせ人類最強を昏睡状態に陥《おとしい》れる『落下物』でしたからね。

一言で言うと、東京が壊滅しました」

壊滅。マジか。

「ま、あなたのお蔭で、先に人口避難が終わっていましたから、被害者ゼロという、極めて珍しい災害になりましたが……でも現地は今、大騒ぎですよ」

呆《あき》れたように言うとろみだったが、あたしが気にかかったのは『災害』という言葉だった。広義では事故や事件も含みはするんだろうけれど、やっぱりその言葉からは自然災害、天災を想起させられる。つまり、あたしが食らったのは、やっぱりミサイルや衛星よりも、隕石だったんじゃねーの？　うひょー、テンション上がるぜ。そしてもうひとつ気になったのは、『現地が大騒ぎ』と、とろみが他人事《ひとごと》のように語ったことだった。んん？　おかしくね？　だってとろみ――長瀞とろみの出自が四神一鏡のどこかだっつーなら、東京壊滅のニュース性は相当高いはずなんだが？　人的被害が零だっつーのはいい話だが、なにせ首都だ、経済被害は甚大だろう――日本の財界の中核をなす一家に仕える者のリアクションが、そんな程度でいいわけないと思うんだが。長瀞って名字だけで出自を決めつけたのが乱暴だったかな？　あたしの抱いたそんな不審に気づいたかのように、とろみは、

「ま、現地のことは現地に任せて……、私は自分の仕事を全《まっと》うしたいと思います」

と言った。その台詞からあたしが察したのは、『現地』、つまり東京から、あたしは

ずいぶん遠くまで連れてこられているらしいということだった。北海道とか沖縄とかかな？　だったら観光して帰りてえ……それとも海外か？　で、お前の仕事ってのは？

「いくつか質問させてください、哀川さん」

あたしからの質問は流して、とろみは逆に訊いてきた――さすがに流れで教えてくれたりはしねーか。力ずくで聞き出すって手はあらかじめ封じられているわけだし、まああたしのほうには隠し立てするようなこともねえ。しばらくは回答者に徹してやろう。滅多にねえぜ？　あたしが事情聴取を真面目に受けてやるなんて。

「あなたが『隕石の衝突』を受けたときのことを、詳しく話してください」

話してやった。ぺらぺら。うるさくてまぶしくて痛かった。かくかくしかじか。

「…………」

口にこそ出さなかったが、表情を読む限り『お前ふざけんなよ、真面目に話せ』と言いたげだったとろみ。これは読心術なんて使わなくてもわかる。先方はあたしを楽しませない姿勢を徹底するつもりらしいが、とりあえずあたしは、とろみをからかうという楽しみを発見した。人間、どんな状況でも、楽しむことはできるんだぜ。まあ真面目に話せと言われても、あたしにだってあのときなにが起きたのか、把握《はあく》できてるわけじゃねーんだからよ。ところであたしが食らった隕石（か、それ以外）はどうなったんだ？　あたしと一緒に回収したのか、それとも、衝突の際の摩擦熱で消滅したか？

「……問題は、それなんですよね」

んん？　独り言か？

「わかりました。では移動しましょう、哀川さん──直に見て確認していただきます。落下物を」

落下物？　なんだ、じゃあやっぱり回収してんのか？　隕石か、ミサイルか、衛星の破片なりかを。

「ええ、まあ。この施設内の一室に」

立てますかと訊かれて、当たり前だと答えて、あたしはベッドから降りる。立てなかった。ぶっ倒れた。どうやらまだ体調万全ってわけでもないらしい。

「松葉杖……いえ、車椅子を用意しますね」

そう言ったとろみを、あたしは制した。そんなもんはいらねえ。その代わり、着替えを用意しろ。できる限り赤い奴を。

5

病室から出て、廊下をしばらく歩いたところで、ここがどこなのかをあたしは察した。廊下に出ても徹底して窓がなかったので、風景からわかったというわけじゃあない。ただ、雰囲気でわかった――懐かしい、だけれどちっとも嬉しくない雰囲気。空気。と、同時に、どうやら今、あたしはただならぬトラブルの渦中にいるらしいということも呑み込んだ――だって、もしもここがあたしの思っている通りの場所なんだとすれば、さっきまでいたのが病室でもなければ寝室でもないんだとすれば、あたしがこの場所を毛嫌いする以上に、この場所のほうが、あたしを毛嫌いしているはずなんだから。

「説明を求めたいところだとは思いますが……、説明できるほど、事態も進捗《しんちょく》しているわけではないのですよ」

と、とろみはあたしを先導して歩きながら、言う――手足の拘束はそのままなので酷《ひど》く歩きにくそうだが、それを匂わせもしない、クールな口調だった。好感度高いぜ。

「端的に言いますと、私の現在の仕事は、あなたを直撃した落下物……の、調査ということになるのですが」

ふうん？　と、あたしは首を傾《かし》げた。落下物の調査なんて、あんまり、四神一鏡の仕事っぽくねーけど。どう考えても、金になりそうな話じゃねーもんな。どっちかっつーと、玖渚機関とか、そっち側の仕事だろ。

「無論、玖渚機関も嚙《か》んでいますよ。それに、『殺し名』や『呪《まじな》い名』も……」

とろみは言う。

「まあ、お察しの通り、私達の元々の仕事は『哀川潤の監視』だったんですよ——協定を結んであなたを無力化することに成功したからと言って、無力なあなたが無害とは限らないですから。私はそんなことはないとは思いましたが、仕事を干されたあなたがやけになって自暴自棄に手当たり次第、八つ当たりを始めるという可能性があると考える者もおりましたし」

結構いい勘してるぜ。しなかったけれど、してもおかしくなかっただろう。で、あたしを監視していたからこそ、いち早くあたしを救助することができた——って理屈はわかるんだが、だからそれだったら、そこであたしが死んでくれたら万々歳って話だわな。なんで助けた？

「落下物」

と、とろみは言った。

「落下物が観測できなかったからです」

？　観測できなかった？　馬鹿なこと言ってるぜ。あたしを監視していたってんであれば、なににせよ、あたしを直撃した落下物を、観測できねーはずがねえだろ。それに、あれだけの音と光だぜ？

「音と光はともかく……、落下物の本体を観測できなかったという意味です」

大して変わんねーよ。あたしは、直撃を受けた身でありながら、なにを食らったのかわかってねーことを棚に上げて、そんな風に文句を言った。まあ、あたしが認識できなかったのは、あれだけ強い光を放つ物体にあんな速度で落ちてこられたら、そりゃあなにがなんだかわかるはずもねーって話であって、あたしの監視をしてた連中にしてみれば当然、最新科学に基づく観測設備を使っていたはずだから、リアルタイムじゃ無理でも、あとから映像をいくらでも分析できたはずだろうが。

「ですから……、その映像がないんですよ」

ない？

「映像。写真。音声。その他各種データ。ありとあらゆる記録に残らなかったんですよ、その落下物は——文字通り、『観測できなかった』んです」

肉眼と生音でのみ観察されましたが——仮にあれが隕石だとして、今の天体科学で、あの規模の隕石の落下を予測できないはずもないのに、実際には世界中のどの天文台の望遠鏡にも落下物は映っていませんでした、と、とろみは言った。んん？　言っていることがよくわからん。観察できたけど観測できなかった？　ただ、説明している側のとろみも、自分で言っていて、よくわかっていないらしく、こう乱暴にまとめた。

「要は落下物は、シースルーだったたって話です」

シースルー……透明人間みたいなあれか？　そう訊くと、

「まさしく」

と、とろみは必要以上に力強く頷《うなず》いた。なぜ必要以上なんだ。けれど、見えないってわけじゃないんだろう？　記録に残らない、機器で観測できないってだけで、あくまでも『肉眼』では見えるんだろう？　だって実際、見えたもんな。光と音の塊だけど……でも、回収できたってことは。

「その辺りも、詳しくは鋭意調査中です。なので、現象の唯一の体験者であり、被害者とも言える哀川さん、あなたに協力して欲しいのですよ」

勝手なこと言ってんぜ。人のこと外しといて、協力を求めるとか——ただ、『この場所』があたしのよく知る『あそこ』であるなら、そのくらい節操のないことは、平気でしてくるだろうな。……ん、いや、でも、あたしに対するフォーメーションが、そのまま隕石調査団に移行したって言うんだったら、決して『あそこ』が主導権を握ってるってわけでもねーのか……。しかしあれだけ仲の悪かった連中があたしを敵視することで一個にまとまったたってのは、かつての『大戦争』時代を思い出せば、今昔《こんじゃく》の感があるぜ。その一助となれたことを思うと、請負人冥利《みょうり》に尽きるってもんだ。実際には仕事が尽きたんだが。そう思って、あたしは言った。つまりこれは、仕事の依頼と考えていいのかね？

「いいえ、まったく考えないでください」

　からかうつもりで言ったのに、とろみは真面目に答えやがった。つまんねーこと言ってくれるぜ。じゃあ外し続けとけよ、予定通り。いや、それだけの価値を——つまり哀川潤以上の価値を、その落下物に見いだしているってことなのかな？　とすると、面白いかも。そんなことを考えているうちに、迷宮みたいな構造の廊下を歩き続けていたとろみがようやく足を止めた。ちなみにその間、施錠されていたいかにも堅牢そうなゲートを、いくつもとろみはカードキーで開けて、通過していた。いかにもいわくつきの秘密の部屋にあたしを案内しているって風だったが、そのくらいのことでたじろぐあたしじゃねえぜ。そんなのあたしにとっちゃフラップ式ドアと何ら変わらねー。

「こちらです」

　とろみが指し示したのは、『ＩＣＵ』と表示された病室だった。ＩＣＵ？　集中治療室……だよな？　なんだ、てっきり回収した隕石のところに案内してくれてんのかと思ってたけど、病人のところに連れてこられたのか？　どういう脈絡だよ。それとも、実はあたし以外にも落下物の被害者はいて、怪我をしたそいつと会わせて、話を照らし合わせようってか？　ありそうではあるが、でもさっきの話と食い違うよな。

「落下物の回収自体は、そう難しくありませんでした――というより簡単でした。だって哀川さん、あなたがしっかり、つかんでいてくれましたからね」

だからあなたと一緒に回収できたんです、と、とろみは言った。話によると、爆心地の中央、『クレーター』の底、地中に埋まっていたあたしを掘り起こしたとき、まずとろみ達は、地面から突き出たあたしの片腕を見つけたらしいんだが、その反対側の手で――最後まで地中に埋まっていた手のほうで、あたしは落下物とやらを、ぎゅっと握っていたらしい。握って離さなかったらしい。うーむ、我ながらすげえ根性。誉めてやりたくなるぜ。で？

「で」

と、とろみは短く受けて、集中治療室の中を指さした――中が見える、水族館みてーな分厚いガラス窓。あたしは言われるままに覗《のぞ》き見た。コードやチューブだらけの寝台の上で、治療を受けている誰かがいる――その周囲を忙《せわ》しなく、医者や看護師が動いていた。いや、ここがあたしの思っている通りの場所なら、彼らは医者や看護師ではなく、研究者やその助手――と見るべきだろうが。となると、あそこで寝ている誰かさん――角度的に顔は見えず、そもそも包帯で全身がぐるぐるで、男女の区別もつかない――は、研究対象、いわゆる実験体かね？　今も昔も、科学が進歩しようと人権意識が高まろうと、『ここ』のこーゆーところはほんっと変わんねーな……と、あたしは思ったが、しかし、この感想は、あたっているようで、的外れだった。

「『彼』が落下物です」

長瀞とろみは言った。淡々と、感情を交えず。『彼』？

「宇宙から落ちてきたとおぼしき物体です。一応、生物のようであり、人型のようでもあるのですが……」

はあ？　と、とろみを振り向きかけて、あたしの目は、寝台のそばで稼働しているモニターに釘付《くぎづ》けになる。心拍や脈拍、あるいは脳波やらを映し出すはずの機械だが、しかし画面内の数値は、どれも『０』を示している。オールゼロ。まるで死体の生体反応をモニターしているかのようだ――が、さっきあたしは、そんな話を聞いたんじゃなかったか。機器では観測できない、ありとあらゆるデータを取ることのできない、シースルーの物体の話を――シースルー？　しかし、寝台の上には確かに人間が……いやいや、ちょっと待てよ。もっと根本的にちょっと待てよ。宇宙から落ちてきたって言ったか？　宇宙から落ちてきた――じゃあ、あの夜、あたしを直撃しやがったのは、隕石でも、ミサイルでも、衛星でもなく。

「ええ。宇宙から飛来した地球外生命体――つまりはあなたを瀕死に追い込んだ『彼』の正体は、分類学上、『宇宙人』ということになりますよね」

人類最強の請負人を名乗り、呼ばれて久しいあたしは、このようにして――人類外との接近遭遇を果たしちゃったのだった。マジかよ。

6

ER3システム研究所・ニューヨーク支局支局長、因原《いんぱら》ガゼルと彼女は名乗った——日系三世だかなんだからしいが、見た目は完全なアメリカンだった。集中治療室から更にとろみに案内された、セキュリティ的にはよりハードな応接室で会ったこの女は、とろみと同じく初対面だったけれど、しかし、誰かからその奇抜なフルネームを聞いたことがあった——ちなみに憶えているのは、名前が奇抜だからじゃねー。確か、懐かしの七愚人《ななぐじん》の一人に、最近エントリーされたお利口《りこう》さんじゃなかったっけ？

ただ、このときガゼルは、その肩書きを名乗らなかった——あたしの記憶違いだったのかもしれないし、その肩書きだと、あたしに対して印象が悪いと思ったのかもしれない。まー色々考えてる奴だろうことは確かだ。応接室の中は豪勢だったけれど、『ここだけの話』感を強調したいのか、現在中にいるのはあたしとガゼル、それにドア付近に控えた長瀞とろみだけだった。とろみは手錠をつけたままで、種類は違ったけれど、ガゼルも同じように、拘束具で手足を束縛していた（錠というより革ベルトっぽい拘束具だ）——あたしが女を拘束するのが好きな変態みてーじゃねえか。無抵抗であり、無力であることを示すのは、確かにあたしに対する抑止力にはなっているけれど、しかしもしもあと一人同じ格好をした奴が現れたらそのときはヒステリーを起こして暴れようと、あたしは心ひそかに決意した。とは言え今のところは、あの『宇宙人』とやらに対する興味のほうが勝っている。興味っつーか、好奇心っつーか。というわけであたしは相手の名乗りに対して、きちんと丁寧に、礼儀正しく名乗り返した。哀川潤。人類最強の請負人だ。

「ええ、存じ上げております」

そりゃそうだ。あたしを外した紳士協定には、このER3システムもしっかり、どころか中核を担《にな》う形で参加してやがるんだからよ——あたしを存じ上げてねえわけがねえ。つーか、そういう事情を差し引いても、こいつらがあたしを知らねーわけがないんだが。だって、ここ——予想した通りにER3システムの一部だったわけだが——は、あたしにとって、出身地のひとつと言ってもいいのだから。もっとも、あたしがロリ時代に縁深かったのはニューヨーク支局とかって都会じゃあなくて、テキサス州の砂漠のど真ん中みてーな本部だったけれども。里帰りしてー気持ちなんて皆無なあたしだけれど、どうせER3システムとかかわるっつーんなら、まずは本部に寄ってみたかったところだな。それこそ七愚人の中に、挨拶《あいさつ》してー知り合いもいねーじゃねーんだし。あの変わり者がまだ七愚人やってんのかどうかは知らんが。

「ご容赦《ようしゃ》を。あなたの置かれている立場は、現在、非常に微妙なものでして——本来は、あなたクラスの要人は本部に案内すべきだということはわかっているのですが、本来しかし」

と、ガゼルはビジネスライクな笑みを浮かべる——実際にこいつが七愚人の一人に選出されているのかどうかは忘れなければあとで確認するとして、しかし、何が『置かれている立場』だ。てめーらが勝手に置いたんだろうが。いじめられるほうが悪いみてーに言ってんじゃねえぞ。PTAに抗議してやろうか。教育委員会とか。……学校通ったことがねーからよく知らねーけど、教育委員会って、しかしすげー怖い響きだよな。教育の委員会って。受忍義務、並に怖い。ともかく、『外す』と決めたあたしを、本部に招いてもてなすわけにはいかないっつー大人の事情があるらしい。ほとんど子供の事情みたいでもあるが——それでなんでニューヨーク？　観光させてくれるのか？　と思ったが、あたしを『宇宙人』の落下で荒野と化したと言う東京から運輸して来るにあたって、たぶん、そこそこ人口の多い土地なら、これはどこでもよかったのだろう。要はあたしがキレて暴れたときのための保険っつーか、人質っつーか……人の壁っつーか。つまんねーこと考えるよなあ。頭いいぜ。

「何か召し上がりますか？　いらない。ではお飲み物は？」

いらねーっつーの。ＥＲ３システムの出すものを飲み食いすることは、ラベルが白紙の薬品を経口摂取するのと同じだ——と思ったものの、しかし一週間、甲斐甲斐しく治療されておいて、そんな用心も今更だろう。あたしは考えを変えて、食事のフルコースを用意してもらうことにした。結構考えをすぐに豹変《ひょうへん》させるあたしだ。もちろん、お話は食事を終えてから——ってほどに本筋を見失わない。メインディッシュは『宇宙人』についての話し合いだ。向こうはあたしに訊きたいことがあるだろうし、あたしも向こうに訊きたいことがある。

「宇宙人」

と、因原ガゼルは切り出す。思わせぶりに。

「と、言うと、まるでSFですけれども……、ただ、実際のところ、『彼』の正体がなんであったところで、そんな問題は二の次なのです——私達にとって重要なのは、『彼』の有する特質のほうですから」

特質ね。ふざけた言葉だ——と思ったが、しかしこの言葉の持つ意味の重大さを、このときのあたしは、まだ半分もわかっていなかった。ER3システムが、今、目標に据えているものがなんなのか——それをこの時点では取り違えていた。迂闊ではあったが、しかしそりゃそうだろ。本来、『宇宙人』ってだけでも十分にER3が動くには足るんだから。しかし『二の次』とはっきり言ってやがる以上、その意味をよく勘案すべきだった——つーか、このあたしを三の次に置いている時点でおかしな話だっつーの。だけどあたしは鈍くも、特質ってのは、機械に映らないステルス性のことか、と、普通の質問をした。どこもかしこもカメラだらけの監視社会をすり抜けうるステルス性——ER3なら欲しがる特性だ。

「ええ。それももちろん……ただ、それだけではありません。それではまだ『彼』の特性——特質の半分といったところです。『彼』にはまだ『残り半分』がありまして——」

ガゼルは思わせぶりに言う。あたしの知らないことを自分が知っているということに優越感を覚えている風でもあった。つまりムカつく態度だ。好感は持てねーな、ぶっ飛ばしてやろうか。あたしからの不穏な空気を敏感に感じたようで、彼女は言う。

「ともかく、『彼』の研究は、現在、ER3システム……と言うより、全世界が注目するひとつの課題でしてね——哀川さん。あなたにも協力していただけると、非常に助かるのですが」

仕事の依頼？　と、訊いてみたけれど、それに対しては、「違います」と、ガゼルは首を振った。頑《かたく》なな態度だ。そうでなきゃ組織の中で出世なんてできねーのかな。ER3システムの所属者は頭でっかちになりがちだけれど、しかし珍しくこの因原ガゼルって女は、その知識と政治力を両立させているようにも思えた——要は面倒くせえタイプの相手だ。あたしは、とろみが用意してくれた食事を食べながら（うまい）、慎重に考えてみる。だけど慎重なんて柄にもない態度で考えても、特に何も思いつかなかったので、とりあえずとっかかりとして、目についた疑問に触れておくことにした。さっきからさかんに『彼』って言ってるけど、あの『宇宙人』って『男』なの？

「ああ、いえ……、ただの代名詞です」

どうやら言語上の都合だったらしい。ちなみに今、あたし達は英語で会話をしている。現地の言葉。最初、英語と日本語、どちらで話しましょうか？　と、ガゼルが賢そうに訊いてきたので、嫌がらせでロシア語でと言ってみたら、普通にぺらぺらだったから、すぐに英語に切り替えた。切り返されたって感じだが。ともかく、つまり『彼』ってのは『ＨＥ』とか『ＭＡＮ』くらいの意味しか持ってねえってさ――ふうん。

「そもそも、『人間』ではないどころか、『彼』が私達が言うところの『生物』なのかどうかも、はっきりしませんから」

確かに。生物のよう、というのはあくまでとろみの見解で、結論ではないだろう。集中治療室で、重傷患者みたいに扱われてはいたけれど――包帯ぐるぐるで、角度的にもそのはっきりした姿は見えなかったけれど、一応、人間らしき形をしてはいた。

しかし、だからと言って、宇宙からの飛来物を、あれだけの破壊力を持ってあたしを直撃してきた物体を、生物とは普通は思いにくいよな。人間の形をした隕石と考えたほうが、まだ妥当《だとう》っぽいぜ。

「それを言い出したら、そんなものの直撃を食らって生存しているあなたのほうがよっぽど……」

と、ドアの付近に控え直したとろみが独り言を言ったようだが、聞こえてるぞてめえ。

「ただ、宇宙人として扱ったほうがロマンがありますからね。『あれ』とか『それ』とか、味気ない表現をするよりも、『彼』と言ったほうが、我々ER3システムとしては研究意欲も湧《わ》くというものです」

ロマン。そんなもんを追い求めるてめえらかよ、と思ったものの、しかし、案外ER3っつーか、研究者ってのは、そういう側面もあることは、一概に否定するわけにもいかねーかな。あたしとか真心とかも、元を糺《ただ》せばそんな風な考えかたに基《もと》づいて生まれた存在であることも確かなんだろうし。そういや、その辺の研究テーマって今どうなってんだろうな？　あたしが最強で真心が最終だから、もう極めちまって、究めちまったってことで、ひょっとすると研究は終了してるのかな？　もうそこにはロマンがねえとか言ってよ。

「『彼女』と呼んでいる者も、支局の中にはおりますが――まあ、人それぞれで、統一見解はありませんが」

へえ？　統一しちゃったほうが楽なんじゃねえの、とあたしは思ったけれど、まだ発見から一週間で、その段階まで進んでいないということかもしれない。ＥＲ３も、それに四神一鏡も、まだ混乱状態にあるのか──『殺し名』とか『呪い名』の連中がどう動いているのかは、ちょっと気になるな。あいつらは研究とか金儲けとか、そういうタイプじゃあねえから、重要なのはその『宇宙人』が、どういう『強さ』を持っているか──なのかもしれないが。ただ、機械で観測できない、記録されないってだけじゃあ、アナログ指向なあいつらはそんなに問題にしねえだろうが……？

「仮称としては、シースルーと呼んでいます」

そのまんまだな。シースルー＝透明。けどまあ、わかりやすいのは、別に悪いことじゃねえ──そのまんまなのもな。あたしもＥＲ３の所有物だったときには、変な仮称をつけられてたもんだが。なんだったっけな？　まあ、あたしも別にこいつらのネーミングセンスを問いたいわけじゃねえ。そのシースルーくん、集中治療室で寝かされてたけど、あれは怪我をしているからなのか？　それとも、隔離された場所で既に研究分析を始めているからなのか？

「どちらでもなく。研究している振りをしている、と言ったところですかね。ごっこ遊びです」

曖昧な言いかただけれど、しかし最新科学が尖るところまで尖った先がER3システムという場所なのだとすれば、機械で観測できないシースルーくんの研究なんて、遅々として進まないどころか、一歩も前に進めまい。どっからが『機械』の範疇《はんちゅう》に入るのかはわかんねーけど（たとえば聴診器や血圧計まで機械の内なら、原始的な数値までが計測不能ってことになる）。逆に言えば、たとえ『宇宙人』が怪我をしていたところで、地球の科学、地球の医療では、手の打ちようがないということでもある――案外、それと気づかずこいつらは、死体をいじくりまわしているだけだったりしてな。そう考えると、訊いておきたい――『宇宙人』と、異文化コミュニケーションは取れてるのか？　あえて茶化した言いかたをしたものの、あまり芳《かんば》しい反応は得られなかった。別に面白いと思って欲しかったわけじゃーねーけれども。

「コミュニケーションは取れていないわけではありません……が、何も得られていないというのが、実情ですね。まだ、協力していただけると確約をいただいていないあなたに、詳しいことは話せませんが……」

いいよ。協力してやる。

「は？」

今度の反応は芳しかった――もちろん、これだって面白いと思って欲しかったわけではないのだが、その意外そうな反応は、あたしとしちゃあ甲斐のあるものだった。

あたしは言う。仕事って扱いにしなきゃ、協定だかにも反しないんだろ。細かい駆け引きとか、建前だとか、そういうのは嫌いなんだよ。要するにお前らがしたいのは、目撃者にして被害者であるあたしへの事情聴取だろ？　知ってる限りのことは教えてやるから、知ってる限りのことを教えろよ――どうせ、今のところ、ほとんど何にもわかってねーっつーんなら、それで特に支障が出るってことはねーだろ。

「人類最強の請負人としてではなく、いち市民として協力してくださるという認識でよろしいんですね？」

よろしいんですよ。もっとも、それで言うならあたしって、市民権とか住民票とか、たぶん持ってねえけどな。生まれたときから野良だっつーの。

「では、情報の開示レベルを上げましょう」

と、ガゼルは大仰《おおぎょう》な言いかたをした。あんまり格好つけられると、負けまいとあたしはそのリズムに合わせたくなっちゃうから、そういうのはやめたほうがいいぜ。あたしが格好つけると、そんなもんじゃ済まなくなる。大人しくしてるうちに話をまとめちゃおうぜ、支局長。

「噂通りの気風《きっぷ》のよさですね――たぶん、あなたのそういうところが、一番恐れられているんでしょうけれど」

あん？　なんだ文句か？　やろうってのか、こら。おっぱじめるのか？

「すごまないでくださいよ」

と、あたしを制したのは、ガゼルではなく、とろみだった——手錠足枷で縛られているとはいえ、置物としてここにいるわけでもないらしい。戦う専門職じゃねーとは思うが、あたしのお目付け役、それに支局長のボディガードという役目を負っているのなら、たぶん、あの拘束状態でも、きっとまるっきり無力なわけではないのだろう。『宇宙人』にまつわる今回の仕事が——否、仕事じゃあねえや、プライベートが、このあとどういう展開になるのかまったくわかんねーけど、とろみと殴り合うみてーな感じになるんだったら、楽しみがひとつ増えたぜ。くっくっく。腹に一物、そんな企みを抱えながら、あたしはまず、自分の『知ってる限りのこと』を端的に述べてやった。つってもほとんど、とろみにさっき話したことの繰り返しだけどな。ただ、とろみにははっきり、話していないこともあった——用心したってわけでもねーんだが、その件に関する、あたし自身の感想、それにあたし自身の見解みたいなものは言わなかったんだ。それをここでは言ってやることにした。

「ふむ。確かに、それはお聴きしたいところです。隕石が落ちてきて——その直撃を受けて、あなたはどう思ったんですか？」

受け止めなきゃ、と思ったんだよ。あたしは言った。つまり、避《よ》けるんでもなく、あるいは打ち返すんでもなく、キャッチしなきゃ——と。現実問題として、宇宙から飛来してきた隕石（？）を、避けるとか、打ち返すとか、そんなことができたかどうかは定かじゃあねーが。

「それは……、『隕石』をキャッチしなければ、あなたがそのとき背にしていた地球が危ういかもしれないから、という意味ですか？　地球を守るために、あなたは隕石をかわさなかった、と——」

んー。そうなのかな？　わかんねー。直感的なものだった——し、仮にあたしが避けていても、地球がどうこうなってたってことは、実際はねーんじゃねーのか？　現在、日本の首都である東京は、アメリカ合衆国でいうところのワシントンは、アリゾナ隕石孔みたいになってるって話だが、あたしという壁がなかったところで、精々《せいぜい》被害は、関東甲信越一円に広がったくらいじゃねーの？　最悪の結果、日本という国は消滅しちゃってたかもしれねーけれど、地球がどうこうってことにはならなかっただろう。

「だとすれば——あなたは地球ではなく、『隕石』を守ろうとした？」

疑問文というより、なんつーか、問診みたいだった。その辺はさすが、ER3システムの支局長って感じだ。カウンセリングだな、まるで。お手のものっつーか。少し昔を思い出してノスタルジックな気持ちになったけれど、まーどうでもいいや。ER3システム研究所。昔は恨んだりもしたけれど、もう忘れた。世代も入れ替わってるだろうし、組織を相手にしてるときに個人を責めても意味ねーし、何より、面白くねーもん。それに、問診だとして、その問いには心惹《ひ》かれるものがあった——『隕石』を守ろうとした？

「爆心地——そう呼んでいますが——の中央から、調査団の一人があなたを掘り出したとき、あなたは『隕石』——もとい、『宇宙人』、シースルーの『手』をつかんでいたそうです」

つかんで。

「握って——と言ったほうがいいかもしれません。強く、強く、手を握って。まるでインパクトの衝撃で、離れ離れにならないよう——実際、引き離すのが大変だったそうですよ」

ふうん。自分が失神している間の話とか聞くと、ちいっとこっぱずかしいもんがあるな。なんだそりゃ、玩具を取り上げられるのを嫌がる子供かよ。

「引き離すのは大変でしたけれど、しかし、そのお蔭で、シースルーを我々は労なく発見できたというのはあります。ま……、それだけでも、私達はあなたに感謝しなくてはならないのですが……」

あなたがキャッチしてくれていなければ、そもそもシースルーは、インパクトの際に消滅していたかもしれませんし——とガゼル。あんまり感謝している風でもなかったが。ひょっとするとこいつ自身は、そのとき、シースルーくんなんてあたしと一緒に消し飛んでくれてたらよかったのにと思っているのかもしれねえ。そんなことを思われてるんだとしたら怒ってもいいところだが、しかしあたし自身、それはそれで面白かっただろうなと思っちゃってるところもあるので、怒りづらい。壮絶過ぎてなかなかあたしらしい死に様だ。つってもやっぱ、それで生き残るほうがあたしらしいか？　で、コミュニケーションは、結局、取れてるのか取れてねーのか、どっちなんだよ。曖昧なことばっか言いやがって。『宇宙人』っていう言いかたを、仮にでもしている以上は、そいつには形以外にも多少の『人』らしさはあるんだろ？

「『人』とは何か、みたいな話から始めたほうがよろしいですか？」

ふざけんな。暴れるぞ。

「……いえ、決してふざけてはいません。あなたを相手にふざけるほどの度胸があれば、支局長なんて、知的好奇心の邪魔にしかならない損な役回りは断っていますよ。……形の話からすると、肉眼においては、『人』の形をしていると観測できます。もしも、何の先入観もない状態で、町を歩いている姿でも見かければ、私はシースルーを『人』、『人間』、『地球人』だと判断するでしょうね」

歩いている姿。歩くのか？

「その辺りは語弊として聞き流してください……、何分、すべてが途中なんですよ。

もったいぶっている、ぼかしていると思われると私の身が危険なので、その質問についてだけは答えておきますと、今のところシースルーは、歩くどころか、自律的に動くこともありません」

歩きも動きもしない？　それで生物？　いや、生物かどうかもわかんねーっつって、さっき言ってたか。ふむ。それについて細かい質問をしてーところでもあったが、しかし話をぶった切ってばかりじゃ、埒《らち》があかねーか。とりあえずガゼルの話を最後まで聞いてみよう。飽きなきゃな。でも、人の形をしているのは確かなんだよな？

「ですから確かなことは何も言えませんよ――世の中、あなたみたいにわかりやすい研究対象ばっかりじゃないんです。『肉眼』においては、と言ったでしょう？　逆に言うと、肉眼以外では――機械では観測できないんです。……人の目がどれくらい頼りないものかを知っている私達には、客観的な評価が下せません」

データが一切取れないんですから、と、これはやや心苦しそうにガゼルは言った。このあたしを研究対象呼ばわりしやがったのは、たぶん当てこすりではなく失言だろうから、それこそ語弊として聞き流しといてやろう。そう思えるくらいに、その後に続いたのは哀れな発言でもあった。自分の目で見たものが信じられねえってどういうことだよ。データの裏付けがないと何も信じられねえってか。そんな同情、あちらさ

んからすれば蔑視《べっし》の気持ちに気付かれちまったのだろう、

「言っておきますけれど」

と、ガゼルは続けた。

「デジタルではない、アナログ的手法の大切さを、私達が一切重んじていないということはないのですよ。十人天才を集めて、その全員の意見が一致したら、何の証拠もなくったって、それを真実と仮定することくらいはあります」

結局多数決じゃん。と、思ったが、口には出さない。まぜっかえさないと、あたしの一人多数決で決めたばかりだ。一人多数決の欠点は、すぐに前言撤回が可能だということだが、前言撤回よりも有言実行のほうが、よっぽど好きな四字熟語だぜ。それに、強がりにしたって虚勢にしたって、ガゼルの今の反論にはひとつの示唆《しさ》があった
──十人の天才の意見が一致したら？

「ええ。つまり──一致しなかったということです」

そう言った。十人というのはもちろんたとえ話であって、万人単位で天才を抱えるＥＲ３システムのこと、実際にシースルーくんを『アナログ診断』した人数は、もっと多いだろう。現時点じゃあ情報規制の意味もあり、すべての研究員に開示するってわけにもいかないだろうが、集合知が働く程度の範囲には拡散させたはずだ。ならば、意見が多少バラけたとしても、それでもある程度の偏りは生じそうなものだけれ

ど……？

「いえ。全員の意見が、掛け値なくバラバラでした——これでは、何も決められません」

むしろ事態はより難解を極めました、とガゼルは、逆に笑顔で言った。あたしについてのデータは、嫌ってほどに抱えてるはずのER3システムだから、当然、あたしの読心術のことは知っているんだろう——だから、表情をわざと殺しているのかもしれない。読心術はそんな素人《しろうと》考えで防げはしねーけど、まあ、心掛けは買うぜ。だからここでは読心術は使わねーでおいてやろう。それより、天才達、エリート研究者陣の意見が、完全にバラけたってのは、愉快な事実だった。天才集団ER3をあざ笑うかのような結果じゃねーか。ただ、漠然とそう言われても、どんな風に意見がバラけたのかを、あたしはまだ聞いていないので、あたしが思っているほど面白い事態なのかどうかはわかんねー。面白がってばかりいると不謹慎だと思われるかもしれねーけど、あたしは生まれも育ちも不謹慎なんだよ、何が悪い。と言うわけで、あたしは訊いた。不謹慎っつーか、興味津々《しんしん》の笑顔で。つまり、シースルーくんを『人』と見る奴と、そうは見ない奴がいたってことかな？

「そんなシンプルな二元論ならよかったんですが——違います。条件を等しくして、その肉眼で観察した際、全員がシースルーを『人』と判断……診断しました」

あれ。話が違うじゃん。全会一致じゃん。

「全員が『別人』だと診断したんです――」

多数決を取れば取るほどシースルーの正体が増えていくのです――と、ガゼルは変わらぬ笑顔で言った。あたしの笑顔は、きっとより深くなっていただろう。ははあ……なるほど？　そうなると、四神一鏡や玖渚機関、ER3システムのみならず、『殺し名』や『呪い名』ってえアナログの象徴みてーな連中が動くのも、わかんなくはねーな……むしろあいつらが一番、興味津々かもしれねえ。さっきまでの話から総合的に推理する限り、たぶんあたしを『爆心地』から掘り出したっつーのは、『殺し名』のどっか、匂宮雑技団辺りのプレイヤーの仕業《しわざ》なんじゃねーかと、証拠もないのに疑っていたけれど、案外、的を外してねーかもな。『彼女』と呼んでいる者も局内にはいる、と言っていたのは、つまり、診断者によってはシースルーくんの正体が、女の子だったりもするのかな。

「デジタルじゃあ一切観測できない上に、アナログでは無限の正体を持つ『物体』――『人』と判断するのも、『生物』と判断するのも、時期尚早《しょうそう》です。対立する仮説がすべて正しいとき、消去法も多数決も体《てい》をなしません。迂闊に正解を決めてしまったら、その瞬間、それに決まってしまいそうな怖さがあります」

そりゃあデジタルでもアナログでもなく、オカルトだ――そうコメントしたものの、実はそれは、リアリスティックな話でもあるのだった。世の中のルールって、最初に決めちゃった通りになっちまうところがあるからな。それを誰よりも知っている職種が、研究者って奴なのかもしれない。

「哀川さん。素数の定義をご存知ですか？　『1と自身でしか割り切れない正の整数』……数学の基礎みたいな定義ですけれども、しかしこれ、よく考えたら、1が駄目な理由とか、負の整数が駄目な理由とか、わからないでしょう？　ただ、そう決まっているから否定できないって話なんですよ」

ガゼルがわかりやすい例をあげてくれた。わかりやすくていいぜ。だけど正確じゃねーな。素数の定義に複数の制限がついているのは、古代数学の法則に逆らわないように配慮しているって理由がちゃんと（？）あるから、そこに触れたほうが、比喩としては正しかった。研究畑の人間は専門分野に特化しがちだが、してみると、少なくともガゼルの専門は理数系じゃないのかもしれない。宇宙人とか、隕石とかを相手にするのに、文系を連れて来てどうするんだって気もするが、しかし、機械で観測できず、人の手でも同定できねー対象を研究するのは、むしろ哲学の分野か？　『人』とは何か？　えーっと、それでもコミュニケーションは取れていないわけじゃねーって言ってたよな。つまり、歩かないにせよ動かないにせよ、シースルーくんは言語は発するってことだよな？　動かないんなら、ボディランゲージってことはないだろうし。

「言語……らしきものは、確かに発しますが、しかし、それも同じ。聞く者によって意味合いが違ってくると言うか……それゆえに会話が成立しません」

んん？　見た目も聞こえも一致しない？　そんなことがありうるのか？　と、思ったものの、しかしあたしはここで、シースルーくんとの『出会い』を思い出した。空から落ちてくる、音響閃光物体──あれだけ光り、あれだけ音を振りまいた前科を持つ落下物なのだ。『光』や『音』を、恣意《しい》的にコントロールする能力があると考えることに、さほどの無理はない。能力……似たようなことができる奴なら、たとえば『呪い名』の時宮《ときのみや》病院の連中がいるけれど、しかし、なんかそーゆーのとは、質が違う感じがあるな。質──特質。なんだ、つまりそれが、さっきガゼルが言っていた『残り半分』ってことか？

「それでようやく四分の三ですね──正体がバラけるにしたって、少なくとも個々人で認識できる以上は、機械分析ができないほどのプロブレム因子にはなりません。ただ、その続々増え続ける正体が……いえ、これは口で言うより、先入観なしで体感してもらったほうがいいかもしれません」

体感？　あたしにもあれを診断しろって言うのか？　別にいーけど、そこまでするといち市民としての協力って範疇を、ちいっと超えちまってる感はあるぜ。それに、先入観が生じるような残りの四分の一ってのを、気にしないではいられねーぜ。

「言わないほうがいい理由はいくつかあります。言っても信じてもらえないだろうというのがひとつ――そしてあなたのような人類最強にも、シースルーのその特質が通用するのかどうかを実験したいというのも、やっぱりひとつですね」

正直じゃねえか。ま、変に隠し立てするよりも、そっちのほうが好印象だぜ。あたしに対する敬意よりも、シースルーくんの研究を優先したい。そう考えるほどの価値が、『宇宙人』にはあるってことなのかもしれねーが、色々聞いているうちに、興味だけじゃなくて、対抗意識も出てきたってのもあるな。あたしがここで協力を拒否して日本に帰国したとしても――あるいは、どっかに観光に出てもいいが――そうなったらそうなったで、協定の連中は、あたしの代理を探すだけだろうしな。代理って意味じゃあれか、『橙《だいだい》なる種《しゆ》』がその候補か？　んー、新たなるトラブルの勃発《ぼっぱっ》って感じだなあ。それはそれで面白そうではあるんだが、ちょっと可哀想って気持ちが先に立つかな。誰が可哀想なんだか知らねーけども。ま、元々、こんな面白そうなことを人に譲るつもりもねーけどさ。

「私にはそんな権限がないので、これは内密の話ですが……、ひょっとすると、あなたの協力によって落下物の正体を見極めることができれば、あなたに対する紳士協定は解除されるかもしれませんよ」

んー？　いや、別にいいよ、それは。そんなくだらねーことのために動いたって思われるほうが嫌だし。条件を出すとすれば逆に、あたしの協力で何かわかったとしても、その紳士協定って奴をなかったことにしたりすんなよってくらいだ。あたしはそんな天邪鬼《あまのじやく》っぷりを披露した。こうやって余計なひと言を言っちゃうのがあたしだぜ。挑発大好き。だけどお利口さんの因原ガゼル支局長は、こんな安い挑発には乗って来なかった。代わりに、一見関係ないと思われる、こんな話を振ってきた。

「その紳士協定についてなのですが……、哀川さん。実際のところ、どう思っていますか？」

くだらねーって思ってる。それだけだ。そんなにムカつきもしなかった。退屈する間もなくこんな事件に巻き込まれたんだから、暇なときでよかったって感じもあるかな？

「いえ、そういう感想ではなく……、実際のところ、一人の人間相手にそこまでの布陣を敷くことはないだろうと、思いませんでしたか？」

思った。即答した。つーかお前ら、布陣なんて敷いてないじゃん。戯言遣い風に言うなら、理不尽を強《し》いたって感じじゃん。

「誤解しないでください。あなたが人類最強の請負人であることを、否定する者はこの世にいません——私も認めます。けれど、だからと言って、世界に匹敵するだけの個人なんて、本当にいると思いますか？　自分がそうだと、心の底から思えますか？」

今度は即答できなかった。ガゼルから何を訊かれているのか、そしてガゼルはあたしに何を言わせたいのか、よくわかんなかったからだ——頷いて欲しいのかな、首を振って欲しいのかな？　意図がわからないままにその期待に応えるのも癪《しゃく》だぜ。そんなあたしの沈黙をどう受け取ったのか、ガゼルは続ける。

「これは、私の個人的な意見ではなく……、あんな紳士協定は、半《なか》ばやり過ぎであることはみんな、わかっていたはずです。それに、現実的でないことも……、あなたを敵とすることで、世界は確かにひとつにまとまりましたけれども、そんな協定、あなたが事実上無力化された以上、数年も持たなかったのではないでしょうか？」

実際には一年も持たなかったわけですが、と言う——小唄とは違う見解だね。なんか、シースルーくんから話が逸《そ》れていってるけど、いいのかねえ。雑談が好きってタイプじゃないんだけど、あたし。しかし、沈黙を続けているのも感じが悪いので、あたしは、やり過ぎはやり過ぎだけど、効果的だったのは確かじゃねーの、と言った。何も言ってないのと同じようなコメントだが、それでも黙り続けているよりは親切ってもんだろ。

「あなたを無力化する上で一番効果的な方法は、あなたを暗殺することでしょう——もしもの話、もしもの話ですよ！」

寛大に聞いてやってたつもりだったけれど、うっかり殺気を放ってしまったらしく、ガゼルが焦ったように、己の手首にかかっている革の手錠をあたしに見せた。無力ならぬ無抵抗を改めて示した。ちっ。修行が足りないなあ。こんな奴ビビらしてどうすんだよ。

「だけど、たとえば……、あの日、落ちてきたのがシースルーではなく、高性能ミサイルだったとしたら、あなたはあっけなく落命していたでしょう?」

うん。そりゃそうだ。あたしは、これについては頷くしかねーと思って、頷いた。当たり前だ、それで生きてりゃ人間じゃねー。

「隕石の直撃を食らって生きていることが十分おかしいんですけれど」

と、とろみが呟いていた。だから聞こえてんだって、お前の独り言。

「究極的なことを言えば、手段を選ばなければ完全に暗殺が不可能な個人なんて存在しないという意味でもあります——それゆえに、組織はありとあらゆる保険を掛けて活動する。誰かの死が組織の死に繋がらないよう手を打つ——」

ガゼルは続ける。暗に、自分だっていつだって首を挿《す》げ替えられる、組織の一員に過ぎないと言っているようでもあった。

「にもかかわらず、私達が……世界が、あなたを無力化するにあたって、こんな遠大な手段を取った理由は、極論、あなたを殺すべきではないと思っているから——なのかもしれません」

殺すべきではない？

「少なくとも、そういう手段で殺すべきではない——と。実際、爆心地で意識不明だったあなたを発掘したとき、哀川潤を始末する最大のチャンスだと思った者もいたようですし、この一週間、そんな議論も盛んになされましたが——結果として、誰もあなたに手を出さなかった。どころか手厚く治療した。折角無力化したあなたを刺激することになりかねないという怯えももちろんありましたけれど……、人類最強の請負人に対する憧憬というものが、その根本にはあったのではないかと」

ないかと——いう仮説です。と、ガゼルはまとめた。仮説かよ。道理で滅茶苦茶言ってると思った。ただ、世界中が結託してあたしを外すってのも、元々滅茶苦茶な話なので、その仮説はいち市民としては、説得力を感じるものでもあった。検証のしようもねーし、今考えるような話でもねーけどな。

「いえ、これは今考えるような話なのです。関係のない話はしていません」

んん？　まあ、あたしの話なんだから、まったく関係ないってことはねーだろうが、だけどシースルーくんには関係ないだろう？

「それが大いにあるのです——これ以上は先入観になりかねませんね。失言だったかもしれません。ともかく、哀川さん。シースルーとの面談を承諾していただけたということでよろしいですね？　直にお会いしていただくことになりますので、やや煩雑《はんざつ》な手続きが必要になりますが……何日か、滞在していただくことになりますが」

煩雑。一番嫌いな言葉かもしれないが、今更後には退けねーな。あたしはイエスと言う代わりに、ひとつ質問しておくことにした。この支局に、あたしの友達、誰かいる？　敵でもいいんだけど、とにかくあたしが知ってて、あたしを知ってる奴。スカイツリーが消滅しちまった以上、宿ができたのはありがたかったが、長期宿泊になるって言うんだったら、誰かと遊びたい。しかしガゼルの返事はつれなかった。

「いません。なぜ、シースルーとあなたをニューヨーク支局に運輸してきたのか、わかりませんか？」

ん？　そりゃ、ニューヨークの人々を盾《たて》にとってあたしを牽制《けんせい》してんだろ？　あとは、本部マターにするにはデリケート過ぎる案件だからだよな？

「ここには、あなたと直接的な接点を持つ者がいないからです——敵も味方も、友達も」

なるほどねえ。

7

知り合いのいない場所にあたしを隔離するというのは、誰が考えたにしてもいいアイディアだけれど、しかしあたしは一人じゃ寂しいので、長瀞とろみをあたしの友達係に任命した。本人は酷く嫌がったが、知ったこっちゃねえ。定義の話をするなら、友達の定義は『あたしが友達だと思った奴』だ——相手がどう思っているかなんかどーでもいいし。とろみは自分を監視役だと思ってるっぽいけど、そばにいるんなら同じだよな。そんなわけで手続きが終わるまでの数日間、あたしはとろみと、戻された病室（もとい、監禁室？）で、いちゃついて遊んだ。なんか堅苦しい話が続いたし、ここらで一丁そういう扇情的な十八禁描写をインサートするのもあたしとしちゃあやぶさかじゃあねーんだが（手錠と足枷がもう、こうなるとプレイの一環みたいだった）、けどまあ、あたしももういい歳した大人なので、とろみのプライバシーは守ってあげようと思い直すぜ。というわけでここで話を一気に数日後、シースルーくんとあたしとの面会日にまでぶっ飛ばす。ただまあ、急な発進は心臓に悪いかもしれないので、あたしがとろみとじゃれている間に、首脳陣はこんな会話をしていたそうだという、後から聞いた話を紹介しておこう。首脳陣ってのはER3の首脳陣って意味じゃなく、あたしをハブにした、世界の首脳陣って意味だ。どいつがどこの世界の誰なのかは特に秘すぜ。プライバシー意識な。まああれだ、エヴァで言うところのゼーレ会議みたいなもんだと思いねえ。ト書きなしのサウンドオンリーでお送りします。

「勇気をもって仕事を干してみても、結局、世界は困ったときは哀川潤に頼ることになる——というわけか？」

「頼るという言いかたは、卑屈ですね。この場合は、利用すると言うべきでしょう。責任者もその点は徹底しており、あくまでも仕事の依頼という形は取っておりません」

「そんな建前論が通用する相手なのか？　仕事がすべてみたいな女だろう、あれは——だからこそ仕事を奪うことに、殺人的な意味があったはずだ」

「案外、そこが見込み違いだったのかも。人類最強から仕事を奪った途端に、この有《あり》様《さま》ですからね」

「仕事というテーマを与えられることで——己に課すことで、生来のトラブルメーカーぶりを抑圧していたという意味？　ありそうな話ね」

「今は哀川潤のありかたを問い直すときではありません。問い直すときではありませんし、問い直すべきではありません。忘れたのですか？　哀川潤に対する唯一の有効策は、彼女を楽しませないこと——あれは、我々がムキになればなるほど、はしゃぐ悪ガキみたいなものです。我々は精々、冷静な振りをし続けるべきなのです」

「困っている人を助けるのを至上目的とするはずの請負人職だけれど、あいつの場合は、困っている人を見るのが大好きという、変わり種だからな——あいつのやることなんて読み通りという振りをし続けることが重要だ」

「わかってんだよ、そんなことは——だけど、そんなもん、いじめっ子なんて相手にしなければいいとかいう、わかってねー系理論だろ。それができりゃあ苦労しねーって。こっちはロボットじゃねーんだぞ」

「いじめみたいな無視をしたのは私達のほうですけどね。結果として、通用しなかったみたいなものですけれど——現状を思うと、通用しなかったどころか、逆効果というか」

「そうでもないよ。あの飛来物体——隕石と呼ぼうと、宇宙人と呼ぼうと、エイリアンと呼ぼうと構わないが——は、僕達の世界に、つまりは地球に、大きな革命をもたらしてくれるかもしれない。計画とは違うが、それは決して、悪いことだとばかりは言えないだろう？」

「いいことだとばかりも言えませんよ。エイリアンの地球侵略って線もあるでしょう？」

「今のところ、シースルーは人間を害してはいないが？　無限の正体を持っていようと、攻撃能力があるとも思えない」

「いやいや、首都一個消えてなくなってるんですよ？　たまたま人類最強のお蔭で、被害者が出ていないだけであって——本来ならば、一千万人単位の死人怪我人が出ていました」

「だったな。どうも哀川潤を要素としていると、基準が狂う——その哀川潤と比しても、しかし、シースルーの価値がわからない馬鹿者は、この場にはいないだろう」

「価値がわかるからこそ、さっさと破壊したほうがいいと思わなくもないけれどね」

「それができれば苦労はないという話だ」

「そう。それができなくて困っている」

「はい。意見です。だけど、エイリアンの地球侵略云々って話をするのならば、シースルーはただの先兵に過ぎないという可能性はありますよね。これから先、あの規模の落下物が、地球に大量に降り注ぐ可能性もある——ですよね？　その対策も、一方で練っておくべきでしょう」

「そうだな。そのたび、哀川潤が受け止めるわけにも行くまい——哀川潤の欠点は、一人しかいないということだ」

「それが何よりの強みでもあるのですが。ワン・オフであるという点——もったいなくて殺せない」

「なんだそりゃ、強がりか？」

「どう受け取ってもらっても——」

「今はシースルーの話なんだって、だから」

「だったな。だが、哀川潤が絡んでくれたお蔭で、シースルーの『脅威』が、若干《じゃっかん》相対化されたというのは確実にあるな。この間の会議よりは、全員、落ち着いて話せると言うものだ」

「未完成と未知が並んだ——ということか？」

「ただ、俺達としてはどうだろうな、今更だけれど、哀川潤とシースルーを対話させるのには、反対だけれどなあ——どんな化学反応が起きるかわからない」

「その化学反応に期待するしか、もう手がないって話だよ。そんなに時間があるわけじゃあないんだから——もう遅いくらいだ」

「だけど、もしもシースルーの特質が哀川潤にも通じてしまったらどうするんだ？　最悪の展開は、哀川潤がシースルーに『屈する』という展開だろう。未知と未完成が、本当に並び立ってしまったらどうするんだ？」

「しかし」「だが」「でも」「やっぱり」「とは言え」「もっとも」「それを言うなら」

「だったら」「けれど」「もしも」「ともすると」「ならば」

「リスクは常にある」

「我々は選択しなければならない」

「シースルーと、いつまで今の関係が続くのかも疑問ですしね。哀川潤ならきっと決めてくれるでしょう。あの物体の正体を」

「そうだね。哀川潤なら決めてくれる」

「哀川潤なら決めてくれる」

「哀川潤なら決めてくれる」

「哀川潤なら決めてくれる」

「哀川潤なら決めてくれる」

「哀川潤なら決めてくれる」

「哀川潤が決めてくれる」

けっ。勝手なこと言ってらあ。

8

定義に合わせて現実のほうを捻《ね》じ曲げちまうことをプロクルステスの寝台っつーんだが、要はそういうことだ――因原ガゼル、延《ひ》いては元哀川潤包囲網、現シースルー研究委員会の連中が企んだのは。機械による客観的な分析が不可能で、かといって主観的な分析もバラけちまう、調査すれば調査するほど答の増える謎の飛来物体――人間？　宇宙人？　隕石？　――を『定義』するにあたって、あたしを『利用』しようというのは、つまり人類最強たるあたしの主観による判断を、シースルーの『定義』

にしちまえってことなんだろう。天才の判断がバラけるから、こうなったら一強の、鶴の一声に期待しようって腹――もっとも、ガゼル自身がそう言ったわけでもないので、この辺は半分くらい、あたしの勝手な推理も入ってる。あたしもよく間違ったり失敗したりもするから、そんな過度な期待をされても困るんだが、まあ、あたし以外の奴があたしにどんな期待をしようが、それは勝手ってもんさ。言われるがままにプロクルステスを演じるあたしでもねーが、宇宙人と会わせてくれるってんなら、多少の茶番に付き合ってやるのは、全然嫌じゃねーぜ。というわけで、待ち時間の間に湧いた疑問は、そーゆーところとは別にあった。ER3システムとか、玖渚機関とか、その手の連中って、今まで宇宙人と接触してたりしてねーの？　たまにあるじゃん、そういう写真。宇宙人と握手してたりランチ取ってたりする奴。

「ありませんよ。残念ながら……ですから、もしもシースルーが宇宙人だったなら、あなたは地球史上初めて、地球外生命体とコンタクトした人として、歴史にその名が刻まれることになるでしょう」

　それはやだな。教科書に載るような奴にだけはなりたくないと思ってたんだけど。そこはうまく隠してもらいたい、と頼んでみたが、

「力が及ぶ範囲かどうかはわかりません」

　と、ガゼルは首を振った――さしものER3システムにも、できることとできない

ことがあるらしい。うーむ、じゃあそれは自分でなんとかするしかねーか。そんなことを話しながら、ガゼルととろみに先導されて、あたしは前にも案内された、集中治療室に連れて行かれた——ここが面談室になるらしい。ちなみにこれまでの滞在期間、とろみとガゼル以外の人間とは、まったく会わせてもらっていない。あたしを孤立に追い込む作戦は変わらず実行中なのか、あたしにできる限り、情報を与えないようにしているのか。たぶんその両方なんだろうけれど。とろみはよくあたしの相手を務めてくれたけれど、尽くしてくれたけれど（できる奴だ）、しかしあと一日待たされていたら、嫌になって暴れちゃってたかもしれねーな。あんまりこらえ性とかねーんだ、あたしは。

「わかっているとは思いますが、シースルーに危害を加えるようなことだけはしないでくださいね」

とろみが言ってきた。てめえが読心術使いか、と思ったが、まあ、数日生活を共にしていたら、それくらいの読みはしてくるかな。

「聞いた話によれば、あなたは自己紹介の際に、いきなり初対面の相手に蹴りを入れるというなかなかのご挨拶をなさることがあるそうですけれど……そんなことだけは、くれぐれも」

誰から聞いた。最近はそんなにやってねえよ。

「冗談じゃなく……、因原支局長の言う通り、シースルーは地球史上初めての、外来生物かもしれないんです。もしもあなたに対する協定が結ばれていない状態で落ちてきていたら、その所有権を巡って戦争が起きていたかもしれないくらいの」

戦争？　第二次大戦争ってか？　じゃあ、あたしの面会の結果如何《いかん》によっては、あれの再来が起きかねないってわけだ——大戦争。あんなもんの火種に、二度もなるのは、あたしだって避けたいところだぜ。

「あまりことの重大さを感じてらっしゃらないような顔ですが……」

ん？　笑ってた？　悪い悪い。あたし、シリアスなシーンほど笑顔になっちゃうタチだから。大丈夫大丈夫、それはそれで面白いとか、さすがに思ってねえって。とろみをそうあしらって、あたしは前回そうしたように、分厚い窓から集中治療室の中の様子を窺う——前と違って、研究者とか助手とか、そういう奴らはいなかった。つまり室内にいるのは、包帯でぐるぐるに巻かれた患者——実験体？　シースルーくんだけだ。ベッドで同じように寝かされている——コードやらチューブやらのモニター類は、無駄だと判断されたのか、さっぱりなくなっているけれど。殺風景な集中治療室の中が、更に殺風景だ。包帯でぐるぐるにされているのを見て、最初は怪我をしているのかと思ったものだけれど、そうじゃなくって、あれは見る者によって正体が異ってしまう『物体』を、見えないように覆い隠しているのだということに、二度目で気付いた。つまり、あの包帯を解いたとき、あたしにあいつがどう見えるのかって話だな。果たしてシースルーくんの正体の増殖に歯止めをかけられるのかどうか……。他に注意点は？

「やばいと思ったら、すぐに撤退してください」

大して深い思慮もなく、ただ訊いただけのあたしの質問に対し、ガゼルは即答した。

「言われるまでもなく、あなたの性格はわかっています。ピンチと見れば、逆に突っ込んでいきたくなるキャラクター性には、逆境に怯《ひる》まない姿勢には、個人的にはピュアな憧れも抱きますが……今回だけは、そのあなたらしさを引っ込めてください。人類最強の請負人としてではなく、いち市民として面会するのだということを、どうか、なにとぞ、お忘れなく」

へいへい。まあ、支局長様の顔を潰《つぶ》すようなことはしねーよ。あたしだって、未知の存在と一対一で面会するにあたって、何の警戒心も抱かないほどの馬鹿じゃねーよ。未知を知り尽くせると思ってるわけでもねー。……一対一なんだよな？

「ええ。でないと、定義がブレますからね——私達はあなた独特の、あなただけの定義を、聞かせて欲しいのです」

じゃあ面会中は、この窓にもシールドがびっちり隙間なくかかっちゃうってことね——カメラとかでの監視もなし？

「監視カメラは意味をなしません。マイクも音を拾いません」

そうだったっけ。機械じゃシースルーの動向を把握できない……デジタル化不可能の宇宙人。

「もちろん、あなたに対する監視をオフにするわけには参りませんから、カメラは回させていただきますけれど……あなたが人目を気にするとも思えませんが、一応、気にしておいてください」

気にするとは思えないものを気にしてくださいって言われてもな――まあまあ、できる限りのことはしてやるぜ。じゃあさっさとドアを開けな。ちょっくらあいつと、話つけてくるからよ。

「そんな軽く……」

と、とろみが嫌そうに言う。じゃあどうしろってんだよ、重々しい面《つら》でいけってか。そんな面したことねーからわかんねーよ。諦めたのか、とろみはその後、何も言わずにカードキーを使って、その後パスコードを入力し、集中治療室のロックを解除した――何重にもなっている扉を、ひとつずつ開けていく。

「グッドラック」

ガゼルのほうは、そんな言葉であたしを送り出した。気取ってんじゃねーよ、と思ったが、ガゼルにしてみれば普通の母国語か。どうなんだろう、言語らしきものは発するって言ってたけれど、だとしたらシースルーくんは何語で喋るんだろうな。宇宙語？　まあ、迷うようなことでもないので、あたしは背後でドアが閉まり、窓がシャットアウトされたのを確認してから、寝台の上に寝転ぶシースルーくんに、よう、こんちは、と、日本語でそう挨拶した。しかし反応はなかった。ぴくりともしやがらねえ。お布団剝《ふとんは》いでやろうかとも思ったが、しかし日本語が通じないのかもしれないと思い直し、英語・ロシア語あたりを始め、知っている限りの言語で、同じ意味の挨拶をしてみた。しかし結果は芳しくなかった。なんだこいつ、やっぱ死んでんじゃねーの。蹴っ飛ばしてやろうか、と頭に血が昇りかけるが（やっぱ短気だな、あたしは）、すんでのところで、それをさっき、とろみに禁じられていたことを思い出した。だから寝台のすぐそばで、上げかけた足をそっと下ろした。いい仕事してるぜ、長瀞ちゃん。ボーナスちゃんともらえよ。

「言い忘れていました、哀川さん」

と、部屋の天井に設置されているスピーカーから、そんな声が響いた——因原ガゼルの声だ。

「包帯で覆っている間は、シースルーは活動停止しているようです。コミュニケーションを取る前に包帯を解いてください」

言うの遅いって。と文句を言いかけたが、どこに言えば壁の向こうに通じるのかわからなかったし、そもそも、説明を途中で切りあげちゃったのはあたしのほうか。しかしなるほど、この包帯にはそういう意味もあったのか——シースルーくんについてはまだ何一つわかってねーみたいなことを言ってたけれど、さすがにＥＲ３システムも、ずっと遊んでいたわけじゃあねーってわけだ。透明人間をミイラ男にしていることには、ヴィジョンをバラけさせない以外にも合理的な理由がちゃんとあった。覆い隠せば無力化する……、こいつの正体がなんだったとしても、結構致命的な弱点なんじゃやねーの、それ？　それがはっきりしているからこそ、不確定要素をある程度時間をかけて調査できているってとこかな。それともそれも、無数にある正体のうちのたったひとつ？

「包帯が巻かれている状態は、言うなら『寝ている』状態です——今までそんな例はありませんが、もしもシースルーがあなたを攻撃してくるようなことがあれば、布団をかぶせるだけでも、多少の効果はありますので、参考までに」

なんだそりゃ、つまり植物みてーな話か？　屈性があるっつーか、光を遮れば活動が微弱になるという——いや、違うな。シースルーくんが、むしろ発光物体だったってことを思い出せ。あちらからの発光や発音を遮ることが重要——まあ、これ以上の仮説は先入観になっちまうか。偏見なしでコミュニケーションを取って欲しいってのがガゼル達の希望なんだから、それには添ってやるぜ。

「ちなみに話しかけるのは何語でも構いません」

ガゼルは最後にそう言った。むう、恥ずかしいな。相手が寝てるのに、色んな言葉で話しかけてたのを聞かれてたと思うと——まあいいや。あたしは包帯を解きにかかった。どこが始まりだ？　わかんねーや、引き千切っちまえ。あたしは思った通りのことをした——包帯は特別製でもなんでもない、ただの包帯だった。だが、その中身は——ん？　なんだこりゃ？

9

一瞬、すさまじい発光が包帯の下から起こった——と思ったのは、どうやらあたしの錯覚だったらしいが、しかし、そもそもシースルーくんは錯覚の権化《ごんげ》のような存在である。観測できねーその正体は無限。そんなわけのわからない未知の物体だ、何が起こっても不思議じゃねーよな。というわけで身の危険を感じたあたしは解きかけた——もとい、引き千切りかけた包帯から手を離して一歩後ろに退いた。一歩退いたなんて言うと、それでもお前は哀川潤かと叱られちゃうかもしれないけれど、ここで反射的に対象をぶん殴らなかったのは、成長として受け止めて欲しいもんだぜ。発光が起こったと思ったのは、それと同時に顫音《せんおん》が聞こえたと思ったのは、ともあれ錯覚だったとして——しかし、あたしが包帯を解いたことで、シースルーくんは初めて、反応らしい反応を見せた。と言うのも、包帯のほどけた部分は、丁度シースルーくんの右目の部分だったのだが——その目が動いて、あたしのほうを見たのだった。動作とも言えないような、それだけの動作——ガゼルはシースルーくんを『自律的に動かない』と言っていたけれど、目くらいは動かせるらしい……つーか、どう見てもそれは、ただの、人間の目だったのだが。ただの？　いや、目だけで何かを考え始めるのは尚早か、と結論を先送りにする。あたしの判断が、そのままこいつの新たな正体になっちまうかもと思うと、あんまり適当なことは言えない。んー。しかし、読心術を駆使しようにも、それが通じる相手かどうかもわからねーし、さすがに表情をほぼほぼ包帯で覆い隠されていたら、何もわかんねーな。ただ、目が合っていれば、通じるものもある——通じると、錯覚しちまうものもある。あたしの見るところ、シースルーくんのその目は、あたしに『もう少しだけ包帯を解いて欲しい』と訴えているように感じたぜ。とりあえずここは、その直感に従っておくか。あたしは手を伸ばして、包帯を更に引き千切る——口元あたり。これで喋れるようになったりするんじゃやねーの？　まあ、相手が宇宙人かもしれないということを加味して考えれば、この位置に口があるかどうかなんて定かじゃねーけれど。

「ありがとうございます」

　と、途端、そんな声が聞こえた——天井のスピーカーからじゃあない、シースルーくんからだ。その声にあたしはぎょっとした——マジで驚いた。と言うのも、あらわになった口から発せられたその声に、声色に、あたしは聞き覚えがあったからだ。いや、もちろん初めて聞く声だ——当たり前と言えば当たり前だが。だが、包帯の下から現れたその唇、それに、見えている目元。忘れっぽいあたしの記憶が刺激される——でも……だとしてもおかしい。それじゃあちぐはぐだ——それに、声。やっぱり声だ。そもそも『ありがとうございます』なんて喋ったことに、驚くべきなのかもしれねえが、その声色自体が、あたしにとっては——まずい、混乱しかけてる。混乱するのは構わねーが、しかし、その混乱をコントロールできないのは駄目だ、あたしは哀川潤だぞ。礼には及ばねえよ、なんだよてめえ、苦しかったのか？　あたしは言った。虚勢と言わば言え、だ。すると返事があった。

「溶滓《ようさい》が飛び散ると危ないですね」

　ん？　返事か？　嚙み合ってねえけど。要塞？　いや、飛び散るってんなら溶滓か——同音異義語、日本語だし。とにかく、再び聞いたその声にあたしは、平静を保ちつつも、得も言われぬやばさを感じずにはいられなかった——やべえと、根拠もなく思った。『ようさい』の漢字変換について考えることで、多少クールになれたもののの（関係ないことを機械的に考えるというクールダウン法だ）、しかしクールになることで、あたしはあたしの目の前に横たわるミイラ男のやばさを、より強く感じることになった。やばいと思ったらすぐに撤退しろと言われている。そうするべきか？　早くも今がそのときか？　まだ何にもわかってないし、とても、ガゼルやER3システムが期待しただけの成果を挙げたとは言い難《がた》いが——つーか全然何もしてねーが、それでも、これは仕事じゃないんだから、身の安全を優先すべきか？　へえ、哀川潤がですか？　シースルーくんは、どうやら包帯が解けた箇所だけ『活動』しうるらしく、身体を起こしも、顔をこちらに向けたりもしないが——確かに意志を持って、あたしを見て、あたしに語りかけてくる。

「逃げないでください、お願いですから」

逃げないでください、お願いですから。シースルーくんの流暢《りゅうちょう》な日本語に、『お願い』に、あたしは動けなくなる。ガゼルの忠告（つーか指令）に従って、撤退すべきかって考えが、ふっとどっかに行っちまった感じだ——丁寧な口ぶりではあったけれど、しかし、恐ろしい強制力を持っているようにも感じた。大体、このとき、あたしは気付いてもよさそうなものだった。包帯を解いた箇所だけが活動可能なんだという仮定に基づけば、口元だけで喋れるってのはおかしな話じゃねーか。声ってのは、声帯や肺があってこそ、発せられるもんなんだから——もしもシースルーくんが『地球人』ならば。だけど、そんなところまで頭が回らず、あたしは頭の中に鳴り響く警戒警報を完全に無視する形で、その場にとどまった。これはしかし、ピンチに自ら飛びこむとか、逆境に怯まないとか、そういうあたしらしい感覚とは違った。もっと禍々《まがまが》しい感覚だ。禍々しい……そう、これまでのあたしの体験の中で、強いて似たような経験を探すならば、零崎曲識《まがしき》の音楽か――お前、いったい何者なんだ？　馬鹿みてーな質問だった。こんなもん、こいつに会った奴、全員が訊いてるだろ――あたしとしたことが、なんて独創性のなさだよ。

「今日は二月三十一日、火曜日です」

……それに比して、シースルーくんの答の個性に富んでらっしゃること。何者かって訊かれて、普通今日の日付は答えねーよ……つーか、その日付、全然今日じゃねえよ。今日は二月でも、三十一日でも、火曜日でさえねー……大体、二月に三十一日があるか。お前……その声、どういうつもりだ？　わけのわからない相手からの発言をとりあえずは無視して、あたしは質問を続けた。目元、口元についても問い詰めたかったが……あたしが一番ここで引っかかったのはやっぱり『声』だった。と言うのも、あたしの特技のひとつに声帯模写ってのがあるからだ。声帯模写――読心術と同じくらい得意だ、極めていると言っていい。だからこそ――わかるんだ。これは声帯模写なんてもんじゃねえって。生の声で――そして、地声だ。おいてめえ、なんのつもりで、そんな声で喋る？　あたしを馬鹿にしてんのか？

「万能の風邪薬を発明したら、確かにノーベル賞ものですね」

『あいつ』のことを知ってるのか？　だからその声を知ってるのか？　そんなわけがないよな、だって『あいつ』はもう——いないんだから。

「三回願いごとを言う前に、流れ星は落ちてしまいました」

……あたしの言ってることの意味、通じてるのか？　意味って言葉の意味はわかるか？　日本語は難しいか、じゃあ英語だったらどうだ？

「コンサートのチケットなら持っていますよ、二階席でよければ」

嚙み合わない——どころじゃねえ、こういうことか？　コミュニケーションから何も得られていないってのは——だが、最初の最初、一言目、『ありがとうございます』って言葉は、自然な流れで発せられたよな？　それに、『逃げないでください』って『お願い』も——あたしは天井のスピーカーを見る。スピーカーと、そのそばにある広角天井カメラを。要するに、今のあたしの無様な様子を見ているであろうガゼルに、適切なアドバイスを寄越せと、暗に要求したわけだが、しかし付き合いの短さゆえのすれ違いか、はたまたこんな有様のあたしを室外で笑いものにでもしてやがるのか、プロンプターからの指示はなしの礫《つぶて》だった。仕方なく、あたしはシースルーくんに向き直る。一回目を切って、それから向き直ってみると、包帯に包まれた彼氏の顔——露出した目元と口元も、本当……『そっくりそのまま』だった。いや、声も含めて、『そっくりそのまま』って言っちまうと、語弊があるのか。年齢の問題はある――これがいつの『あいつら』なのかって問題。正体不明、正体不定……。と、あたしはここで、この包帯をはぎ取ってやりたい衝動に駆られた。思いつきで行動するあたしらしい衝動で、これはありきたりなものだぜ――とろみから、シースルーくんに対して暴力的な接触を取ることを固く禁じられていたけれども、んなもん知るかってえ、投げやりな気分になった。アドバイスくれないし。ガゼルだって、あたしが大人しくお話だけしてるとは思ってねえだろ。ひょっとして期待してんじゃねーの、あたしの暴走を？　あたしの独断専行、軽挙妄動という形を取れば、有事の際に責任逃れができるというプランなのでは？　などと、勝手なことを思うあたし。実際にそんなことが起これば、どの道ガゼルは、責任を取らされることになるだろうに。

「お願いします」

と。そこで再度、シースルーくんの口から、同じ声で、『お願い』って言葉が出てきた――『お願い』。やべえぜ。なぜか言うことを聞いてしまう、謎の強制力を持つ声。逃げないでくださいと言われて、自然に撤退の考えを喪失してしまったことを思い出せば――何を言われる？　何を要求される？

「包帯を――解かないでください」

まるであたしの心を読んだかのような『お願い』だった――コミュニケーションは

全然取れてないのに、なんであたしが、今にもこいつの包帯を解こうとしていたことがわかったんだ？　気分的には、『わかったんだ？』と言うより『なぜバレた！』って感じだったが——不思議とそう言われると、あたしの中に湧いていた普段通りの衝動は、綺麗《きれい》さっぱり消えてなくなった。あれだけ気になっていた、こいつの包帯の下の顔が——目元と口元以外の部分がどうなっているのかを知りたいという気持ちが、『別にいいや』という気持ちにとってかわられた。なんで？　普段のあたしだったら、相手がなんて言おうと、一旦衝動に駆られちまったら、包帯だろうが覆面だろうが、解きにかかりそうなものだが——義理もねーのに、『お願い』を聞いてしまう？　どうして、この『声』で喋られると——この『目』で見られると——この『唇』を見ていると——ああん？　なんにしても、明らかにあたしは現在、普段通りのバイタルじゃあなかった。メンタルでもなかった。どうしてだか、シースルーくんの言うことに従っちまう——なるほど、こりゃ危険だぜ。そして、その危険は、同時に、こいつの安全でもあった。息を呑む。そして考える。冷静になるために、一旦、関係のないことを考える——徳川十五代将軍を、逆向きに。無理矢理落ち着いたところで、あたしは質問を再開する。あたしのこと、憶えてるか？　てめえ、あたしの真上から落ちて来たんだけど？

「コーヒー豆の生産地です」

今までで一番死にかけたと言っても過言じゃねーぞ。一言、謝ってくれてもいいんじゃねーの？

「初めまして。僕の名前は醒ヶ井《さめがい》です」

醒ヶ井？　ふうん。そう呼べばいいのか？

「カウントダウンの準備はまだできていません」

カウントダウン？　何のだ。ロケットか？　宇宙船の話か？

「チキンでお願いします。飲み物はミネラルウォーターを、氷なしで」

んー。いかん、ちょっと面白くなってきちまった。なんだこの会話——全然問診にならねえ。少なくともこいつが醒ヶ井でないことは確かだが……もう少し色々訊いてみるか。お前は一人か？　それとも仲間がいるのか？

「手品のトリックをバラすのはマナー違反です」

どうしてお前は機械で観測できない？　特殊なシールドでも張っているのか？　えーっと、そもそも、お前、機械ってわかる？

「ピアノとオルガンはまったく違う楽器です」

口があるってことは、何か食べたり、飲んだりするのか？　チキンが欲しいんだっけ……ミネラルウォーター？　点滴を打たれている様子はないけど、ちゃんと何か食べさせてもらってるのか？

「百メートル走は二十三秒フラットです」

かかり過ぎだろ？　二十秒以上かかったらフラットかどうかなんて最早《もはや》どうでもいいっつーの。なんだ、お前、走れるのか？

「缶バッジは遠慮します」

あげるなんて言ってねーよ。つーか持ってねーよ。缶バッジ？　結構喋るんだな、お前——言ってることは全然わかんねーけど。んー、とあたしは腕を組む。面白いは面白い……が、段々不毛な気分にもなってきた。ひょっとして、わざとランダムな会話をして、こっちを馬鹿にしてんじゃねーか？　なら、こっちもランダムな質問をしてみるか——得るものがあるかもしれねえ。まるで、世間話から入って患者の緊張を解きほぐそうとする医者みてーだが……、お前、好きな色は？

「甲虫です」

シュールだ。宇宙にも甲虫っているんだろうか？　いや、そんなことを気にし出したら、これまでのやり取りにだっておかしいところはたくさんあった——あたしは『世間話』を続ける。アメリカンフットボールって、やったことある？

「ブルーレイ派です」

4×4は？

「百年戦争は二〇四五年に起こりました」

お前は森を歩いている。最初に会った動物は？

「五冊目です。クライマックスの、妹の結婚式のシーンで感泣しました」

……この仕事を始める前は、何をしてらっしゃったんですか？

「昨夜は八時間眠りました。夢を見たような気もしますが、憶えていません」

えーっと……、御趣味は？

「妨害工作です」

嚙み合ったような気もするけれど、たぶん、たまたまそう聞こえただけで、それまで通り、まったく嚙み合ってないのだろう——趣味が妨害工作ってなんだよ、工作ならまだしも。ここに意味を見出すと、よりわけがわからなくなりそうだ。駄目だな、質問していて頭がこんがらがってくる。会話をしているのに全然会話になってない、コミュニケーションが取れているようで全然コミュニケーションが取れていない——言葉がことごとく上滑りしているこの感じは、人によっては精神がやられるだろう。あたしは今のところ、楽しんでもいるけれど——しかし、たぶんすぐ飽きるぞ、これ。パンはパンでも空飛ぶパンはなーんだ？

「二人でより添うようにきりもりしてきました」

モナリザの作者をフルネームで述べよ。

「到着時刻は二十五人でした」

これまで使ってきた携帯電話の機種の歴程は？

「今年はまだインフルエンザにかかっていません。心配無用です」

映画は吹き替えで見る？　字幕で見る？

「夏祭りは殷賑《いんしん》を極めたそうですよ。この分なら来年はもっと人入りが期待できそうです」

……なあ、お前ひょっとして、わかっててやってんじゃねーの？

「偉大なる存在感です」

ほーら、だんだん飽きて来たぜ。ただ、楽しみが薄れて来たことで、あたしは改めて、シースルーくんのやばさを感じ始めていた。と言うのも、不毛な会話に飽きて来たっていうのに、それでも『そろそろ潮時か、集中治療室を出るか』――と、思えないことだった。いや、思えはする。こうして思っている、直に。だけどそれは文面として思うだけであって――それが行為、行動に繋がらねー。随分時間も経ったってのに、まさかさっきの『お願い』が、強制力がずっと有効に働き続けているとでも言うのか？　……いや、そういう感じでもないんだ。こいつの言葉に、それこそ文面に、ただ従っているって感じじゃなくて――ただ、もしもあたしが今、思い描いた仮説が正しい、もしくは部分点がもらえるくらいには真実に近いんだとすれば――これ、宇宙人との記念すべき初018《しょき》とかどころの話じゃなくなってくるぞ？　こいつの喋りかた、こいつの目線の送りかた。……ガゼルが、そしてER3システムが、こいつを危険視しながらも廃棄せずにいる理由——さっき曲識を連想したが、だがもしも、あの音使いがやっていたレベル以上の水準で、同じことができるんだとしたら……。そう思いながら、あたしはそれでも、質問を続けようとした——いずれにしても、こうなったら意地みてーなもんだ。何かつかまない限り、ここから出て行くなんてことはできねーぜ。

「お願いがあります。哀川潤さん」

！　と、驚いた。再度、意味のない質問をしようとしたあたしの機先を制するように、シースルーくんから言ってきたのだ——あれ？　あたし、名乗ったっけ？　そんな疑問が半分、そして残り半分は、三度、『お願い』と言われてしまったことに対する危惧。まずいぜ、強制的にあたしに言うことを聞かせる力が、こいつにある以上——

「聞いてもリアクションを取らないでください」

と、不思議な前置きをしてから、

「人類最強の請負人さん——人類を滅ぼす手伝いをしてもらえませんか」

と、シースルーくんは続けた。名前については曖昧だが、しかし、請負人という職業名を教えていないことは確実だ——だってあたしは、ここには仕事でいるんじゃないんだから。なのに知ってやがる、こいつ――だが、驚くべきはそこじゃねえ。人類を滅ぼす手伝い？　何言ってやがる、こいつ、ふざけんな――しかし、あたしの身体は、それに心は、そのモノ言いにまったく無反応だった。さながら『リアクションを取らないでください』という彼氏の前置きに、完全に従属したかのように。認識の優先順位が、ごちゃごちゃにかきまぜられているようだった――もしも、ここで、

「哀川さん！　そこまでです！　シースルーの包帯はそのままで構いませんので、すぐに集中治療室から出てきてください！」

と、天井のスピーカーからとろみの声がしなければ、どうなっていたことか。あたしは、ふっと我に返った。いや、我はずっと我のままだったんだが――それでも、目が覚めたみたいな気持ちになった。反射的に天井のスピーカーを振り向いたあたしは、この機会を逃してはならないと、そのまま、シースルーくんのほうに向き直ることなく、集中治療室を後にしたのだった。

「また会えることを期待しています」

という、シースルーくんの声を背後に聞きながら、だ。その声に後ろ髪を引かれるような気分になりながら、だ――最初の接見は、スカイツリーでの衝突を一回目とするなら二回目となる、あたしとシースルーくんとの接見は、こんな風に尻切れトンボに、しかし気持ち的にはあたしの大敗北みてーな形で終わったのだった。だせっ。

10

あたし的には大助かりだった長瀞とろみの撤退指令だったが、どうもこれは彼女の独断専行だったらしく、集中治療室から廊下に出ると、とろみがガゼルにめっちゃ怒られているところだった。両手両足拘束されてる奴が両手両足拘束されてる奴にヒステリックに叱られているんだから、一種滑稽《こっけい》でもあったが、でもまあ、こればかりは笑ってもいられない。モニタリングしていたあたしの様子がおかしいのを受けて、とろみは勝手にマイクを奪って、あたしに呼びかけてくれたようなのだから――リアクションがなかった、途絶えたことを異常と見たんだろう、いいセンスだ。あたし的には大助かりでも、ガゼル的にはこりゃ大切な実験を邪魔されたみてーなもんだろうからその怒りはごもっともだし、仕事人としてはとろみの自業自得《じごうじとく》もいいところなのだが、しかしあたしとしちゃー、そんなとろみ嬢を庇わないわけにもいかなかった（本当、見物でもあったんだが……）。ボーナスは諦めてもらうしかねーだろうけど、これで首とかになったらさすがに可哀想だ。あたしも寝覚めが悪いぜ。なかなか悪人にゃーなれねーな。というわけで、ガゼル支局長を、その辺の壁を無作為にぶっ壊すというタチの悪い暴力で威圧して（壁ドンならぬ壁ドカンだ）、冷静にさせてやった

（これはこれでクールダウン法）。まーその後色々経緯《いきさつ》あって、あたしととろみは、謹慎みてーな形で最初の病室に戻された。最初の病室、つまり、あたしが目を覚ましたあの殺風景な部屋ってこと。振り出しに戻るって感じだぜ。折角二人きりにしてもらえたので、改めて礼を言っておいた。サンキュー、とろみ。なんかよくわかんねーけど、助かったぜ。

「助けるつもりはなかったんですけれどね……、つい、反射的に、うっかり……。まあ、これであなたの友達係、もとい、監視役もお役御免かと思うと、気が楽です」

それ自体は本音っぽいのが心外だけど、しかしやっぱり、人の仕事を奪うというのは後味がよくない。なので、慰めのつもりで、あたしはとろみに言った。まあ、どっちに転ぶかはまだわかんねーぜ。ガゼル支局長も一時的には激昂してたけれど、時間がたてば、考えかたがころっと変わるかもしれない。その辺は大人だろうし。

「？　どういう意味ですか？」

さあ。まだわかんねえ。意味なんかねーのかもしれねー――あたしにもまだ、全然わかんねー。ただ……。

「……外にいる私達には聞こえなかったし、聞こえてもそれは別の意味になっていたんでしょうが、哀川さん、最後のほう、シースルーから何と言われていたんですか？あそこで止めたのは、正直、直感以外の何でもないんですが」

直感ね。あたしよりナイスな勘しててんじゃねーの、こいつ——ただ、どこまで正直に話したものかは、判断しかねるところだった。とろみの勘によって看破されてしまったとは言え、シースルーくんがあたしにノーリアクションを期待したのは、当然、ER3システム側に、あたしへの『お願い』を知られたくないからだろう——と、思う。彼氏に『考え』があったとして、そしてあの辺の会話に、それこそ、意味があったとして——だが。向こうの発言がマイクを通せば通じなくなるとは言っても、こちらのリアクションがあれば、内容の推測がついてしまうかもしれねーからな。極論、あたしがシースルーくんの発言を反復したら、それでバレバレになっちまうわけだし。さて、どうしたもんか。人類を滅ぼすだって？　何言ってんだ。それこそ、マジでアニメみてーな侵略型宇宙人……いや、侵略でもねーのか。滅ぼすって言っちゃってんだからよ。じゃあ、殲滅《せんめつ》型宇宙人？　こわっ。

「哀川さん？」

んー、えーっと。それに答える前に、とろみ、確認させて欲しいことがあるんだってば——シースルーくんの、残る四分の一の特質ってのは、あの奇妙な強制力みたいなものだと考えていいのかね？

「強制力——というほど、強制的なイメージではありませんね。哀川さんもほんの少し体験なさったと思いますが、体感なさったと思いますが」

どうかな。言いたいことはなんとなくわかるが、しかし、あれが強制力でないんだとすれば、どういう風に言い表せばいいのかわからねえ。

「魅了」

とろみは言った。

「チャームと、言うのが実に適当かと」

魅了——チャーム？　なんだっけ、それ……、どっかで聞いたような？　ああそうだ、映画でよく見る奴だ。なんかの妖怪、吸血鬼辺りが使う特殊スキルと言うか——ああん？　宇宙人とか出てくるから、てっきりSFかと思っていたけれど、なんだ、ファンタジーだったのか？　吸血鬼が鏡に映らないよう、宇宙人は機械で捉えられない？　魅了と言われても、それはそれであんまりぴんと来ない感じもある——大枠《おおわく》は外しちゃいねーんだろうけれど。心臓を無理矢理高鳴らされる感じ、強引にハイにさせられる感じ。陶酔感、多幸感……、とにかく、感情をひっかき回された。精神的に組み敷かれたように思った——のは確かだが、本当に問題なのは、それ自体ではなく、それをやばいとは思ったものの、大して嫌だとは思わなかったことだ。嫌だとは思わなかったからやばかったわけだけれど。チャーム……ん。チャームと言えばわからねーけど、チャーミングと言えば、もう少ししっくりくる気もするが？　可愛らしさ？

「ええ。七愚人の一人、フロイライン・ラヴ博士いわく——シースルーと接したときに抱く気持ちは、恋と呼ぶのがもっとも近い、と」

恋。ははあん？　それがあの女史の言葉だと思うと、ひねくれ者のあたしも、さすがに聞かざるを得ねーな。しかし、恋って言葉は、ごく最近、馬鹿馬鹿しい感じで聞いたところだから、あまり印象がよくもない……。

「日本文化に造詣《ぞうけい》の深い博士のことでもありますからね。当初は『萌《も》え』と呼ぶのが一番適切だと仰《おつしや》っていたようなのですが、世界には通じなかったので、恋と言い換えたようです」

……それは恋と呼んどいたほうがいいだろうな。博士のパブリックイメージに関わるぜ。正直、萌えと言ってくれたほうがあたし的にもわかりやすいのも確かではあるが、これはまあ、本当に日本的な感覚だろう。なんっつーのか……、言うことを聞かされるというよりは、言うことを聞いてやりたくなるという気持ち？　吸血鬼的なカリスマ性とか、王者の風格とか、そういうのとはむしろ対蹠《たいせき》的な……。

「『守ってあげたくなる』、『大切にしたくなる』とか……、事実、最初は解剖を申し出ていたフロイライン・ラヴ博士が、その前言を撤回しましたからね。もう私にはシースルーにメス一本入れることはできないと前置きした上で」

そりゃあ……、あの女史には珍しい敗北宣言だな。だが、それをみっともねえとは思えない。あたしだって、目線ひとつで従っちまったんだ。目で殺された。あのまま話を続けていたら、果たしてどうなっていたか見当もつかねえ。あたしがあたしでなくなるなんて、思ったこともない——何があろうとあたしはあたしだと思っていたが、その感覚も、奴の前では怪しくなっちまいかねねー。でも、とろみの言う通り、あたしのシースルーくんに対する体験、体感は、あくまでも『ほんの少し』でしかないんだろうな。ちょっぴりだけに過ぎない。片目と、口元と、声だけでしかない。もしも彼氏の全身が露《あら》わになっていたら、どうなっていたか——とろみの制止を聞けたかどうか。あたしはとろみに質問する。人によって見え方が違う、違う人に見えるってのは、つまりそういう意味だったのか？

「ええ。要するにシースルーは対する側にとっての理想の正体になるということです」

理想の正体。理想像。いや、たぶん、その言いかたは正確じゃないな。理想という言葉からは高みを感じるが、どちらかと言えば保護欲をそそられるあの雰囲気は——だから恋か。

「そうですね。正体が異性になることが多いのも、それを裏付けているように思います。実際、実在の人物——初恋の人間や最愛の人間のイメージを、シースルーに感じてしまう者も多々いました。声も、理想の声色、抑揚、イントネーションで——もっとも心地よい声となるようです」

　昆虫で言うところのフェロモンみたいな話か？　あれは、見た目や音じゃなくって、匂い――みたいなものだっけ。

「ええ。なにぶん、機械による分析ができませんのでこの先は推測ですが、見た目、声、匂い、味、触り心地……、五感すべてにおいて、感じる者次第というようです――もっとも、シースルーを舐《な》める蛮勇ある者は、今のところいませんが。……自律的には動くことのないシースルーですが、仮に動いたとしたら、仕草のひとつひとつが向かい合う者の好み、嗜好《しこう》に合致するでしょうね」

　あたしはとろみのその説明を聞いて、その意味を咀嚼《そしやく》して、一言コメントをする。

それ、ガチでやべーだろ。

「ええ。やべーです」

　どうだろうな。やばければやばいほど笑っちゃうのがあたしだけれど、これは真顔になっちゃうかな――そのチャーミングさが、ガゼルが言うところの『残り四分の一』なのだろうが、やばさで言うなら、それが九割九分まで占めてんだろ。分析できないとか、人によって捉え方が違うとか、正体増殖とか、まるで枕だぜ。医学的な言いかたをするなら、相手から抵抗力を奪っちまう能力……能力じゃねーか、体質？　特質？　だが、どうしてそんなことが可能なんだ？　『呪い名』の連中がやるのとは、似てはいるがわけが違う……あいつらの手法には、恐ろしいほど徹底した下準備が必要なわけであって。音使い・零崎曲識の身体操作にしたって、ここまで無茶苦茶なことはできなかったはずだ。

「仮説はあります——これも、フロイライン・ラヴ博士の仮説ですが」

ふん、さすがは七愚人。前線から撤退するにしても、ただじゃ撤退してねーってか。ただ、その見解もあくまでも今のところ、ワンオブゼムってことになるんだろう。

「ワンオブゼムというより、ワンオブゼロですけれどね——何が正しいかなんて、本当にわからないんですから。ただ、個人的な意見としては、私は博士の仮説が一番説得力があると思います——私が仮説を持っていませんからね、ここで意見がバラけることはありません」

説得力ね。説得力があるから真実とは限らないけれど、まあ、とろみと一緒で何の仮説もねー現時点のあたしとしちゃ、傾聴するのみだ。

「シースルーが光や音を、自ら発することは間違いないでしょう。多量に発せられる光の中から、観測者は、己に都合のいいものだけを選び取り、認識する——ロールシャッハテストのように」

目の錯覚ではなく、目の選択ってことか。無意識の選択——恣意的な選択。たくさんの光の中から、自分の『好き』なものだけを選んだ結果、『好きな人』が見える――それは実在の人物に近いかもしれないし、まるっきり架空の人物かもしれない。

「機械で観測・分析ができないのは、無数に発せられる光が最終的にはすべて打ち消し合うからではないか、と。光の三原色を重ねたら真っ白になるのと同じ理屈で――」

ふん。なるほど、確かに説得力はある――けれど、なんか、綺麗に整理されちゃった感があるな。見た目についてはそれでいいとしても、じゃあ、声についてはどう説明する？

「カクテルパーティー効果。だから、基本的には同じですよ。シースルーは同時に多数の音を、あらゆる音調で発する――けれど、聞き手はその中から、自分が聞きたい音だけを聞き取る」

結果、理想ボイスの出来上がりってか――ノイズキャンセリングを閾下《いきか》で行う、否、行わせるってわけだ。そして機械で分析できないのも、視覚情報と同じく、音同士が打ち消し合うから……音の波動は、逆位相をぶつけると消えちまうからな。繰り返しになるが、さすがＥＲ３の至宝、七愚人。あたしじゃ及びもつかねーお利口さんっぷりだぜ。感心するわ、あくまで仮説としてはだが、本当によくできてやがる。しかしながら、やっぱり、これはワンオブゼム――とろみの言うところのワンオブゼロ

——に過ぎねーんだろう。シースルーくんと直に接した他の天才も——七愚人じゃなくっても、同じくらい説得力のある仮説を別個提出しているに違いねえ。見解がバラバラってのは、そういうことだ——すべてが正解、すべてが正体。となると、シースルーくんが、光や音や匂いのみならず、そんな『解釈』さえもバラまいているというような見方もできる。仮説同士が打ち消し合って零になる。人によって受け取りかたが違い、そして意味まで違ってくる。ダブルミーニングならぬビリオンミーニング——あたしは今のところ、おっかなびっくり、シースルーくんに対して仮説を立てることを拒絶しているが、これは案外シースルーくんに対してはもっとも賢明な態度なのかもしれねえ。……賢明？　それのどこがあたしだ？

「これでわかったでしょう？　哀川さん。あなたをシースルーに面会させた理由が」

ん？　とろみはそう言ったが、全然わかんねーぞ。これ以上わかんねーことを増やすなよ。

「いえ、だから、因原支局長が仰っていたじゃないですか——人類最強の請負人であるあなたの、もっとも脅威な部分は、どこかでみんな、あなたを『倒したくない』と思ってしまっているからだって。あなたを暗殺したくない、そんな気持ちを抱いたまま戦って、あなたに勝てるはずがないと——」

……そこに共通項を見出していたってわけか。哀川潤とシースルーくんの共通点としてーーメンタルにおいて、まず相手を圧倒する、とか？　だから、そんなあたしとシースルーくんをぶつけてみて、どうなるか試してみたかった？　あたしとシースルーくんがまさしく打ち消し合うとでも？　だとすりゃ、お門違いもいいところだぜーーいい加減な推理に基づいてあたしに頼みごとをするのはやめて欲しい。あたしにあんな『可愛らしさ』はねーっつーの。そして、あの『可愛らしさ』は、危険なんてものじゃない。洗脳以上だ。仮に、あくまでも仮にだが、あんな特質が技術として確立したなら……。

「機械では分析も記録もできず、個々人の認識を共有もできず、正体は知ろうとするほど増える一方で、しかもその正体はそれぞれにとって、もっとも危害を加えたくない姿に、どころか守りたいと思うような姿に映るーーどんな兵器よりも破壊的です」

ああ。人類最強どころじゃねえ。もしもあたしがお前らだったら、研究なんざ即座に取りやめて、シースルーくんを始末する方法を考えるだろうな。やや乱暴なことをあたしは言った。しかし、『人類を滅ぼす』なんつー、乱暴極まりないことを先に言ったのはシースルーくんのほうだ。

「あるいは」

と、とろみ。

「意地でもその仕組みを解明して、解き明かしてーー我が物にするか、でしょうね」

だろうなあ。『もしもあたしがお前らだったら』とか、他人事だからそうそう言えるけれども、そんな硬軟取り混ぜた非人道兵器みたいなもん、そうそう放棄できねーだろう。あらゆる機械防御に反応しないステルス性、どんな感覚も潜《くぐ》り抜けるカモフラージュ性、そして愛されメイクのチャーミング性――やりようによっちゃ、本当に一人で人類を滅亡させかねねえ。現状、フロイライン・ラヴがその代表例だろうが、既にシースルーくんによって、数々の天才が無力化されてるんだ。東京のことも含め、被害は既に甚大だぜ――けれどそれで研究をやめようっていう、ER3システムでもねーだろうな。だってあいつら馬鹿だもん。賢い馬鹿って、いったいどうしてやりゃあいいんだよ。

「と、言うより……、今の時点で、既に人類はシースルーに対して詰んでいるという言いかたもできるでしょう」

あなたに対して詰んだように、と、とろみは言った。んん？　それは言い過ぎじゃねえのか？　始末……つーか、破壊する方法はあるだろ。ぱっと思いつくだけでも、まだ一度もあいつと接触していない、会ってもいなければその価値もわかっていない奴に、遠隔操作型の爆弾でも使わせれば。それとも、物理的な攻撃に対する防御手段も、彼氏は備えているってのか？

「それはまだわかりません――誰もシースルーを攻撃したことなんてありませんか

ら。哀川さん、その案は現実的には実行不可能です。机上《きじょう》の空論ですよ。効果があるかどうかはともかく、確かにそうすれば、シースルーを攻撃するという『アクション』は可能です――だけれど、一体誰が、『まだ一度もシースルーと接触していない奴』に、その命令を下すんですか？」

う。あたしは言葉に詰まる。それは盲点だった。つーか、普通に考えが足りなかった――そうか、何も知らない奴なら、シースルーくんを攻撃することに躊躇《ちゅうちょ》はないかもしれないけれど、けれど誰かがそいつに、攻撃指令を与えなくちゃいけないんだ。そしてその指令を出す者は、当然、シースルーくんの脅威を知っている――知っているということは、既に彼氏（彼女かもしれねーが）に対して、『恋』に落ちているってことだ。『守ってやりたい』『大切にしたい』という意識が働いていて――つまりそんな命令を出せるわけもない。おお……、マジでこれ、詰んでね？　研究すればするほど、知ろうとすればするほど、嵌《はま》っていく感じじゃん。フロイライン・ラヴが早めに退いたのもわかろうってものだ。分析すればするほど闇に包まれる。下手に関わり続けると、シースルーくんの絶対的な味方になりかねねえ。いや、既にそうなってしまった奴も、相当数いるだろう……。

「哀川さんは、如何ですか？」

ん？

「自分はもう、無力化されたと思いますか？」

やなこと訊くな、こいつ。ここであたしが頷いたらどうするつもりなんだよ。話が終わっちゃうじゃんかよ。そう思いつつ、あたしは言う。お蔭さまで、無力化される前に帰って来れたよ——少なくとも、そのつもりだよ。今のバイタルは極めて正常、極めてよしだ。だけど、もしもあの包帯をもっと剝《む》いてりゃ、手遅れだったかもしれん。究極のハニー・トラップっつーか、天然の惚れ薬っつーか……、イチコロだったかも。もしもあのとき彼氏が……ん？

「ですか。それを聞いて安心しました」

クールを気取りつつも、心底安心したのが丸わかりな風に言うとろみ——だが、感謝の気持ちはもちろんあったが、そんなとろみを微笑ましく見るだけの余裕は、このときのあたしにはなかった。と言うのも、あたしがシースルーくんの包帯を完全に解かなかったのは、あいつが『解かないで』と言ったからなんだ。言ったたっつーか、あたしにはそう聞こえたたっつーか……、もしも彼氏があたしにそう『お願い』していなければ……今から思えばまるであれは、あたしを『魅了』すまいとする心遣いだったような——こんな風に、相手にいいように考えちまうのも、『魅了』の効果だと言われればぐうの音も出ないが。そもそも論になっちまうが、あたしが東京スカイツリーの屋上で、落ちてきたシースルーくんを『キャッチ』しなきゃと思ったことが、既に魅了の成果だと言えなくもない。少なくともガゼルはあたしの話を聞いて、そう思ったのだろう。ふーむ。自覚がねえってのが、自覚があってもその自覚を自覚できないってのが、シースルーくんの厄介なところだな。『呪い名』の人心操作が、感情や気持ちを『上書き』『上塗り』するものなのだとしたら、シースルーくんの特質は、『下書き』『下地』から作られているようだ——こりゃ、いよいよくん付けとかしてらんねーぜ。……あたしは、そんなことを考えながら、ガゼルはこのあと、どうするつもりだと思う？　と、とろみに問いかけた。

「わかりません……私が中断させてしまったことで、哀川さんとシースルーとの面談の目的を、ひとつも果たせていない状態ですから。何らかの形でやり直すのではないのか、と……もちろん、哀川さんの了承があればですが」

了承ね。しかし、その脅威をこうも示されてしまえば、ふたつ返事でうんとは言いづらいぜ。うんと言ったら馬鹿みてーだ、考えてる振りくらいはしといたほうがいい？　と、そこで気付いたことがあった。思い出したんだが、あたしを東京の爆心地から掘り出した調査団に、とろみは参加していたんだよな？　つまり、あたしを除けば、お前だって第一発見者の一人なんだよな——お前にはシースルーくんが、どう見えた？

「え。そ、それは……」

と、クールなとろみがここではかすかに赤面した。なんだその初心《うぶ》な反応、と思ったけれども、思えば『シースルーくんの正体をどんな「人」と受け取るか』は、プライバシーの一番深いところ、内心どころじゃない恋心に関わる部分だ。照れずには言えないかもしれない。逡巡《しゅんじゅん》した挙句《あげく》、とろみは教えてくれたが、それは子供の頃に憧れた男性アイドルをベースにしたと思われる、絶世の美青年だったという——見た瞬間、『助けなきゃ』と思ったそうだ。思った、思わされた。

「そんな彼と、手を繋いでいる形のあなたに、ここだけの話、嫉妬《しっと》したものです——他の人達が、それぞれシースルーに違う正体を感じていたので、すぐに起こっている異常事態には気付きましたが」

人によって正体が変わるって点については、細かく突っ込みてえところもあるんだが——たとえば、体格の問題はどうなるんだ？　とか。やせ型を理想とする奴と、ぽっちゃりを理想とする奴とが同時にシースルーに対したらどうなるんだ？　——ひとまずそれは措《お》いておくとして、まず大まかに確認したいのは、一度見たシースルーくんは、それで『固定』されてしまうのか？　だった。あたしとシースルーくんを会わせた理由はいくつかあるにしろ、大きな一つがそれだったってのは、間違いじゃないはずだが。

「いえ、『固定』はされません——そのときどきのテンションに一番ふさわしいヴィジョンを、シースルーは見せているようです。フロイライン・ラヴ博士の仮説に則《のっと》るなら、こっちが勝手に、見たいように見ているだけなのですが——恋に落ちているだけなのですが」

そう語るとろみの口調はもう持ち前のクールさを取り戻していて、シースルーくんに対する好意を滲《にじ》ませてはいねーんだが、しかし嫉妬というさっきの言葉を重くとらえるなら、あのときガゼルからマイクを奪ってあたしに呼びかけたのは、あたしというライバル、すなわち恋敵を増やさないための行為だったっつー、穿った見方もできなくもねー。『反射的に』とか、『助けるつもりはなかった』とかいうのは、そういう意味なのかも。そうだったとしても助かったことには変わりないから、感謝の気持ちに変わりはねーけど……、そのせいでとろみが叱責《しっせき》を受け、職を失うかもしれないという現状を思うと、げに恐ろしきは女の嫉妬だぜ。

「哀川さんは、如何ですか？」

と、ここでとろみが、さっきも訊いたのと同じ質問をしてきた。ん？　何度訊かれても今のところできる返事は同じだけど——だが、文言《もんごん》は同じでも、訊いていることが違ったようだ。

「どんな『好み』を、シースルーに感じたんですか？　哀川さんにとっての正体。目元と口元、それに声だけとは言え——その効果はあったんでしょう？　だったら

「……」

私だけに言わせるなんてズルいですよ、と、修学旅行の夜の女子中学生みてーなことを言ってくるとろみだった。んー。言いたくねーなー。先述の通り、プライバシーの最たるところだ。とろみとの力関係を思うと、聞いたもん勝ちということで黙っておくというのも手だ。しかし、ここでそれを言わないってのはとろみとの間の溝となりかねなかったし、そんな風に個々人の間に壁が生じることこそ、シースルーくんの思う壺《つぼ》という気もする。あの宇宙人が、真に侵略者だとして――だが。人類を滅ぼす――その手伝い。けっ。誰に何を言ってんだ。あたしは哀川潤だぞ。

「？　哀川さん？」

いや。と、あたしは短く首を振って、シースルーくんから何を見、何を聞いたのかを、端的に、そして事務的に開示した。いっそ、具体的な名前は伏せようかとも思ったんだが、よく考えたらここはＥＲ３システムの支局だ――健気《けなげ》に隠したところで、あの三人のデータは、嫌ってほどに保存されているんだからあまりに無意味だぜ。四神一鏡のとろみが知っているかどうかはわかんねーけど、だからあたしは、普通にフルネームであいつらに触れた。目元は西東天《さいとうたかし》に。口元は架城明楽《かじょうあきら》に。そして声は藍川《あいかわ》純哉《じゅんや》にそっくりだった――要するに、あたしが感じたシースルーくんの正体は、あたしの三人の父親のブレンドだった。なんだよ、あたしはファザコンかってんだ。笑えねーし、こんなに業腹《ごうはら》なことはそうはねーぞ。許すまじ。

11

「考えかたでしょうけれどね。必ずしもシースルーの正体が当人にとっての恋愛対象となるわけではありませんから――私もそうでしたが、幼児体験や子供の頃の思い出を引き出される傾向は強いようです。原初体験。最初に言いました通り、全員が異性を見るわけでもありませんし――たとえば調査団の一人は七十歳を超える老人だったのですが、彼などはかつての恩師と、シースルーの正体を看破したとのことです」

あたしがシースルーくんの中に父親を見たと聞いて、フォローみたいな長広舌《ちょうこうぜつ》をしてくれるとろみだったが、しかし咄嗟に組み立てたと思われるその助け舟は、同時に示唆に富んでもいた。恩師を見たっつーその爺さんが何者かは知らねーが、『老いらくの恋』ってのは否定しないにしても、確かに普通に歳をとってりゃ七十ってのは、今更恋ってテンションでもねえだろうしな。フロイライン・ラヴの仮説の穴とも言えるが――恋愛感情が枯れちゃってる奴や、逆に、まだ恋愛感情が分化するまで成長していない子供は、シースルーをどう同定する？　恩師とか――それとか、親とかってのは、いい線だろう。要は逆らえない、そして従いたいと思うような相手……そのものじゃなくとも、同じ雰囲気を持つ相手。それにしたって、あの三人の父親をこんな形で思い出すってのも、意外ではあったぜ。そして『若さ』だ——シースルーくんがあたしに示したヴィジョンの『若さ』。確かに西東天の目元で、架城明楽の口元で、藍川純哉の声色ではあったが——しかしその年齢感は父親のそれではなく、あたしと同世代だった。不思議……いや、そうじゃねえ。あたしを拾って育て始めた頃のあの三人の年齢に、いつの間にかあたしは追いついていたんだ。ちっ……、あたしも歳を取るわけだぜ。同じ年齢になったところで、あのロリコンどもの気持ちなんてまったくわかってやれねーけどな。

「ところで哀川さん。そろそろ最初の質問に戻らせて欲しいのですが——あなたはシースルーから、最後のあたりで、なんと言われたんですか？　その、お父様の声で……」

ん。ああ、そうか、最初はその話だった。それを伏せた上で、まずはシースルーくんの特質を詮索《せんさく》したんだったか。もちろん、ここで報告すべきだろう。ここがよきタイミングだ。ファザコンをバラしちまった今、伏せておくべき情報なんてないはずだ——ましてシースルーくんがあたしに言ったのは『人類を滅ぼす手伝いをして欲しい』だ。早めに教えて、対策を練ったほうがいいと進言すべきだろう——それを聞けば、彼氏を破壊するための方法を、みんなもっと真剣に考え始めるんじゃねーのか？

これ以上奴の特質が拡散しないうちに——もう手遅れかもしれない、詰んでいるかもしれないとは言い条《じょう》、それでも、あたしを封鎖するために世界中が結託している今なら、思わぬ知恵がどこかから出てくるかもしれねーじゃねーか。…………。

…………。

…………。

「哀川さん？　どうされました？」

黙っちまったあたしを、不審がるというよりはただ心配するように、覗き込むとろみ——それにあたしは、いや、としか答えられない。こうなると、言ったほうがいいつつー理屈はわかっているのに、言いたくないと思っている自分を、認めないわけにはいかない——シースルーくんの脅威を理解した上で、重々承知した上で、それでも庇おうとしている？　おいおい……、これじゃあ、チャームは既に、あたしの心の奥底まで、しっかり浸透しているってことじゃねーか。

「言えないほどに、内心に踏み込んだことを言われたのですか？　でも……」

ちゃんと教えていただかないと困ります、とてっきり言われると思ったのだが、しかしとろみが続けたのは、

「あんまり気にしないほうがいいですよ」

という、これもフォローのような台詞だった。

「シースルーの言葉、その内容も、聞く者によってバラけるんですから——しかも会

話内容は、ほとんど意味をなさない。コミュニケーションが成立しない、と因原支局長も仰っていたでしょう——会話をしようとしても、無理問答みたいになってしまうことがほとんどで、会話にならない……」

無理問答。ああ、そうだ。彼氏とのやり取りは、その遊びに近かった——基本的に、シースルーくんとの会話は、嚙み合わないばかりだった。話せば話すほど混乱すると言うか——ならば最後のラリーも、その一環でしかないのだろうか？

「なまじはっきりと、耳触りのいい声で聞こえるだけに、意思疎通ができているようでもあるんですが、しかし、受け答えはまったく成り立たない、とか……」

私は直接は会話をしていないので実体験としては話せませんが、もしも哀川さんが、そこから何か意味を見出そうとしているのであれば、それは徒労に終わるんじゃないかと思います——と、とろみは言う。いい忠告だぜ、できればあたしも、人類滅亡とか、そんなことで悩みたくねー。……『お願い』でノーリアクションを強いられていたから、『人類滅亡』云々の台詞に関しては答を返せなかったあたしだが、じゃあ仮に、あそこでとろみからの制止を無視してあいつの言葉に答えていても、それは意味をなさなかったのだろうか？『お願い』という言葉がノーリアクションのほうにかかっていたから、その後の台詞には従わなかった？それとも、シースルーくんのちぐはぐな発言内容もまた、数ある正体のひとつ、否、複数に過ぎない——のか？

あたしは自分が何を言われたかを隠したままで、その辺について質問してみた。とろみの返事は『わかりません』だった。

「だから決して、聞き心地のよいことばかりを言われているというわけでもないんですよね――フロイライン・ラヴ博士も、それには仮説を立てていません。矛盾しちゃいますからね。と言うか、博士は、シースルーと会話をする前に撤退しましたから」

知的好奇心を制御できるって点が、あの博士の一番、研究者として突飛な部分かもしれねーな。ER3システムの連中は大抵、それができねーで奇人変人化していくもんだが。あたしは研究者じゃねーけど、それができるだろうか？……だが、ここでそれができたらあたしじゃねえって気持ちは、抑え切れるものじゃねー。あたしはそう考えて、それからとろみに、シースルーくんがあたしに言ったのは、口に出すのも憚《はばか》られる卑語満載のエロっちいスラングだったから、つまびらかにするのは勘弁してくれ、と嘘をついた。あまりに下品なことを言われたのでノーリアクションになっちまったんだ、と……やや強引な誤魔化しかたではあったが、とにかく、その点についての話題をさっさと終わらせたかった。これはシースルーくんを庇う気持ちからそんな嘘をついたわけじゃねえ（むしろ濡《ぬ》れ衣《ぎぬ》を着せたに等しい）。もしもシースルーくんの『発言』内容には意味がなく、また噛み合わないものなのだとすれば、下手に『人類滅亡』なんて荒唐無稽《こうとうむけい》な可能性をER3システム、延いては哀川潤包囲網の連中に匂わせることは現状避けておいたほうがよさそうだ……。シースルーくんはシースルーくんで不確定要素、信用なんてできるわけがねーにしたって、しかし、じゃあER3システムとか、その辺の組織が信用できるのかと言えば、そんなことはまったくない。やばさで言うなら、こいつらだってそれぞれ、十分にやばいんだぜ。そんな奴らがつるんでるんだぜ。いたずらに混乱を招けば、それはそれで、第二次大戦争へと繋がりかねないし――あたしはこの時点で、もう一度、たとえ止められようとも、シースルーくんと対峙《たいじ》することを決意していた。二度目、あるいは三度目のコンタクト。これくらい間をあければ、もうふたつ返事にはならないはずだ！　さほど馬鹿っぽくないはずだ！　もしも『人類滅亡』っつーのが意味のない発言じゃなく、彼氏の真意だったとしても、ガゼルに伝えるのはそれからでも遅くねーだろ。……でもやっぱり、こんな風に考えること自体、シースルーくんの影響下にあるってことなのかもしれねー。もう一度対峙するって決意も、単純に『また会えることを期待していま す』という、あいつの言葉を受けてのものなのかも――考え始めると堂々巡りでキリがねーぜ。

「そうですか。……では、深くは訊きません」

とろみはそう言った。何か察しているのかもしれないけれど、言葉通り、追及はしてこなかった。その代わり、

「正体が確定できないのは仕方ないとしても、せめて目的がわかればいいんですけれどね」

と言った——話が逸れたようでいて、実に核心をつくような台詞ではある。目的。だが、『人類滅亡』という発言が意味のないものだったとすると、他にはどんな目的が考えられるだろう？　宇宙人の来訪理由。侵略——観光？　交渉……、調査……、開国ならぬ開星の要請……あと何があるかな？　地球でしか売ってない限定品でも買いに来た？　だけどなんというか、『人類滅亡』も含めて、どれもこれも、遥か遠方から地球にやってくるほどの科学力を持つであろう宇宙人が目的とするには、ショボいって気がする。フェルミのパラドックスってあるよな？　宇宙の広さと年齢を思えば、確率的には地球人と同じような生命体は存在するべきなのに、なぜ我々は邂逅《かいこう》できないのか、とかなんとか——それに対する回答のひとつが、『用もねーのに地球になんか来ねーよ』だったはず。あたし達自身が地球に住んでる地球人だから、宇宙船地球号にはついつい価値を見出しちまうけれど、高度な科学を有する宇宙人が遥か遠くからわざわざ来るほどの値打ちがあるのか？　って話。シースルーくんを機械で観測・分析できない理由が、単に地球のマシンが『時代遅れ』だからだって説を唱えることは、そう難しくもないだろう。

「ただの不時着……とか？」

とろみが言った。うん、あたしも今それを考えてた——単なる事故って可能性。なんらかのトラブル、アクシデント。エンターテインメント性に欠けるし、また、どうしてわざわざこんな『辺境の惑星』に不時着したのかっつー疑問は残るけれども。

「シースルーがわかりやすく、UFOにでも乗っていてくれればよかったんですけれどね」

と、嘆息するとろみ。そうだよな。生身で落ちてきたってのがちょっと、あいつを『生物』と見做《みな》すのに、得心《とくしん》しかねるところだ——宇宙空間で生きていられる生物なんて、少なくとも地球の常識では存在しねーはずだ。クマムシでも無理だろ。あたしでも無理だし。

「亡命、というのはどうですか？　ドラえもんの映画に、そんな話があったと思いますが」

ああ。リトルスターウォーズな。なるほど、とろみが漫画を読んでいるというのは意外だったが、確かにそれなら、辺境の惑星にまでやってくる、説得力のある理由になる。だがまあ、宇宙空間でどうやって生きていたのかという同じ疑問は残るぜ。結局、一番信憑性《しんぴょう》がありそうなのは、生き物でもなんでもない目的なき鉱物……隕石を相手に、人類が右往左往しているだけって線なんだが。

「鉱物？　でも……人によって正体が変わる鉱物なんて存在しますか？」

それを言うなら、人によって正体が変わる生物だっていないだろうよ——見た目も音も匂いも味もさわり心地も、人によって違う鉱物。観測者が同一でも、会えば会うたび正体が増える。もしもシースルーくんを分析するのであれば、まずはその辺からだろうな——とは思うものの、さすがにそのアプローチは研究者達が終えていることだろう。問題は、その分析結果が人によって違うという点なのだ。それも説得力をもって違う。……だが、だからこそ、あたし自身がそれをやる必要性を感じてきた。そう、あたしがどう感じるか、だ——

「研究者としては誠に厄介な素材でしょうね。調べれば調べるほど、自分にとって都合のいい、望ましい結果ばかりが出てくるのですから——そしてその結果は、ことごとく、他人とはすれ違うと来ている。まるで、鏡を知らない民族が、鏡の研究をしているようなものです」

そういう話もドラえもんにありましたが、と、とろみ——あー、あったな。鏡は見る者によって映る人物が違うから、鏡に映ってる奴の正体がわからないみてーな話——んん？　となると、シースルーくんの発言、『人類滅亡』ってのは、あたしの願望の投影ってことになるのか？　おいおい……、クソ親父どもに虐待されてたロリ時代ならともかく、そんな危険思想が今のあたしにあるってのか？　こえー。心の闇こえー。だが、とろみがどれくらいの重みを込めてそう言ったのかは定かじゃねーけど、しかし、シースルーくんがミラーくんだという仮定は、案外、悪くねーんじゃねーの？　実際、鏡に映る自分にしたって、見たいものを見たいように見てはいるんだろうし……。自分の心、コンプレックスを、彼氏の正体に見ているのだとすれば――ちっ。

「どうしました？　哀川さん」

いや、考え過ぎてると熱暴走を起こしそうになる。面倒臭くなって、どうでもよくなってくる――いっそ全部ぶっ壊しちまえってえ、危険な気持ちになってくる――ちょっとここらで小休止だ。仮説ばかり積み重ねても仕方ねえ。

「はあ……まあ、そうですね。それに、こんなやり取りは、因原支局長がこれまでに、十分積み重ねてきたものなのでしょうし」

それでもあたしが、あたし達が積み重ねることに意味がある、と言おうかと思ったけれど、切り上げどきを見失うと、本当にあたしが暴れ出しかねないので、ぐっと呑み込んだ。ガゼルねえ。あいつとしては、むしろあたしがここで暴れて、すべてを台無しにしてくれればいいと思っているかもしれない――シースルーくんと面会した際、ちょっと考えたことではあるが。推測するに、あいつも既にシースルーくんと接点を持って『無力化』されている側だろうが、だからこそ、自分で手を下さない、命令も下さない形でシースルーくんを始末できれば、それに越したことはないと考えていそうだ。それくらい狡猾《こうかつ》でないとER3ではやってられまい。シースルーくんについて聞きたい話は大体、とろみから聞けた感もあるけれど、ガゼルからももっと詳しい話を、聞けるなら聞きたいものだ——いや、欲を言うなら……でも、それはちょっと、無茶かなあ。

「ねえ、哀川さん。ちょっとだけ雑談、よろしいですか？」

雑談？　別にいいけど。シリアスな話ばかりして肩凝《こ》っちまったし。

「宇宙からの飛来物によって、豪快にコースアウトしてしまった感がありますけれど、元を糺せば今回の件って、あなたに対する包囲網から始まっているんですよね」

うん。

「それについてどう思いました？」

？　ガゼルも気にしてたけど、それ、そんなに大事な話？

「……私は、くだらない真似をって思いましたよ」

だったらあたしと同意見じゃん。でもまあガゼルの意見にも、一考の余地はあるだろ。ミサイルを撃ち込むとか、暗殺するとか、そーゆーのに比べれば、まだ戦略としてはありだったんじゃねーの？　騙《だま》し討ちってわけでも物量作戦ってわけでもない、強いて言うなら兵糧《ひょうろう》作戦……。現状、あんまりうまくは行かなかったみたいだけれど、それは単なる結果だし。ひょっとして、あの状況が続いていたら、協定が崩壊する前に、普通にあたしが泣きを入れてたかもしれねーぜ。

「そんな心にもない慰めを聞きたいわけではないんです――ただ、訊いてみたいんですよね、私。なんていうのか――強い人間の、自分は強いっていう感じは、本人にとってはどういうものなのか」

…………。

「あんな風に世界から外されても、ハブられても、あなたにとっては痛くも痒《かゆ》くもなかった――んじゃ、ないかなあって。いえ、ひとつの幻想としてですね。私達がこぞってあなたを無視することで、人類最強のあなたでも傷ついたりするんじゃないかとか、思いたくもあるんですけれど、でも、そんなことはないんだろうなあ……って」

いやいや、傷つくよ。嫌われたもんだなって思ったよ。なぜか弁解するように自分の傷心を主張するあたしだったが、とろみは取りつく島もねえ。でも、そんなに傷ついちゃいねーのも本当なので、あまり強く主張するのも変だよなあ。

「政治家とか、芸能人とか、スポーツ選手とか……、有名人って、ことあるごとに批判されまくるじゃないですか――一挙一動で野次《やじ》られたり罵声《ばせい》を浴びたりじゃないですか。芸術作品だって、売れれば売れるほど、文句も言われやすくなるでしょう？そういうのを見て、私は可哀想だなって思うほうなんですよ。くだらない嫉妬に基づく的外れな反動を受けて可哀想だなって。でも、本当に的外れなのは、こういう同情のほうなんじゃないかって、実際にあなたと接してみて思いました」

「んん？　わかんねーぞ。もっとわかりやすく言えよ。少年漫画でたとえてくれたら、あたしにはとても通じやすい」

「だから——あなたにはわからないということですよ、私達、凡俗の気持ちは。そして凡俗からの批判や文句なんて、あなたは意にも介さない——突出した者には、一般人からの批判って、全然届いてないんじゃないかなって。強い人の弱ってる姿を見たい気持ちとか、逆に見たくない気持ちとか、全然理解できないんだろうなって。私達がどうして、あなたを仲間外れにするという『くだらない真似』をしたかを、あなたは永遠にわからないいんじゃないかって」

なんだよ、因縁つけんなよ。強い奴には弱い奴の気持ちが通じない系理論か？　そんなもん、弱い奴が頑張って強くなればいいだけだろうが。

「簡単に言いますね」

簡単だからな。それに、それを言い出したらとろみ、てめーだって相当、上のほうにいる人間だろ——エリート気取ってる奴だろ。そういう奴がそんなショボくれたことを言うほうが、あたしは問題だと思うぜ。

「……どういう意味です？」

おいおい、そんなことも考えずに、こんな議論を吹っかけて来たのかよ——雑談にしても考えなさ過ぎだろ。

「ノブレス・オブリージュ……、人の上に立つ者には、果たすべき義務が多く伴う……みたいな話ですか？」

強い者はその強さを自覚するべき、みたいな話。個人的な見解、あたしは弱い奴が弱音を吐いてるよりも、強い奴が弱音吐いてるほうがムカつくな。いいとこにいる奴が、自分はまだまだだみたいな謙虚な姿勢を示すのってどーかと思う。もっと傲慢《ごうまん》になれよ、もっと嫌われろよって思う。

「もっと嫌われろよって……滅茶苦茶言いますね」

けど、いい思いしてる癖に、その上人から好かれようってのも、結構滅茶苦茶だって思わない？　大して考えもなく、いつもみたいに思いついたことを思いついたまま、さして整合性も考えずに言ってみたあたしだったが、しかし、それで現在、なんとなく胸の中にあったもやもやみたいな気持ちに、名前をつけることができた——ああ、そうか。シースルーくんに対して感じる奇妙な対抗意識っつーか、嫌な感じは、その辺に起因するのか。彼氏の人から好かれようという甘えがムカつくんだ——意図的な仕掛けなのかどうか（色仕掛け？）、そもそもあいつに意図どころか意志があるのかもわかんねーけど。

「でも、哀川さん。人から好かれたい……人気者になりたいっていうのは、誰でもそうなんじゃないですか？」

とろみは言う。反論というほどの強さはない——こいつも別に、その件についての結論を、ここで求めているわけじゃないんだろう。

「あなただって、嫌われるよりは好かれるほうがいいでしょう？　世界中から無視されるよりも、やっぱり英雄視されるほうがいいでしょう？」

そりゃそーだけど。でもさー、人から好かれたい、人気者になりたいってモチベーションを持ちつつ、一方でそんなもんどうでもいい知るかって思う気持ちも、やっぱあるべきなんじゃねーの？　強い奴ってのは、余計なことを考えてない奴だと思うんだけど——たとえばあたしなんて、基本的にはなんも考えてねーし。強い奴は強いだけ。大体、お前の理屈じゃ、どっちだって嫌だろう？　お前より上の奴が、お前に嫌われるのが辛くても、平気でも。前者なら強くなる意味が失われるみたいな気がするし、後者なら自分がみじめだ。

「…………」

えーっと、何の話だっけ？　そうそう、そんなお前だって、誰かから羨《うらや》ましがられたり、嫉妬されたり、嫌われたりしてるんだって話だっけ。上には上がいるし下には下がいる？　だけどそれを認めてなお、別のところで『人間は平等だ』って言わなきゃいけねーのが辛いとこかもな。

「哀川さん。まだあなたは、私のそもそもの質問に答えていませんけれど――強い人間の自分は強いっていう感覚は、本人にとってはどういうものなんですか？」

え？　答えてなかったっけ？　そっか、当たり前過ぎて、スルーしてたんだな。

「そう――やっぱり、当たり前なんですか？　自分にとっては、自分自身っていうのは」

いやいや、当たり前なのは、答が当たり前なだけ――強さは当たり前じゃない。自分が人類最強だってえ自覚症状は、そりゃ最高楽しいに決まってんだろ。

「さ、最高……ですか」

テンションは上がるさ。だから格好つけて生きてんだし――これは言ったろ？　強い者は自分の強さを自覚するべきだって。周囲に与える影響とかもな――こっちはあたしの苦手分野だが。だから、総合的にはお前の言う通りなのかもしれない。あたしはお前らがあたしを仲間外れにしたことを、何とも思わなかった――傷ついたとしても、その傷を楽しんじゃってたかもな。……もしもその件で、とろみ、お前があたしに引け目みたいなものを感じているんだとすれば、そんなもんは気にする必要もねー。

「……そういうつもりで振った話題でもなかったんですけれどね。でもまあ、……多少、すっとはしましたが」

胸のつかえは取れましたが、というとろみ。それから、

「すっきりついでに、もうひとつ」

と言ってきた。どんなついでだよ。

「あなたはER3システムの『未完成品』として、今もなお成長過程のようですが……、それでも、いつかは成長を終え、そこからは衰退期に入るでしょう」

衰退期。またやな言葉を遣うねえ。

「失礼……、とにかく、あなたのような極めてしまった人間でも、いつかは『最強』でなくなるときも来るはずで――疲労し、疲弊し、摩耗し、摩損し……誰かに追い抜かれるときも来るんじゃないかって思うんです。単純に負けるとか、三回勝負で一回敗北するとか、そういうことじゃなくて、後続に追い抜かれたとき――あなたは、どうなるんでしょう？」

どうなるって……さあ。そんなことを言われてもなあ。それを言い出したら事実上あたし、あたしの後継機である真心の奴に抜かれてるんじゃねーかって見方もあるわけで、議論としては今更感もあるぜ。なのであたしは、おちゃらけて答えた。悔しくってめそめそ泣いちゃうんじゃねーの？　そんでまあ、そのときこそ引退かねえ。小唄は、全盛期にこそ引退、勇退すべきだという主張のようだけれど、それはやっぱりおいしいとこ取りって気もするしな。

「とことんポジティヴなんですね」

なんだよ。ネガティヴを期待したのか？　無茶言うなって、そういう風に考えられるようになってねーんだって、あたしの脳味噌。ロリ時代に一遍ぶっ壊れちまってるからな。これはこれで呪いみてーなもんだ。真似しないほうがいいぜ。

「あなたの真似なんてできるものですか――その辺りが、あなたを語る上で重要な特質かもしれませんね」

んん？　なんだそりゃ。ちょっと面白そうな話じゃねえか。シースルーくんじゃなくて、あたしの特質？

「いいえ、私も仕事場で色んな人間を見てきてはいますし、この一週間、この研究所で過ごしてみて、結構な数の天才と触れ合ってみたんですけれどね――天才の持つ天才性の最たるものって、己の才能を一般化する力だと思いました。ノーマライズ能力といいますか。特殊を一般にできる能力。その振る舞いや考えかたを、周囲に波及させていく能力――己を周囲に普及させていく能力。逆に言うと、どんなに突出していようとも、それが一代限りの変種であれば、所詮は変人の狂い咲きで終わってしまう。哀川さん、あなたの影響力は巨大ですけれど、どちらかと言うと、生じる反動のほうが大きいようにも思えます――実際に、世界はあなたに対して萎縮《いしゅく》してしまったわけですし」

萎縮ねえ。確かにあたしの周りにいる奴は、あたしと真逆《まぎやく》みてーな奴らが多いな。それを反動と見るのは、ひとつの見識じゃーある。後継機の真心にしたって、あくまでもあたしに対するカウンターだしな。んー。普段のあたしだったら『だからどうした』で終わらしちまうところだが、しかし目新しい意見だから、ちょっと考えてやってもいーかな。そんな気まぐれを起こしかけたときに、折悪《おりあ》しく、病室の扉がノックされた。乱暴なノックではあったが、一応、形式上の礼儀には適《かな》っている――とろみは途中だった議論を切り上げて、「どうぞ」と言った。ガゼルかな？　いや、あいつなら立場的に、軟禁状態のあたし達に会いに来るのに、わざわざノックなんてしないだろう。果たしてドアを開けて中に這入ってきたのは、なんだか危うい雰囲気を隠そうともしない青年だった。

「若紫和歌です」

と、一言目で自己紹介した。淡々とした声だ――少なくともシースルーくんが発したような、好感の持てる声ではない。とろみがすかさず、あたしに「調査団のひとりです」と教えてくれた――ははーん。若紫という名字といい（匂宮雑技団の分家だ）、こいつがあたしを掘り起こしてくれた奴か。じゃ、お礼を言わなきゃ。しかし、あたしが何かを言う前に、

「やってくれましたね、長瀞さん」

と、和歌はとろみを睨《にら》みつけた。

「あなたの軽はずみな行動のせいで、今、上層部は大騒ぎですよ――命をもって償わせるべきだ、なんて厳しい意見も出ているくらいです」

「……その意見は、あなたが出したんじゃないの？」

ねちねちと叱責するような和歌に対し、ひるむことなく、キツい口調で言い返すとろみ。やめろよー、喧嘩するなよー、と一応口では言うものの、あたしは突如勃発した内輪もめを面白がりながら静観する。喧嘩大好き、もっとやれ。

「私はむしろ庇った側ですよ――そのお蔭で、フォローの仕事が回ってきてしまいました」

「フォロー？　あなたにフォローしてもらうことなんかないわよ。余計なお世話もいいところだわ」

仲悪いなあ。まあ、四神一鏡と『殺し名』じゃあ、それも当然か――間に玖渚機関でも挟んどかなきゃ、一番相性の悪いグループ同士だからな。暴力と財力じゃああ。その後もあたしは、しばらくは二人の口論を楽しく、時に茶々を入れながら見守っていたが、さすがに見飽きたあたりで、真面目に口を挟むことにした。和歌よー。お前は手錠足枷してねーみたいだけれど、それは、いざというときはあたしと戦うって意思表示だと受け取っていいのかな？

「……どうとでも受け取ってください」

と、和歌は言う。とろみとはタイプが違うが、こいつもクールインテリ属性だな。

「本家の伝説の兄妹と違って、私はプロのプレイヤーとして、両手両足を自由にしないようなやりかたは、どうしても馴染《なじ》まないというだけです」

おやおや。紳士協定が、早くも崩れかけてるなあ――こりゃあ隕石落下云々の騒ぎがなくても、遠からず同盟は意味をなくしていたってえガゼルの説のほうが正しかったかな？　いや、隕石落下騒動があったから、不協和音が生じているという考えかたをするべきか。

「とは言え……もちろん、いざとならなければ、あなたと戦おうなんて気は毛頭ありませんよ、人類最強さん」

ふうん。そっか。だけどこんなチャンスはそうそうないと思うけどな？　あたしとサシで戦えるなんて。

「彼は土使いです」

横合いから、とろみが和歌の戦闘スタイルを教えてくれた――どんだけ仲悪いんだよ。いや、あたしがにわかに殺気立ったのを受けて、あえてそういう情報を横流しすることで、その殺気を削《そ》ごうと考えたのかもしれない。だとすると、根っから対立しているってわけでもないのか――あたしという共通の敵を持ったときに限り、仲良く

なるとか？　その辺の事情は不明瞭だったが、とろみは、続いて和歌に、

「で、結局何の用なのよ——フォローっていうのは、要するにこれからは哀川さんの監視役を、あなたと私、二人でするってこと？」

と言い、ともあれ話を前に進めようとした。それはとろみのほうからの終戦宣言だったのだろうが、和歌もそれを受け入れ、

「まあ、そういうことです」

と言った。

「本当はあなたを、命までは取らないにしても、償いは求めないにしても、少なくとも今の任務からは外すべきなんじゃないかという意見もありまして、これには私は賛成したんですけれど——現場を仕切る因原支局長の猛反対がありましてね。今、哀川潤からあなたを切り離すのは、彼女のモチベーションにかかわる——と」

とろみは複雑そうな表情であたしを見た——あたしとしては予想した展開のひとつでもあるので、まあそうするだろうな、と思ったくらいだ（『猛反対』までしたのには、ちょっと驚いたが）。ま、わかったように語れるほどにガゼルと腹を割ったわけじゃねーけど、今、建前や個人的感情を優先はしねーだろ。あたしを利用したいのであれば、ここでとろみを外したりはしまい。追加の監視役をつけてくるのも、予想内ではあった——個人的にはここは綺麗どころのお姉ちゃんのほうがよかったけれど、

まあ、多くは望まねーでおこう。和歌もなかなかの別嬪《べっぴん》さんだし。

「と言ったところで、哀川さん。あなたの意志を確認させて欲しいんですが——今後もシースルーの研究に協力していただけますか？　中断した面会の続きを、因原支局長は是非、あなたにお願いしたいようなのですが」

ああ、もちろん。ただし条件がひとつ。

「条件？」

和歌が、とろみも身構える。どんな条件を出してくるのか、見当もつかなかったのだろう——けれど、そんな途方もないことを言うつもりもない。欲を言うつもりがあるだけだ——既にシースルーくんに対する先入観を持ってしまった以上、現在、かの落下物に対してあるだけの情報が欲しい。

「それは……、まあ、因原支局長に頼めば、開示できるだけの情報は出してくれると思いますが。しかし機密に値するデータは——」

今更機密なんて無意味だろうが、まあ、公開したくない情報を公開しろとまでは言わない。その代わり——とあたしは言った。ヒューレット准教授に会わせてくれや。

……口に出してみて、そしてそれを受けた和歌ととろみの顔を見て、うーん、やっぱ無茶だったかな、と思った。ヒューレット准教授。三人の父親の一人、西東天の恩師だった。

12

強い奴は強いから強い理論ってのがある。嘘だ、本当はそんな名前じゃねえ——たぶんもっと真面目なネーミングがされてるんだとは思うけれど、あたしは知らない。その内容は学校に通ったことのない、自分の年齢も正確には知らないあたしにはちぃっとぴんと来ないもんじゃああるんだが、しかし一般論としては納得できるものだ——あとで思い出したんだが、クールエリート属性の長瀞とろみに、話してやればよかったな。何、つってもそんな難しい、専門的な話じゃねえ。学校っていう教育システムから起こる、必然的な瑕疵《かし》っつーか、避けられねー副作用っつーか。同じ学年、同じクラス……つまり学習における『競争相手』に、四月生まれの奴から三月生まれの奴が含まれるってことだ。欧米においては九月から八月になるのかな。要は生徒達に最長で約一年の『成長差』があるって話——これは、成長過程の子供にとっちゃあ結構な差だ。ほとんど一学年違うような奴と同じフィールドで競って勝てるかって言われれば、そりゃあキツいよな——逆に、四・五・六月生まれの奴は、一・二・三月生まれのクラスメイトに対して、相当有利な立場で戦えるだろう。肉体的・頭脳的な優位はもとより、人生経験を一年分、多く積んでるってこともあるし。もちろん教育機関を卒業し、大人になっちまえば、そんな成長差は誤差として綺麗にならされるわけだが——だが、幼少期の勝敗体験ってのは、メンタルの根っこの部分に食い込み、ある者にとっては成長を促進させる材料となるし、ある者にとっては成長を阻害する材料となる。なんか、もっともらし過ぎて、胡散臭《うさんくさ》ささえ感じちまう理屈でもあるんだが、だから子供の頃から『人の上に立つ』ことを多く体験しているエリートには四月生まれ（欧米においては九月生まれ）の人間が多いとか？　嘘か真か、この理論に則って、自分の子供をわざと、一学年遅れで小学校に入学させる親もいるとか——勝ち癖をつける、負け癖をつけないってのは、ギャンブルじゃあ大切なことみたいだけれど、実生活ではどうなのかね？　変に勝ち癖をつけたばかりに、成長差がならされてくる十代半ばあたりでぽっきり挫折しちまうってこともありそうだが——でもまあ、人間ってのはどいつもこいつも、おしなべてスタートラインが違うってのは、あたしみてーなはぐれ者にもわかりやすい。スタートラインが違う。生年月日だけじゃねえ、教育熱心なスパルタの元に生まれるか、育児放棄の、親とも呼べない親の元に生まれるか、あるいはあたしみてーに、親なんて知らないで生まれるか……、スタートラインなんてバラッバラだ。ん？　なんか変な話になってきてるか？　あたしはゴールテープが用意されてる場所もバラッバラだって話に持っていきたかったんだけどな——強い奴は強いから強い、弱い奴は弱いから弱い。強い奴にとっちゃ甲斐のねー理論だし、弱い奴にとっちゃ救いのねー理論だが、けれどこんな理論自体、ただのスタートラインに過ぎねえ。問題は強い自分で、あるいは弱い自分で、どれくらい面白おかしく生きていくかってことだしな。強い奴の自分は強いって感覚が、どんな感じなのかという質問に、もしも、『最高楽しい』以外の、まあ、質問者がそれなりに納得してくれるだろう答を用意するのであれば、そんなところだろう。即《すなわ》ち、『お前がお前だって感覚と、そんなに変わらない——ただし、お前が人生を楽しんでいる限りにおいて』。ははっ。これも結局、格好つけているだけなんだけどな。格好つけるのはあたしの日課だぜ。

「ヒューレット准教授に会いたいって……正気ですか。こちらとしては、冗談じゃないって気持ちなんですけれど」

あたしの要請を受けて、ガゼルは青ざめてそんなことを言った。可哀想なくらいだ——もしも彼女の立場でそんなことを望めば、それだけで社会的に抹殺されてしまいかねないくらいの高望みなのだろう。あたしはその点、一応弁解する。いや、あたしだって冗談でこんなことは言わねーよ。ただし、実現可能だとも思っちゃいねー。無理なら無理で諦めるくらいに思ってる——わがままを言ってお前を困らせようなんてつもりはないんだ。

「本当ですか……？」

そう言ってあたしを睨んだガゼル。その目は語っていた——やっぱり哀川潤に関わるとロクなことにならない。へん。その通りだよ。

「どうして……ヒューレット准教授なのですか？　もしも、シースルーと二度目の面会をするにあたって、優れた研究者とのディスカッションが必要だと考えるのであれば、もちろん、検討しないではありませんが……でも、かの准教授というのは、さすがに……不敬《ふけい》が過ぎませんか？」

おいおい。不敬はどっちだよ——じゃあお前は、あの世界最高の頭脳に準ずる研究者がいるとでも思うのか？　あたしがそう言うと、ガゼルはぐっと、黙り込んだ。いやいや、だから別にお前を困らせて楽しもうなんてつもりはないんだってば。でも、無茶は言ってるかもしれないけれど、間違ったことは言ってないだろう？　ヒューレット准教授は、一応、七愚人の一人ではあるが——その意味じゃあ、フロイライン・ラヴや因原ガゼル……かつての園山赤音《そのやまあかね》と列して語るのも不可能じゃあないんだが、しかし、ヒューレット准教授の頭脳は、七愚人の他の六人を足して六乗しても、まだ足りないくらいに突出している。いや、これは謙遜で言うんじゃなくって、もしも頭の良さを、その数値を『強さ』に換算できるんであれば、人類最強はあたしじゃなくって、ヒューレット准教授だ。……まあ、あたしより頭のいい奴なんて、この世に五万といるから、こんな比較をしてもあんまり意味はねーかもしんねーけど（単位が違

うぜ)、とにかく、その五万人のうちの一人であるガゼルは、

「それにしたって……」

と言う。

「ヒューレット准教授は、今回の件には完全にノータッチなのですが――ええなにせ、お忙しいかたですので」

わかっているよ。なにせアメリカ合衆国大統領並の免罪特権を与えられているような過剰天才だ――大統領と同じくらい多忙だろう。

「いえ、多忙なんてレベルではあのかたは語れませんよ。なにせ、老衰でお亡くなりになるまでのスケジュールを、分単位で完全に組んでらっしゃるかたですから……、そこに割り込むというのは、いくらあなたでも……そもそも、哀川さん。あなたのような危険人物と准教授を接触させるべきではないと、多くの人は考えるでしょう。……私も考えますよ」

だろうねえ。ことによると、シースルーくんとの面談以上に、実現は難しいかもしれないくらいだ。分単位のスケジュールのことはあるにしても、どうしてヒューレット准教授が今回の件にノータッチなのかと言えば、シースルーくんと接触させて、もしものことがあったらその損失は計り知れないからだろうしな。いや、ノータッチな、もっと根本的な理由があって……。

「それに……、どうしてヒューレット准教授なのですか？　だって……」

　皆まで言わないが、ガゼルもその点、指摘したいようだった——しかし、それこそがあたしがヒューレット准教授に会いたい理由でもあるのだが言ってもわかってもらえないだろーなー。ただ、脈ありとまでは言わないけれど、にべもなく却下されはしなかったらしい。一考の余地ありか？　いっそ頭ごなしに否定してくれたら、実はあたしも気が楽だったりしたんだけれども。

「たぶん……、ヒューレット准教授と哀川さんの対談が実現するとしても、電話……、いえ、メールでのやり取りになると思いますが、それでもいいんですか？」

　んー。できれば顔を突き合わせて話したいところだけれど……、その辺は妥協しとくか。究極、質問状を送って回答を待つって形でもいいや。今、あたしが欲しているブレイクスルーを、それでも十分に、かの准教授はくれるだろうよ。

「……シースルーを調査するにあたって、必要なことなんですよね？　逆に言えば、ヒューレット准教授からお話を聞くことで、シースルーの正体に近付くことができる——そんな確信があるからこその、要請だと考えていいんですよね？」

　確信は正直、ない。あの未確認飛行物体に対して持てる確信なんてない——『正体無限』っつー特質を持つ、生物なのか鉱物なのかも未だ不明なシースルーくんには、確かなことも信じられることもない。むしろ時を経るにつれ、不信感、もっと言うなら嫌悪感が増してくるくらいだ——だが、たぶんこの嫌悪感は、無理矢理持たされた『好感』『多幸感』の裏返しでしかねーんだ。それを思うと、もっと腹が立つ。悪循環だぜ。

「一か八かのギャンブルで、やけっぱちでヒューレット准教授の時間を奪おうというのでしたら——」

違うって。もちろん、あたしだってこんなことを言い出した以上、失敗しました、てへぺろ☆で終わらそうってつもりはない。もしもヒューレット准教授とメールであれ話させてもらった上で、シースルーくんとの面談の結果、何もわからなかったとなれば——あいつの正体にまるっきり迫れなかったときには、何らかの責任は取らせてもらう。

「責任？　……あなたの口から責任なんて言葉を聞けるとは思いませんでしたね」

うん？　うん、そうだな。あたしも責任なんて言葉を、こんな風に使ったのは初めてかもしれない。無責任を地でいくのがあたしの生きかただったからな——ただ、今回の件にはそれだけの値打ちがあると思っている。人類を代表して、宇宙人に立ち向かおうって気になってるぜ。

「人類を代表って……、そんな重い責任、負えるんですか」

請負人だからな。

「……だけど、依頼人はいませんよ。これは仕事ではありません。むしろ、あなたが請負人として動くとなれば、私はそれを全力で止めなければならない立場です——うやむやになりかけていますけれど、それでも世界から、あなたはまだ仕事を干されている最中だということをお忘れなく」

ふむ。それは問題だった——いや、実際、依頼がなくちゃ動けないあたしにとっては、結構なハードプロブレムだ。これは理屈じゃねえ、あたしはそういう風にできている。哀川潤は人類最強の請負人であって、人類最強で請負人ではない——あたしのことをそんな風に喝破《かっぱ》した奴がいるんだっけ？　裏を返せば、誰かがはっきり、仕事として依頼してくれりゃあ、対シースルーくんのことだって——まあ、それは言うまい。言っても詮《せん》のないことだ。あくまでも今回はプライベートってことで。

「わかりました……できる限りのことはしてみましょう」

その後も数時間にわたってネゴシエーションを続け、最後にはガゼルは、渋々感は満載ながらも、そんな風に承諾してくれた。ヒューレット准教授との面談を承諾してくれたってことじゃない、承諾してくれたのは、その要請を持ち帰って検討してくれるってえだけなんだが、それでも大きな前進だった——つーか、ガゼルからしてみりゃ、それだけで死刑台への階段に足をかけたようなもんなんだろうが。ただ、あたしからの頼みごとなんて無下《むげ》に却下してりゃあノントラブルだったのに、それでも受け入れたところを見ると、案外、こんな奴でも仕事を離れたところで、好奇心を抑えきれなかったんじゃねーかっつー邪推もできそうだ。つまり、あたし、哀川潤と、ヒューレット准教授のマッチング——人類最強の請負人と地球最高峰の頭脳が正面から向き合う構図に、『わくわく』しちまったんじゃねーかってよ。くくく。あたしも他人事だったら盛り上がれるカードではある——他人事じゃねーから、ちょっとビビっちゃってるとこもあるけど、気後れしてもいられねーや。

「もしもこれで首になったら、養ってもらえますよね」

軽口とは思えないくらい真剣な口調で言われたので、ついつい任せときなと快諾しちまったけれども、よく考えたらあたしは現在、仕事を干されている最中だった（すぐ忘れちまう）。あたしが養って欲しいくらいだぜ——壮絶な二人暮らしを始めないためにも、クソ親父の名前を使ってもいいと、あたしはガゼルに言ったのだった。まさかこの歳になって親父の威光に頼ることになろうとは、人生は何が起こるかわからねえ……因原ガゼル元支局長との壮絶な二人暮らしも、それはそれで楽しそうだけどな。

13

実現した。ヒューレット准教授との面談が、だ——あたしとの清貧生活を絶対に回避したかったのか、ガゼルが頑張ってくれたらしい。正直、不良生徒だったクソ親父の名前がそんなに有効だったとも思えないし（逆効果だったかもしれない）、あいつは何を担保に首脳陣を説得したんだろうな？　口振りからして、てっきりメールでのやり取りになるだろうと思っていたんだが、直に会えこそしなかったものの、顔を突き合わせてのリアルタイムでの会談となった――即ち、テレビ電話での対面会議だ。今時はスカイプとかフェイスタイムとかって言うんだっけ？　セキュリティはがっちがっちで、これ以上ないくらいに監視された状況下での対談ではあるんだが――数日後のこと。

「十五分だ」

テレビモニターの向こう側でヒューレット准教授はそう切り出した――社交辞令じみた挨拶なんてない。西東天は元気かとか、そういう話を振られても答えようがなかったので、手っ取り早いのはこちらとしてもありがたいぜ。若いときの顔写真を何かで見たことがあるが、何分御年既に八十歳を超えるはずの重鎮なので、画面に映る老人が本当にヒューレット准教授なのかどうかは、あたしには判断材料がない。ひょっとすると影武者かもしれねー……ありそうな話だが、まあここは、信頼するしかねーか。それに本物かどうかくらい、話してりゃあわかる――仮に別人だとしても、あたしが納得するだけの話を聞かせてくれるなら大いに結構ってなもんだ。

「お前に割《さ》ける時間は十五分だ──哀川潤くん。知識の出発点である私から始まるこの十五分の遅れが、どのように末端に向けて波及していくのか、ゆめゆめ忘れないでくれたまえ。概算、百を超える分野で、数十年単位の足止めが起こるだろう」

はあ？　知らねーよ、桶屋が儲かろうが倒産しようが。急ぐってことがら十五分の遅れくらい何とかして今日中に取り戻せよ。急ぐってことができねーのか、じーさん。と、思ったけれど、慎み深いあたしはつましく己の立場を弁《わきま》えて、恫喝《どうかつ》に近いその警告をスルーした。十五分しかねーなら、時間の無駄はできる限り避けるべきだしな。

「口の悪い娘だな」

と、じろりと睨まれた。あ、しまった、スルーしたつもりが、普通に思ったことがそのまま口に出てた。これはあとで怒られるぞー。ガゼルが。

「どんな躾《しつけ》を受けたものか──まあいい。人類最強と呼ばれる若者がどれくらいのものか、一度対話をしてみたかったのも事実だ。この会談がお互いにとって有益なものであることを望む」

そりゃ気が合いますな、おじいちゃん。口が悪いのは勘弁してくれ、確かにその辺の躾が甘いんだ、あたしは。でも、あんたに対して敬意を払ってねーってわけじゃねーんだよ？

「では議題を述べ給《たま》え。残り時間は十四分だ」

資料はもう届いていると思うんだけれど、東京に落下した『隕石』の分析に、今あたしは協力させてもらってるんだ——それについて、あんたの意見を聞きたいな。

「愚劣の一言だ」

と、ヒューレット准教授は切って捨てた。言葉を曖昧に濁したり、勿体《もったい》ぶったりする様子はない。頑固爺さんそのものだ——別に好々爺《こうこうや》を期待していたわけでもねーけど。

「宇宙人などいるわけがなかろう」

……うん、噂通り。有名な話なんだ——ヒューレット准教授が、宇宙人、つーかまあ、UFOとかエイリアンとか、まあUMAとかミュータントとかも含めてだけれど、そういったオカルトじみたあれこれを、まるっきり信じてねえってこと——いや、信じてねえってレベルじゃねえ、完全なる否定派だってことは。頭のいい奴、いわゆる知的エリートは意外とオカルトに関して寛容だったりもするんだけれど……、教養人は意外なほど幽霊を信じていたりするものらしいけれど、しかし、ヒューレット准教授にその寛容さを期待するのは間違っている。これまで准教授がシースルーくんについてノータッチだったのは、当然、スケジュールの都合も危険度の問題もあっただろうが、それ以前の根本的な話として、ヒューレット准教授の前で宇宙人なんて言えば、今後、学会で発表の機会はないと思ったほうがいいからというのがあるだろう——あたしは学会で発表なんてすることはないから、平気で言っちゃうけどな。どころか、だからこそ、あたしはガゼルに、こんな無茶な取引を持ちかけたのだった。専門外ってだけじゃねえ、宇宙人を毛嫌いする否定派の意見、それも天才の意見を聞きたかった——それがあたしが、ヒューレット准教授に面談を申し込んだ真の理由だった。

「哀川潤くん。参考までに聞かせて欲しいのだが、きみと話すにあたっては、私は話をどのレベルまで落とせばいいのかね？　きみは荒唐無稽にも宇宙人の存在を信じていると、そう見下しておいていいのかね？」

世界最高の頭脳でも、皮肉を言ったりはするらしい——好感持てるぜ。真面目な会話なんて疲れるだけだからな。それに、もっと正直なことを言うと、専門用語を駆使して話されても、あたしみたいな肉体派にゃあわかりにくい。天才様があたしのレベルに合わせてくれるっていうなら、それに越したことはねーや。

「フェルミのパラドックスの最適解だ——我々が宇宙人と遭遇しないのは、そんなものはいないからだ」

うん。まあ、時間もないことだし、『地球人だって広い意味じゃ宇宙人なんじゃねえの？』とか、馬鹿な質問をしても仕方ねーよな。反論が山のように返ってきそうだし、そういう話をしたいわけじゃあないんだ——許されることなら、こんな機会は二度とないだろうから、人生相談でも持ちかけたいところだけどな。あたし、今、世界中からシカトされていじめられてるんですけど、どうしたらいいですか？

「いじめられるほうが悪い」

あら。また口に出ちゃってたか。しかも厳しいこと言うじーさんだな。時代かな。現代のいじめの陰湿さを知らない世代と見える。

「お前は自分がいじめられている理由を、自分が強いからだと思っているかもしれないが——お前が皆から無視されているのは、お前の性格が悪いからだ。私を見ろ、私は世界一の天才だが、それで嫌われたことは一度もない」

今一人ここで嫌いになりかけてる女子がいるぜ。でもまあ、聞くべき意見ではあった。突出具合で言えばこのじーさんのほうがあたしより上だと思うんだけど、気難しさも含めて、なんで全世界の知識人からの尊敬を一身に集めてんだろうな？　うーん、深く話してえ。でも、残り時間が、もう十分を切りつつあった。貴重な会合があたしの人生相談で終わっちゃったら、さすがにガゼルに合わせる顔がないぜ。たとえあたしの性格がどれくらい悪くともだ。本題に入ろう——宇宙人がいるかどうかなんて、あたしにとってはどうでもいいことだ。

「ほう？」

シースルーが宇宙人なのかどうかだって、どうでもいい——実はどっかの某組織が開発した秘密兵器だったとしても、構やしねーんだ。別に宇宙にロマンを求めてるってわけでもない——ただ、目の前にわけのわからねーもんがあったら、挑んでみたくならねーか？　あんたの知識欲も、それと似たようなもんじゃねーの？

「どうだろうな。お前の挑戦意欲と私の知識欲は、まったく違うものという気がする——私には、『わからない』という感覚がないから。人生なんて、ただの検算だ」

あっそ。そりゃあつまらなさそうなこって。

「だがまあ、闇雲に宇宙人だの新発見だの言わないのであれば、あと十分、付き合ってやってもいい」

サンキュー。で、同じ質問になるんだけれど、あんた、どう思う？　シースルーについての詳細は、資料にあった通りなんだが。

「あんな馬鹿馬鹿しい作文は読んでない」

それは読めよ。どんだけ宇宙人アレルギーなんだよ。

「が、読まなくとも概ね予想はつく」

と、ヒューレット准教授。

「なんだ？　恋愛星から恋愛星人が地球にやって来たんだったか？」

じーさん、皮肉にセンスあり過ぎだろ。恋愛星からやって来た恋愛星人って。本当は宇宙人とか好きなんじゃねーのかと疑わせなくもない。資料は読んでいなくとも、フロイライン・ラヴの仮説くらいは、どっかのルートから入っているんだろう——もちろんのこと、否定的なようだが。

「もしそんな恋愛星人がいるなら、スケジュールをオールキャンセルしてでも会いたいものだがな。そうすれば私は生まれて初めて、『人を好きになる』という体験をすることになるだろう」

そんな体験、とっくの昔に諦めていたが——と、ヒューレット准教授は言う。んー。残り時間を考えると、そこに話を逸らすわけにはいかないけれど、そう言えばそれを考えていなかったな。もしもシースルーくんを、誰も好きにならない、人間嫌いみたいな奴に会わせた場合は——そいつは誰と会うことになるんだろう？　そんな奴にはシースルーくんは見えないんだろうか。だとすればそれは、シースルーくんの正体増殖に歯止めをかける一助となりそうに思えなくもない……人間嫌いに会わせれば彼氏の正体が減っていくとはなるまいが。そんな仮説を検討しつつ、あたしはヒューレット准教授に質問した。まあもしもの話だよ。もしもの話、そんな、『誰からも好かれる』個性を持つ恋愛星人がいるとして——そいつは何をしに地球に来ると思う？

「それは行動には必ず目的があるという前提に立った設問だな。哀川潤くん。次にお前はこう訊くのだろう——恋愛星人は、どうしてそんな個性を身に付けたのか。どういう『目的』で、そんな個性が必要だったのか、と——愚かな質問だよ。目的があり、そのために行動するなどというのは数少ない、選択されし者にだけ許された特権でしかない」

特権？　強い言葉だな。あたしなら贅沢と言うところだけど。その辺は細かい言葉の違いでしかねーか。だが、『選ばれし者』ではなく『選択されし者』という言葉の違いのほうは、この准教授の生きざまを如実に表しているようにも思えた。

「大抵の生物は『ただなんとなく』行動している——目的なんてない。なぜなら生物の定義は『行動』することだからだ。『目的』を持つことでは決してない」

んー。ちょっとわかりにくい。

「そりゃあお前は特権階級だからな。『目的』がないという状態は、さぞかし居心地が悪かろう。ただ、だからと言って他の人間にまで同じ意識の高さを求めるのは、教育者としては添削したくなる間違いだ。西東天くんもそうだったが……、お前は他人に期待し過ぎだ」

あれ？　あたし、ひょっとして説教されてる？　なんだ、進路指導でも受けてるのか。参ったね。貴重な経験ではあるから、このまま説教を受け続けてもよかろうもんだが、ただ、やっぱ残り時間が——しかし、時間に追われる天才・ヒューレット准教授が、まさかタイムマネージメントを間違うはずもなかった。うるさ型の雷じーさんってわけじゃなく……、いや、性格的には十分うるさ型の雷じーさんなんだろうけれど、しかしことのついでにあたしを叱りつけたかったわけではなく、話は本題のままだった。

「シースルーというその物体にも期待し過ぎだ」

そう続けた。

「それは、きみだけではなく、フロイライン・ラヴ博士を含む全員がそうだと思われる。恋愛星人も、可哀想に。そんなに期待されれば、重圧でその身が持つまい」

あくまで比喩で言っているだけ、皮肉で言っているだけなんだろうが、しかしヒューレット准教授は、否定しているはずの宇宙人に、肩入れするようなことを言う。

「未知の存在に期待したくなる気持ちはわかる。だが、未知であるということは、イコールで価値があるということではない。私から見れば、物体シースルーの機能は、単なる『ちょっと便利な特技』の域を出ない――大の大人が大騒ぎするようなものではない」

おやおや、そこまで否定しちゃいますか――そういう意見を聞きたかったんだけどな。そう、それを言ってくれてこそ、世紀の天才に貴重な時間を割いていただいた甲斐があったってもんだぜ。やっぱ、隕石とか宇宙人とか、そんな道具立てで、どうしても浮足立ってたとこはあるからな――水を差して欲しかった、冷や水を浴びせて欲しかった。あたしも一度熱くなっちゃえば、冷静になれない奴だし。だからこれは無理矢理にでも冷静になるためのメソッドの、究極手段だぜ。……だけど、話を聞いているると、ヒューレット准教授のモチベーションがわかんなくなってきたってのはある。なんとなく、置かれている立場からシンパシーを感じてなくもなかったんだが――確かにあたしの挑戦意欲と、准教授の知識欲は、全然違うみたいだ。『わからない』という感覚がないってのは、さすがにハッタリを利《き》かせたレトリックにしても、未知の領域に対して魅力を感じない奴が、なんで天才やってんだ？　ここで『天才ってのはそういうもんだから』で退くのは、ちっと勿体ないなあ。一分だけ（ごめんね、ガゼル）。じーさん、あんたも間違いなく特権階級側の人間だと思うんだけれど、じゃああんたの『行動』には、どういう『目的』があるわけ？　まさか『なんとなく』とは言わないよな。

「もちろん言わない。だが、生憎《あいにく》私の人生は、お前のそれのように波乱万丈なものではない――この十五分のようなイレギュラーなど極めて稀《まれ》だ。大抵のことは予定通り――スケジュール通り。三歳の頃に考えた人生表の通りに進行している」

三歳？　マジか。鵜呑みにしていいのか。

「むろん微修正はあるがな。だから私の人生の目的を端的に述べるなら、設定された予定をこなすことだ――予定通りにビシ！　っと決まると、テンションが上がる」

ビシ！　って言いかたがどうにも軽かったけれど（テンションが上がるってのもご

老人が使う言葉としちゃーどうよ）、とんでもないこと言ってるよな。ふうん。色んな考えかたがあるもんだ。あたしなんかは、予定外のことが起こると面白くなっちゃうほうだけれども、たぶん、ヒューレット准教授にとっては、それは許しがたい不確定要素なのだろう——だからいい加減なオカルトには取り合ってられねえってわけかな？　もっともっと掘り下げてーが、これで一分だ。ここは尊敬すべき人生の先輩を見習って、予定通りに行動しておくとしよう。じーさん、シースルーくんの……失礼、物体シースルーの特性を、便利な特技に過ぎないって言ったな。つまりそれは、現在地球にある科学や技法で十分に代替が利くって意味か？

「そういう意味でもあるし、多面性など誰でも持っているという意味でもある——ステルスでありチャフでありスパイとしての愉快な特性を、どう応用するか？　仮に話し合う価値があるのだとすれば、その点ではないのかな。地球の言葉で説明できてしまうあれこれではなく」

どう応用するか——いや、じーさん、正に問題になってるのがそこなんだけれどな（残り八分）。正体を隠したり偽ったりするなら看破すりゃーいいけど、正体を増やすんだぜ？　しかも好感の持てる都合のいい正体を、だ。分析し、解析しようとすればするほど無限ループにはまっていく……、すげータチの悪い『恋人』じゃねーかよ。もしも物体シースルーのそんな特性が技術として確立されたら、それこそ現在、地球上にある科学の半分以上が意味をなくすんじゃねーのか？　それを恐れて——あるいはそれを歓迎して、今、世界は右往左往、上を下への大騒ぎになっちまってるんだから。あんたが八十年かけて組み立ててきた法則や定理も、過去の遺物になっちゃうかもね。それとも、いつかそんなことになっちゃうってのも、じーさんの予定表には書いてあるのかな？

「私は予言者ではない——ふん。もしも本当にそんなことになれば、素直に負けを認めて、恋愛星人の軍門に降《くだ》るよ。頭に生やした恋愛触角を垂れて、恋愛触手を地面につき、恋愛土下座を決めるさ」

スピンオフがすげーな、恋愛星人。そして触角に触手って。じーさんの中にある宇宙人のイメージが、ステロタイプ過ぎる。……恋愛土下座はいささか独創的だが（残り七分十二秒）。

「恋愛星人シースルーに、知能があるかどうか——自立した精神があるかどうか。そんなこともまだ、お前達にはわかっていないのではないか？」

うん。何もわかっていない。は、言い過ぎにしても、それに等しい——重要そうなところで言うなら、結局、ステルスやカモフラージュ、チャームを、あいつが意図的にやっているのかどうかさえも、はっきりしないのだ。会話ができる以上、それだけの知能はあると判断すべきかもしれねーけど、あの無理問答を、会話が成立していると言っちゃっていいのかどうか。どちらかと言えば、そう……、程度の低い人工知能とのやり取りって感じでもあった——最初の部分と、最後の部分を除いては。

「仮に知能があったとしても、それで地球外生物ということにはならないがな。……私のスケジュールに組み込まれてはいないが、かつてそんな悪戯を企んだ教え子がいた。宇宙船の中で生物を組織的に養殖すれば、それは『地球外生命体』になるのではないか、と——そのために宇宙ステーションを建造しようとした大馬鹿者だ」

スケールのでけえ大馬鹿者だな。まさかあたしの親父じゃねえだろうな……いや、そんなユニークな発想ができるようだったら、もうちょっとマシな人生送ってんだろ、あいつは。

「その件はただの笑い話だが、しかし、笑い話だからと言って学ぶべきところが皆無とも限らない——特にお前のような、学ぶことを楽しみとする人間にしてみれば」

自分は違う、と言いたげだな——あたしも別に、お勉強が大好きってタイプじゃねーんだけれども。なんだ、学ぶところってのは、得るべき教訓ってのは、あれか。『宇宙人はいないのなら宇宙人を作ってしまえ』ってえ発想もあるってことか？　欲しいものがなけりゃ作ればいい——あるいは欲しいものがなくとも他のもので代用できるとか、そういう話か？

「そんなところだ。モデルとして確立されれば、いくらでもそれと似たものは作れる

——そうやって真実は、あるいは妄想は、模倣されていく」

んー。天才の一番天才性に富んだ部分は『ノーマライズ能力』だ、みたいなことを、とろみが言ってたな。それとは違う話なんだろうけれど——天才はそうやって自己の才能を後世に残していくのかもしれねー。たとえこのじーさんが（予定表通りに）死んだとしても、その影響力はありとあらゆる分野で永久に続くだろう。あたしの場合は……、どうなんだろうな？　やっぱり後継機としての想影《おもかげ》真心はカウンターで結構タイプが違うしなー。おっと、残り時間、残り時間。つまりシースルーくん……物体シースルーを地球外生物として認めるには条件が満たされていないって言ってんだよな？　地球外どころか、生物って部分でも——そこも激しく議論されてるとこなんだよ。

「私が言っているのは『議論に値しない』だ——もちろん、お前達の気持ちがわからないとは言わない。責めない。だが、他にするべきことがあるだろうと、指摘しないわけにもいかない——たとえば哀川潤くん。お前はさっさと日本に戻って、東京都の復興に努めるべきなのではないか？　ボランティアに精を出していれば好感度が上がって、いじめが終わるかもしれないぞ」

ところどころ考えかたが旧世代なのが面白いな、このじーさんは。まあでも、東京に巨大なクレーターができて、その後どうなったのか、あたしは動静をまったく見守ていなかったけれども、被害者ゼロとは言え首都機能が全滅したんだ、今もって尚《なお》てんやわんやだろう。あたしにできることは特にねーけど、指摘されてみれば、様子を見に行きたくもある。いやもう本当、あたしってER3システムの研究に協力している場合なのかよ？　人生の意味を問い直しちまうぜ。

「嘘をつけ」

天才に突っ込まれた。

「名高き人類最強が、そんな殊勝でもあるまい――そして私に何を言われたところで、お前は未知の探求をやめまい。研究者、学者としての資質には欠けるようだが……こうして話していると、なるほど、あの西東天の娘だという気はしてくるよ」

マジっすか。嬉しくないぜ。

「惜しいという気はする――人類最強などという生産性に欠ける道を歩まず、お前が父親と同じ道を歩んでいたら……今からでも遅くないと思うがな」

あたしがあの親父と同じ道を歩んだら大変なことになるぞ。大惨事だぞ。その道、後には草一本生えねーぞ。何かを始めるのに遅いってことがないってのは賛成だけどな。あたしの人生だって、このあとどうなるのかわかんねーから面白い――予定表とかいらねー。でもま、今はこうだな（残り四分二十七秒――もうそんだけ？）。

「まだ時間を残してはいるが、概ね、話すべきことは話したと思う――哀川潤くん。

この上、何かあるかな？　私としては、若い娘とお喋りをしていい休憩になったから、十分に満足のいく時間だったが」

メイド喫茶みてーに言ってんじゃねえよ。あたしと話すことを休憩と言うな。そんなこと言われたの初めてだから、一瞬、何を言われたのかわかんなかったぜ。満足のいく時間だったって言うならご褒美《ほうび》が欲しいね、おじいちゃん。

「ご褒美？」

あたし、これから物体シースルーともう一度面談する手筈《てはず》になってるんだけれど……、そのとっかかりを求めて、この対談をセッティングしてもらったんだけれど。

「呆れたな。この私を、恋愛星人との面会の練習台に使ったのか」

そういうわけじゃねーよ。宇宙人否定派のあんたと話すことで客観的になりたかっただけ——そういう意味じゃ、うん、あたしもあんたで休憩したかったようなもんだ。

「練習台よりも無礼だが——だが、それならばお前も既に目的は果たしたのではないか？　これ以上、お互い時間を無駄にすることもあるまい」

あー、あたしはあんたと違って、時間にそんな多くの価値を見出してないから。

「時は金なりと言うぞ」

つまり時間にはたかが金くらいの価値しかねーんだろ。時は人なりっつーなら、もっと大切にしてやってもいいけどな。

「ふむ。貴重な意見だ。だがそれも、選択されし者の意見だな――多くの人間はそんな意見を、『参考にならない成功者の体験談』として聞き流すだろう」

かもね。別に参考にして欲しいわけじゃない。誰かに参考にして欲しくて頑張ってんじゃねーや――ってここで返したら、それも『成功者の体験談』扱いされちゃうかな？　もっと気を遣って発言したほうがいい？

「いや、お前はそれでいい。でないと、お前にお前と同じレベルとして扱われる他人が哀れだ」

くくく。あたしからみりゃ、それも十分、『参考にならない成功者の体験談』なんだけどさ――いや、反面教師にはなるかな？　言い返すわけじゃあねーけど、こうして話していると、確かにあのクソ親父の恩師って感じだぜ、このじーさん。

「時間をきっかり最後まで使い切りたいと言うのであれば、それは私の価値観に反するものではない――私から恋愛星人攻略のヒントを見出せると思うなら、そのまま続けるがいい。残り三分。応える価値があると思ったら、返事をしてやろう」

そんな風に改まられると、あたしも緊張しちゃって、何にも言えなくなっちゃうぜ。まあ緊張ってのは嘘だが――そうだな、じーさん、あんたなら、『誰』を見ると思う？

「ん？」

いやいや、さっき言ってたじゃん。もしも物体シースルーと会えば、生まれて初めて『人を好きになる』って体験をすることになるんじゃないかって——そのとき、あんたは『誰』と会うと思う？　宇宙人を否定しようと、物体シースルーが向き合う者によって正体が変わる、正体が増殖する特性を持つ謎の物体だってことまでは、あんたも否定しないだろう。あんたの貴重過ぎる頭脳は何をおいても保護しなきゃいけないから、スケジュールをオールキャンセルしようとどうしようと、所詮これはたとえ話であって、あんたがその目で物体シースルーを直視する展開はないだろうが——仮定の話、あんたがもしも物体シースルーに向き合ったとき、あんたは『誰』と会い、何を知るんだろうな？


「…………」

初めてヒューレット准教授が沈黙した。そりゃそうだ。あたしだって、とろみに訊かれたときには沈黙したもんだ——プライバシーの侵害。ただの皮肉で言った台詞に食いつかれても困ると思っているかもしれない。それとも答は『誰とも会わない』かな？

「……具体的な誰かではないだろうな。学問の神様でも見るかもしれない」

神様。オカルト嫌いの准教授から出てくる言葉としては、やや意外な言葉ではあった——信仰はまた別なのかね？

「あるいは学問の真理——しかし、もしもそんなものを知らされたなら、私は激昂するかもしれない」

生まれて初めて激昂するかもしれない——と、ヒューレット准教授は言った。ん？　激昂？　怒るってこと？　何で？

「そんなものを知りたくはないから、だ——好きで、欲しくて、求めるものだからと言って、手に入って嬉しいとは限るまい？」

ん。んん？

「正しいものが受け入れられるとは限らない、真実が受け入れられるとは限らない——だから段取りが、スケジュールが重要になる。哀川潤くん。お前のような人間には、まったくわからないことだとは思うが——仮に恋愛星人が実在してこれから大挙して地球に押し寄せたとしても、我らが地球防衛軍は、あっさり勝利を収めるだろうよ。なぜなら」

初恋は実らないから。

14

リアリストのじーさんがいきなり詩的なことを言ってきたので、正直、その真意を測りかねた——初恋は実らないから？　どういう意味だ、何が言いたい？　恋ってのは、フロイライン・ラヴの意見を踏まえた表現だとして——初恋？　人類と宇宙人とのファーストコンタクトって意味かな？　まあ、宇宙人の侵略をまったく脅威としてとらえていない辺りは、このじーさんらしいと言えなくもないが……。

「哀川潤くん。お前が物体シースルーから何を受け取ったかを聞き返したりはしないが、しかし、己が理想とする理想の理想像に会わされて、別に嬉しくはなかっただろう。そういうことだ——」

そういうことだ、と言われても、全然まとまってねーぞ。確かに、三人の父親のブレンドみてーなものを（わずかながら）体験させられて、それを嬉しいとは、まったく思わなかった。むしろ嫌な気分になったもんだけれど……。

「つまりは杞憂《きゆう》なのだ。私がお前ならば、これ以上茶番には付き合わず、東京に戻ってボランティアに精を出すだろう」

だからあたしにどんだけ奉仕活動させてーんだよ、じーさん。あんたはあたしじゃねーし、あたしはあんたじゃねーっての。

「そうだな……、お前はスケジュールや計画表なんて作らないとのことだったが、哀川潤くん。ひとつ、予測を立ててやろう——そんな浮ついた気持ちで未知の物体シースルー、恋愛星人に臨《のぞ》めば、あえなく敗退するだろう、と」

おいおい、予言者じゃないんじゃなかったのかよ。人のスケジュール帳に勝手に予定を書き込んでんじゃねーよ。

「そのたび、またこうして時間を作らされるのも迷惑だ。だからヒントは与えてやろう。恋愛星人を攻略するためのヒントは」

おお。本当に学校の先生みたいだ。いや、くれるっつーならもらうよ。遠慮しねーよ？　……恋愛星人を攻略するためのヒントとか言うと、なんか、恋愛シミュレーションゲームの攻略法を教えてくれそうな雰囲気だけれど。まあまあ、ゲーム理論にも造詣の深いヒューレット准教授のくれるヒントだ、心して聞かねば。

「始点に立ち返れ」

そう言われた――ん？　また東京に戻って、ボランティアをしろって話か？　わかったよ、そこまで言うならやるけども、残り時間も一分切ったし、ヒントを先にくれねーかな。あたしは半ば苛立ちながらそう言ったが、しかしヒューレット准教授のヒントは、既に始まっていた。

「宇宙からの飛来物質――物体シースルーが、お前を直撃した理由を考えてみろ。確かそれがスタートだったはずだな」

シースルーくんがあたしを直撃した理由？　え？　そんなことに理由があるのか？　それは、ただの偶然ってもんじゃあ――それとも何か目的があったってのか？

「目的という言いかたはそぐわない。これも『なんとなく』と言うべきかもしれない。だが、『なんとなく』は必ずしも『理由がない』ということでもない——現象を正確に観察することが、結局は未知のつまらない正体をこれと定めるための一番の近道だ」

現象を正確に観察——いやいや、それができねえから、みんな頭を悩ましているんだが？

「そういう意味では、物体シースルーを破壊しうるのは、お前だけなのかもしれないな、人類最強の請負人——」

独り合点したようなことを言うご老人。待って待って、もっとちゃんと説明して？ ぐちゃぐちゃだぜ？ ヒントの出しかたが悪いぜ、学校の先生。

「——ならばこうしよう、哀川潤。私の今後のリスケを避けるためにも、私はお前のパフォーマンスを、最大限に上げてやろうと思う」

あたしのパフォーマンスを最大限に上げる？

「半端にヒントを出して導いてやるよりも、そうしたほうがお前にはよっぽど効果があるに違いないよ——つまり哀川潤くん、私がお前に、仕事の依頼をするのだ」

仕事の依頼!? え、じーさん。それはまずい——んじゃ？

「何がまずい——人類最強の請負人。現在干されているというだけで、お前は引退したわけでも勇退したわけでもあるまい。ならば宇宙人嫌いのこの私が、目にするのも話に聞くのも嫌な恋愛星人の退治を依頼するのは、実に自然なことではないか」

仕事にしてしまうのがお前のテンションを一番上げるメソッドだろう、と、ヒューレット准教授は言う——まさしく。だが、だからこそ、ガゼルや首脳陣は、それだけは避けようとしているのだ。あくまでいち市民・哀川潤の自立的な協力という建前を崩そうとしないのだ——ＥＲ３システムだけじゃねえ、世界そのものが、あたしを干したんじゃねえか。あたしを外す紳士協定を、よりにもよってあんたが破ろうってのかい、至上天才？

「私の決めたことだ。つまり決定事項だ。絶対遵守《じゅんしゅ》だ。誰にも文句は言わせない」

答は端的で、そして圧倒的だった。今頃、この会話をモニターしている連中は大わらわだろうが——しかし、強引に回線をたたっ切ったりできねー辺り、つまりここまで『仕事の依頼』が成立しちまってる辺りが、ならばじーさんの発言を裏付けているとも言えた。それでもあたしは確認せずにはいられない——あんたが紳士協定を破れば、事実上、あたしの封鎖は有名無実化しちまうぜ。折角結託した世界が、またバラバラになるんだ。カオス再び、不安定な均衡状態再びだ——それはあんたにとっても、望ましいことじゃないんじゃないのか？

「私にとって望ましくないのは宇宙人だけだ。正確には、宇宙人を信じる阿呆どもだけだ――頼んだぞ、人類最強。地球は立ち入り禁止だということを、恋愛星人に教えてやれ」

アイアイサー。これ以上の再確認は至上天才に対しての、本当の意味での不敬だと思って、あたしはそう承諾した——返事はふざけているけれど、しかし、ありがたいありがたくないだけで言うなら、こんなにありがたい申し出はなかった。仕事にしてしまう。あたしにとって、それ以上のコストパフォーマンスはない——仕事人間だと言われようが、ワーカホリックだと言われようが。予想外の展開ではあったけれど、これで完璧に、シースルーくんと面談をする準備が整った感じだった。

「ああ、そうだ……私は金勘定には疎《うと》いほうなんだが、哀川潤くん。人類最強の請負人の、相場というのはいくらくらいなんだ？」

ん？　そうだな。あたしは自身の経済事情——具体的にはポケットの中の千二百円を思いながら、ヒューレット准教授の質問に答える。まあ、ことが済んだらまたいつか、いつでもいいから、今度は一時間ほど、あんたの貴重なお時間を割いてくださいよ。じーさんと、今度はただの雑談をしてみてえ——できればあたしの人生相談に乗ってくれ。時は金なりってのがあんたの信条なら、それが今回の仕事料ってことにしておこう。

「高額だな。法外な料金設定だ」

ああ、あたしはとっても高い女なのさ。見得《みえ》を切ってそう言ったところで、タイムアップだった。十五分ちょっきし。モニターがぷっつり切れた――まるで観光地にある、百円入れる双眼鏡みてーだったが、しかし双眼鏡より、はるか遠くの景色を見せてもらった気がしたぜ。

15

もちろんその後、スムーズに物事が進んだかと言えば、そんなはずがない。たとえあたしが任務を成功させたとしても、結局ガゼルやとろみは責任を取らされるかもしれねー……そうなったときのために、あいつらを養ってやるために、やっぱりじーさんからは、ちゃんと大金をせしめておいたほうがよかったかもしれねー。ま、措いといて、と――シースルーくんを読み解くことが、いち市民としての協力であっても、請負人としての仕事になっても、そりゃああたしのやること自体は変わらないんだけれども、やっぱりモチベーションは全然変わってくる。くくっ、あたしはやっぱり、恋とかよりも仕事に生きる女だってことなんだろうよ。いずれ一人寂しく死んでくんだろうな。それはどうでもいいんだけれど、ともかく、今のあたしのやるべきこと、スタンスがはっきりして、状況がわかりやすくなったのはありがてーや。さすが世界最高峰の頭脳は言うことが違う――冗談抜きで、ちゃんと仕事を成功させて、あのおじいちゃんとフリートークしてーもんだぜ。一方で、だからこそもっとわかりやすくするための手段として、ヒューレット准教授自身に、シースルーくんを『鑑定』させるって手以上のものはないんだろうというのも、あたしの正直な感想だった。あの准教授がシースルーくんの正体を『これだ！』と決めちまえば、たぶん、世界はそれに従うだろう――あたしも含めて、納得して、それを受け入れるだろう。世界が結んだあたしに対する紳士協定をたった一人で崩壊させてしまったように――あのじーさんの認識は、全人類の認識に勝る。そんなことがわからないER3システムでもないんだろうが、けれどそうしないのは、当然、ヒューレット准教授が大の宇宙人嫌いだから引き受けてもらえるはずがないというのが第一の理由。しかし更にそれ以前の理由として、この案件を宇宙人を否定する准教授に頼みたくないというものも、あったかもしれない。変に鑑定を依頼して、『宇宙人ではない』と、頭ごなしに判定されてしまうことを、世界の首脳陣は恐れたんじゃないか？　そこはやっぱロマンを求めるっつーか、それもじーさんの考えかたとは相反するけれど、未知の物体の正体は、面白味に溢れていて欲しいっていう気持ちがどっかにあって――それで、ヒューレット准教授ではなく、哀川潤に協力を要請したって運びだったのかもしれない。決してあたしが、第一発見者だからというだけの理由ではなく……結果ヒューレット准教授も巻き込んでるし、あたしに対する包囲網も解けちゃったしで、もうなんだか状況はぐちゃぐちゃになっちまってるけどな。さて、というわけでここから先は、またもや待ち時間だ。ウェイティーング。シースルーくんとの二回目の面会――東京でのを数えれば三回目、仕事としてカウントするなら一回目の面会なんだが、とにかく、それに向けての手続きをガゼルが取ってくれるまでの待ち時間。待ち時間ばっかりだぜ、今回――どっち道、これが最後の待ち時間になるんだろうが。とは言え、だったらこの時間を先人の知恵にならって大切に使うべきなのかもしれないけれど、面会にあたって準備すべきことなんか特にねーから、退屈を持てあますというか……、とろみや和歌と遊んで時間を潰して過ごした。しかし、このあと仕事をするんだと思うと、そんな遊びにも身が入ろうってもんだった――そうそう、余談だが、腕に覚えがあるみたいだったので、和歌といっぺんバトってやった。二度とバトってくれなくなった。うーん、やり過ぎたか。土使いを相手に室内でバトった時点で、そもそもが大人気《おとなげ》なくもあったかもしれない――と、そんな気持ちをおくびにも出さず、あたしは訊いた。そう言えば和歌くん。お前は、シースルーくんの正体をどう見たんだ？　バトル（まあ、客観的に言えばやっぱり遊びの範疇だけど）を終えた後、相手の気が緩《ゆる》んでいるであろう隙をついて。なかなか姑息《こそく》なあたしだった――と言うか、クールぶってることいつからその情報を聞き出したかったから、巧みにバトルに引き込んだというのはある。あたしだって仕事となれば、これくらいの駆け引きはできるんだぜ。

「正体と言えるほどのものは見ていません——架空の人物のようでした。……ええ、ご多分に漏《も》れず、愛らしいと思いました。保護しなければならない、と」

今から思えば、あのとき私はあなたを埋め直しておくべきだったんでしょうが——と、一応、そんなことを言う和歌だったが、しかし負けた直後なので、負け惜しみの感が否めねえ。

「爆心地からあなたを回収したのは長瀞さんの進言があったからこそでもありますが、あなたがぎゅっと、シースルーの手を握っていたから——なのかもしれません」

なるほどねえ。とろみは嫉妬したっつってたが、あたしがシースルーくんの手を握っていたことは、あたしを守りもしたわけだ。しかし、とろみやガゼルのみならず、『殺し屋』であり、匂宮雑技団の分家である——殺すことを、人命を奪うことを生業《なりわい》とする和歌にも、そんな気持ちを与えるってのは、まこと恐ろしい特質だ。そのとき、会話はあったのか？

「いえ……、実際にどうだったのかはわかりませんが、当時はシースルーは、あなた同様に意識を失っていたと判断しましたが……」

その辺で言葉を濁すようにした和歌だった。喋り過ぎたと思ったのかもしれない。まあ、学者でもねー奴から、どさくさにまぎれて聞き出せたほうか。参考にはならなかったけれども。……いや、人のプライバシーを暴《あば》いといて、参考にならなかったは言い過ぎた。そう——たとえば、あたしがシースルーくんの手を握っていたっつー、その話は、意外と重要だった。落下してきたシースルーくんをキャッチしたのが、仮にあいつに対する保護欲に起因するものだとしても——『受け止める』と、『手を繫ぐ』はまた違うもんだよな？

「『殺し名』や『呪い名』の中には、人間的な感情が完全に破綻《はたん》している者もいますけれど——そういう人がシースルーと会ったら、どう思うんでしょうね？」

和歌は『自分はそうではない』と言外に主張しつつ、そんな風に話題を転換した。ま、『そうではない』ってのは確かだろう。でねーと、こんな風に外部との接点役を任されたりはすまい。あたしは答えた。その疑問ならあたしも抱いた——けど、どうだろうな、推測するしかねーけど、どんないっちまってる人間にも、守りたいものとか、欲しいものとかはあるんじゃねーの？　あるいは、かってなくしたものとか——ヒューレット准教授は、学問の神様とか真理とか言ってたけど。ただ……。

「ただ？」

いや、あのじーさんと話してちょっと思ったんだ——思ったたっつーか、教えられたっつーか。人間に——ひょっとすると他の動物にも、保護欲や愛情を喚起させるような特質を、仮にシースルーくんが持っているとしても、ひょっとしたら、あたし達が思っているほどの脅威は、実はないのかもしれないって。

「どういうことです？　私はあなたがヒューレット准教授とどのような会話をしたのかを知る立場にはありませんが……、察するに、機能は若干落ちるにしても、似たようなことなら『呪い名』の連中でもできるからですか？」

そういうことも言ってたけれど——ほら、人間って結局、好きなものでも、守りたいものでも、欲しいものでも、ぶっ壊せるしぶっ殺せる生き物だからさ。恋人でも伴《はん》侶《りょ》でも、子でも親でも——保護者が保護すべき対象を虐待するなんて、つまんねーくらいよくある話だろ。

「……それを言われてしまうと、身も蓋《ふた》もありませんね」

と、和歌は、あたしの——半分はヒューレット准教授からの受け売りだが——暴論に、反論しない。ま、こいつはそもそも、そういう世界の出だからな。だけど、ER3システムの研究者は違う。言うなら理性が強過ぎる連中だから——守るべきものを攻撃するような不合理を、基本容認できない。ゆえに本来以上にシースルーの特性に値打ちを見出してしまっても無理はねえ。つーか、あたしもその空気に吞まれていたんだから、何かを言えたもんじゃねーんだが……、あたしの場合は、宇宙からの飛来物、未知の物体に夢を見てしまったって側面のほうが強いんだけれど。

「そうですね……、いえ、それでも基本性能として、本能を刺激されるのがやばいことには変わりありませんけれど」

と、あたしと和歌のやり取り（バトル含め）を静観していたとろみが、ここで口を挟んできた。

「しかし言われてみれば、たとえば白血球や免疫体が、守るべき自身を攻撃することもあるわけですから――」

そう、そういう話。理性つーか、そういう理科系のテーマになっちゃうと、それこそ議論は専門家に任せたほうがいいだろうが――蟷螂《かまきり》って、交尾したあと、メスがオスを食っちゃうじゃん。でも、だからってメスにオスに対する愛情がないのかって言えば、そんなもん本人にしかわかんねーよな。似たような例で、蜘蛛《くも》の中には、孵化《ふか》した子供が親を食っちゃうってのもいるけど、案外、親を想いながら食うのかも――な？

「グロい話になってきましたね……、えーっと、その見方はそのまま、因原支局長に報告したほうがよろしいでしょうか？」

いや、あたしとヒューレット准教授の会話をモニターする権限があった奴なら、この程度のことはすぐに気付くさ――あるいはとっくに気付いていたかもしれない。ただ、それとは違う答が欲しいってだけで。

「その答を見つけるのがあなたの仕事――というわけですか？　人類最強の請負人さ

ん」

和歌はそう言ったが、しかしそれはちょっと違う。なぜなら、ヒューレット准教授があたしにした依頼内容は『恋愛星人を倒せ！』だからだ。ゆえに、あたしがやるべきことは、シースルーくんの評価分析とは、若干趣《おもむき》が異なっている——とは言え、結局、やることは同じなんだが。それに……、あのじーさんに一泡吹かせてやりてーしな。予定調和を重んじるあのご老体に、あたしの予定不調和を見せつけてえ。

「しかし……、確かに、利点ばかりに目がいっていましたけれど、立ち返ってみると、シースルーの特性には欠点もないわけではないんですね。保護欲をかきたて過ぎて、過保護を受けてしまう可能性があるということ——また、これはわかっていたことですが、機械分析ができないということは、現代文明の恩恵を、ほとんど受けられないということでもあります。それは人間だったら死に直結しかねない」

和歌は言う——生きるか死ぬかの世界に生きている『殺し屋』の台詞は、いちいち重い。そこまで過激な世界に生きていないとろみは、「でも、たとえ数々の欠点があったとしても、やっぱり、第一印象が常にストップ高というのは、羨ましい限りですけれどね」と言う。

「結局人間関係なんて——コミュニケーションなんて、第一印象がすべてみたいなところがあるじゃないですか」

ちなみにとろみと和歌の犬猿の仲は、数日の共同生活を経てもまったく解決されておらず、一見、三人で会話しているとも見えるこのやりとりも、あたしを挟んでの、一対一対一のやり取りだった――どんな第一印象同士だったんだよ、お前ら。

「単純に外見や見た目だけじゃなくって。シチュエーションや、互いの立場というのも含めて――第一印象で、概ねその後の関係が決まってしまいません？」

まあ、そうかもな。実際、第二印象や第三印象って言葉がないことが、それを裏付けているって気もするぜ。

「それに、哀川さん。戦闘に限れば、第一印象を見誤ることはあんまりありませんよ。ぱっと見で、強いと思った奴は強いし、弱いと思った奴は弱い。見て、感じたことは、少なくとも大きくは外しません――これに関しては、人の内面を操《あやつ》ることを得意とする『呪い名』だってそうでしょう。事実、彼らは、こんなにも忌《い》み嫌われている」

向き合って会話こそしねーが、その辺、とろみと和歌の意見は一致しているようだった――あたしも別に、冷静になったからと言って、シースルーくんの特質の価値を、まるっきり否定しようってほど、ヒューレット准教授に感化されてもいねーさ。

ただ、第一印象がほとんどのケースで絶対的であるからこそ――一目惚れにおける幻滅は激しいとも言える。落差、がっかり感。半端ねー。

声色を使うのが得意なあたしの経験から言わせてもらうと、人は第一印象を、『正しい』と信じたがるってのはあるだろうな。第一印象で騙せたら、あとは勢いで押し切れる。最初に自分がそう感じたことを、人は間違いだと認めたくないから――第一印象に合致する部分ばかりを見て、第一印象から外れる部分を見て見ぬ振りをする。そう――見たいものだけを見るのは、何も宇宙人を前にしたときだけじゃねえ。

「……間違いを認めるっていうのは、勇気がいりますからね。方針転換にも」

その通り。だけど、だからこそ、勇気を持ってそれをしなくちゃいけない――面談するにあたって先入観を持たずに接するべきだというガゼルの方針は、それはそれで正しかったんだろうが、しかしそのせいで、あたしは強烈な第一印象を、覚悟もない状態で食らっちまった――だから二度目は、その第一印象をリセットして挑みたい。

「……できますか？　そんなこと」

できるさ。仕事ならな。仕事だからな。

「……………」「……………」

「何か秘策でも？」

それを期待されてるんなら、残念ながら、落胆《らくたん》させちまうことになる――秘策もねーし奇策もねーよ。あたし、別に策師ってわけじゃねーから。常にぶっつけ本番、ノープランで戦うことが美しいって思ってる奴だから。あたしが策とか練ってらんねーだろ、卑怯だぜ。まあ、ヒューレット准教授からヒントをもらいはしたから、それを現場でどう使うのか、あたし自身が一番楽しみにしてるって感じかな。

「……今度の面談は、恐らく中途で終わったりしませんよ。そのときの長瀞さんの拘束は、手錠足枷どころでは済まないでしょうし……ひょっとすると、あなたは完全にシースルーの虜《とりこ》とされてしまうかもしれない。あなたがあなたでなくなってしまうかもしれない——それが怖くはないんですか？」

そりゃ怖いに決まってるだろ。けどまあ、ここで真面目な顔してごちゃごちゃ考えごとするほうが、あたしにとっちゃ致命的なんだよ。そっちのほうがよっぽど、あたしがあたしでなくなっちまう。勝ったときに、あるいは負けたときでもいーんだけど、それでこそ哀川潤だって言ってもらえないなら、戦う意味がねえ。

「……第一印象通りの人ですね、あなたは。シースルーが可哀想になってきましたよ。よりにもよって、哀川潤の住む惑星にやってきてしまうなんて」

そりゃどうも。皮肉だとしても、そこまで言ってくれて嬉しいぜ——光栄の至りだぜ。じゃあ、お礼の代わりに、お前らの不安をぬぐうため、とてもいいことを教えてやろう。意外と知られてないあたしの秘密だぜ。

「はあ……なんですか？」

あたしは同じ相手に二度負けたことがねえ——リベンジマッチなら全戦全勝だ。この経験則が宇宙規模で有効なところを見せてやるぜ。

16

まあ実は一回負けたまま負けっぱなしにしている奴が何人かいることはいるのだが、そこに触れると不安を煽《あお》ってしまうかもしれないので、伏せておいた——そんなこんなで数日後、あたしから見ればあっけなく、ガゼルから見れば心労で倒れて入院してしまうくらいの艱難辛苦《かんなんしんく》の末、二度目となる人類最強と宇宙人類最初（？）との面談が実現した。心労で倒れて入院してしまうくらい、というのは比喩ではなく、因原ガゼル支局長は本当に入院してしまった——うーん、さすがに罪悪感があるぜ。ちゃんと見舞いに行くぜ。忘れなければ行くぜ。ま、でもここまで舞台が整えば、もうプロンプターは必要ねーのも確かだ、おとなしく休んでいて欲しい。ここから先にどんでん返しもせり上がりもねえ——あたしとシースルーくんが対決して終わりだ。あたしがシースルーくんの正体増殖に歯止めをかけるか、それともあたしがシースルーくんの正体のひとつの虜になるか、結末は二つに一つ。どっちに転ぶかは神のみぞ知る——うーん、和歌にはああ言ったものの、シースルーくんにベタ惚れして、恋の奴隷になってるあたしってのも、こうなると見てみたくなくもねーよな？　そういうあたしも、きっと格好いいだろう。結局そういうのって、ないものねだりでしかねーんだろうけどな。こうなると、仕事にしてもらって本当によかったって感じだぜ――少なくともあたしが、わざと負けるって可能性だけはなくなったんだから。おっと、そうそう、ひとつだけ、言い忘れてた。これ言っとかなきゃ嘘だ――シースルーくんが隔離されている集中治療室前まで、あたしはとろみと和歌に付き添われて移動したんだが、部屋の前に一人の老人がいたんだ。ヒューレット准教授はいかにも勉学の仙人のようなじーさんだったが、それで言うなら、この老人は、何かしらの体術の達人のような風貌のじーさんだった。なので最初は『殺し名』とかの奴かと思ったんだが、訊いてみると、

「肆屍然刃と言います、じゃ」

とのことだった――爆心地で意識不明だったあたしを救出してくれた一人らしい。入院したガゼルに代わってこの面談を取り仕切ることになったそうだ――本来部外者のはずの老人になんて貧乏くじを引かしてんだ、と、あたしは入院中のガゼルに怒りを禁じえなかったけれど、しかしまあ、肆屍と言えば、玖渚機関の汚れ役だからな。案外、適役なのかもしれない――同じ組織の仲間である副支局長やら秘書やらに、こんなでたらめな仕事の代理を命じるに忍びなかったガゼルの気持ちを、ここは慮《おもんぱか》ってやるのが大人というものか。

でしょうか」

「大事なお仕事の前ではございますが、哀川様、少しだけお時間を拝借してよろしい

いーよいーよ。別に急がないし。でも名字で呼ばないでね、お爺ちゃん。名字で呼ぶのは敵だけだから。……しかしこのフレーズ、十年以上言い続けているけれど、全然普及しねーな。呼ばれたくないような名字をそもそも名乗るなってことなのかもしれねーけど、うるせー。

「機関長の妹様から、お手紙を預かっておりますじゃ」

あん？　あの絶縁娘から？　なんだろうね。この件を嗅《か》ぎ付けるほどの情報網は、今のあいつにはなかったと思うけれど。

「ええ。妹様は今回の件については何もご存知ありませんですじゃ――このタイミングになったのは、たまたまです、じゃ」

と言って、封筒に入った手紙をあたしに差し出す肆屍のじーさん。ふうん。たまたまねえ。その辺が、選ばれし者の引きなのかね――まあ、恋愛星人のこともさることながら、世界中からいじめられてることがバレたら、おねーさんのイメージが崩れちゃうからな。少なくともいじめのほうについては解決したタイミングで、あの絶縁娘からの手紙を受け取れたのは、ラッキーだったぜ。これ、今読んでいいの？

「はい。もちろんですじゃ」

へっへっへ、仕事の弾みを頂いちまえ——旦那の死亡通知とかだったらどうしよう、テンション下がるよなと思いながら封を切ってみると、それはまるっきり予想だにしない内容だった。時候の挨拶どころか、『前略』もなく、一行目からいきなり用件を切り出していて——え？　マジこれ？

「はい。元気な女の子ですじゃ」

あー……そうですか。それはそれは、おめでとうございます——と、伝えてくれる？　そう言って、あたしは一旦開いた手紙、それに、添えられてあった写真を、封筒の中に戻す——後ろにいたとろみに、そのまま預けた。

「読まないのですか？」

ふざけんなじじい。今読んだら泣いちゃうだろうが。あたしの泣き顔が見てーのか、エッチな奴め。仕事終わってから一人でゆっくり読むよ。ったく……やれやれ、もう絶縁娘なんて呼べないな。

「元々その呼びかた酷いと思いますけど……」

とろみが、渡された手紙をどうしたものか、持て余しながらそんなことを言う。無視だぜ。つーか、大事に持ってろよ、その手紙。あとでちゃんと読むんだから——まあ、予定とはちょっと違ったし、下がりはもちろんしねーけど、不思議なテンションにされちまった……が、集中治療室の中から、無事に帰ってきたいってモチベーションにはなったぜ。くっそー。一年近く秘密にしてやがったな。まあ今時はそういうのって、あんまり事前には公表しないもんなんだっけ。

「そうですか……では、哀川様、取り急ぎ一点だけ。手紙にも書かれているとは思うのですが……、名前を」

ん？　名前？　おいおい、名付け親になってくれなんてのは勘弁だぜ――そーゆーのはちゃんと本人同士が話し合って決めるもんだろ。

「ええ、そう仰るだろうと言っていました。ですから、自分達がもっとも尊敬する理想の人物の名前を、読みだけでも拝借してもよいかどうか、哀川様に訊いて欲しいと申しつかっております」

うん？　なんだ、赤毛のアンみてーなこと言ってんな。んなもん好きにしろよ、あたしも大概出しゃばりなほうだけれど、そこまで口出しするつもりはない。

「はい。確かに承《うけたまわ》りました。きっとお二人とも、お喜びになられることでしょう」

なんで？　今、ひょっとして、なにか引っ掛けられた？　ま、いっか。日本に帰る動機ができたぜ。

「……哀川様。あなたには」

切り替えて、いよいよ集中治療室の中に這入ろうと、ドアの前に立ち、とろみが解錠の手続きに入るのを待つあたしに、肆屍のじーさんが、今までとは少し口調を変えて、話しかけてきた。

「いえ……愚問でした、じゃ。忘れてください」

なんだよ。言いかけてやめんなよ。今、いい気分だから、大抵の質問には答えてやるぜ。あたしのままで帰って来られるとも限らねーし。

「では、老人のたわごとと思ってお聞き流しください。あなたには──ないのでしょうか？　子を産み、育てたいという気持ちは」

……んー。

「古い考えかただと、重々承知してはおりますが。あなたほどのかたが子々孫々を残さないというのは、極めて重罪ではないかと。哀川潤という存在が、一代で途絶えるというのは、人類の損失だと愚考致しますじゃ」

そんなことを言われたのは初めてだぜ、お爺ちゃん──いて、六何我樹丸《りつかがじゅまる》くらいだぜ（色んなじーさんがいるもんだ）。だから、ひねくれかたがわかんねーから、意外性のない返事になっちまうけれど、あんまりそういうのって考えたことはねーな。あんたにだって、家庭に入るあたしなんて、想像できねーだろ？

「仕事をしながらでも、子育てはできるでしょう」

子連れ狼みてーに？　通り名が一つ増えちまうな。

「ヒューレット准教授とお話しになって、感じるところがあったのではないですか？

あの偉大な才能に感服すると同時に——遠からず失われるであろうあの才能を、受け継ぐ者がいない無常を、感じませんでしたか？」

血族意識が強い玖渚機関ならではの発想——ってわけでもないんだろう。ヒューレット准教授には家族はいないけれど、ただし、多くの教え子がいて、准教授の意志を継いでいる——天才の天才性を継いでいる。あたしにはそれもない。

「あなたの強さだって、永遠ではない——ならば、それを次世代に受け渡していくことも、あなたが生まれ持った宿命なのではないでしょうか。親から受け継いだものを、子供に受け渡していくことが」

…………。

「哀川様。あなたは、家族を持ち、命を育《はぐく》みたいと思ったことは、ないのでしょうか」

…………。

「あなたがどう思っているにしても、あなたは人類最強です——人類は全員、多かれ少なかれ、あなたを目指している。そんなあなたが、家族を欲せず、一人生きることをよしとするというのは——後進の教育によくないのではないでしょうか。あなたは——」

「そこまでにしましょう、翁」

と、口を挟んだのは、和歌だった。

「今話すようなことではありません」

決して、あたしが肆屍のじーちゃんに押されてる風なのを受けて、助け船を出してくれたってわけじゃないんだろう。これからシースルーくん……恋愛星から来た恋愛星人と対面するにあたって、あたしのメンタルがそっち側に偏ることは、決して望ましくないという、プロのプレイヤーらしい冷静な判断だったに違いない。まあ、発言の意図はどうあれ、肆屍のじーちゃんは、和歌の言う通りだと思ったのか、「ですな」と、すぐに退いた。

「何事もなく戻られたあと、余暇にでもお考えください」

……ああ。そうさせてもらうよ。くくっ。愉快な話題でもあったしな。そう言ったところで、とろみの解錠作業が終了した——集中治療室への扉が開く。仕事モードに戻った肆屍翁が、

「言われた通りにしております、じゃ」

と、既に堅くシャットアウトされている、集中治療室の窓を示す。

「準備は整っております。シースルーの包帯は完全に解かれて——かの特質は、完全な状態で発揮されておりますじゃ」

うん、頼んどいた通りだな。重畳重畳。大儀であったぜ。

「勝算はあるんですか？　目元と口元、声質だけで、前回は圧倒されたというのに……」

和歌がやや心配そうに言ったが、だから勝算なんてあるわけねーっての。単に、相手が全力の状態じゃねーと、こっちも全力が出しづらいってだけだ。フェアにいきてーからな。いいか、あたしが中に這入ったら、その後はたとえ何があろうと、手出し無用だぜ。好きなようにやらせてくれ、制限時間もなしだ——あたしが自分から出てくるまで、別室で宇宙映画でも見てな。なんだったら、観光に行って来てもいいぜ。

「……わかりました。もう何も言いません。あなたが人類最強だということを示してください。我々に、世界に、そして宇宙に」

ああ。あたしの仕事を見せてやるぜ。そう言って、あたしは、集中治療室に乗り込む。と、同時に、内側からあたしに向けられた声がする。

「また会えましたね」

あたしは応じる。こんにちは、地球人です。

17

戦いに向けて準備はしてない、策も練ってねーし、それっぽいプランもない——フラグなんて何も立ててねー。ただ、それでも、完全にゼロで来たってわけでもなかった……『心の準備』くらいならば、ちゃんとしてきた。だから、シースルーくんがたとえどんな姿に見えようと、冷静に受け止められると思っていた――実際に冷静に受け止められた。寝台の上に横たわる彼氏――全身の包帯は解かれていて……、こういった施設の寝台にはそぐわない、フォーマルな衣装を着ている、見たことも会ったこともないけれど、しかし、知っている彼氏。……まさか面談にあたって、気を回した局員がシースルーくんをドレスアップしたなんてことはないだろうから、たぶん、その礼服も、あたしが『見せられている』ものなんだろう――そんなこともできるのかよ。あたしの、今のテンションが前回と違って仕事モードだからってのもあるだろうが、目元や口元、それにさっき聞こえた声色は、あの三人の父親のものとは違っていた――完全に違っているわけじゃねーけど、もっと色んな、たくさんの人間を連想させた。くくっ。と、あたしは愉快な気持ちになる――なるほど、これがベストコンディションのあたしが持つ『理想像』か。これまで会った奴、戦った奴、共に戦った奴、遊んだ奴、仕事した奴、そんなのが老若男女問わず、一緒くたになったって感じだな。やっぱ、与えられる光量、情報量がチラ見せのときとは段違いなのか、向き合って、くらくらするぜ――強制力じゃないととろみは言っていたけれど、しかし、やっぱ、この無理矢理ハイにさせられていく感覚は、強制的だとしか思えない。恋に落ちることを英語ではフォーリンラブって言うんだっけ？　ああ、確かに落下していくニュアンスだ——最初にあった『包帯を解かないでください』の理由は、やはり、この影響力を隠すためだったんだろうか。だが、だからこそ落ち着け落ち着け。ここであたしがあっけなく籠絡《ろうらく》されちまったら、さすがにつまんねーぞ。ご覧になっているオーディエンスの皆さんに申し訳が立たないってもんだ。さて、と——久し振り、シースルーくん、元気してた？

「クイーンとエースのフルハウスです」

そりゃよかった。意味わかんねーけど——と、思いつつ、あたしは歩む足を止めず、そのままジャンプした。まあ、歩いてんのとさして変わらねーような、軽いジャンプだ。だけど集中治療室の天井に到達するには十分で、あたしは天井に埋めこまれているカメラとスピーカーを派手に破壊した。着地。スピーカーはともかく、カメラが一台ってことはねーだろう……と、あたしは、一旦寝台上の彼氏のことは置いておいて、集中治療室内の探索を始める。カメラやマイクを見つけては、丁寧にぶっ壊す——オーディエンスの皆さん、盛り上がってますか？　ちゃーんと大騒ぎしてる？だけど悪いな、ライブ中継はここまでだ。あとは若い者同士、二人で話させて頂戴《ちょうだい》な。シースルーくんが若いかどうかは知らんが。あたしももう若くはねーんだろうけど、いやいや、まだまだ若い者には負けませんぜ。最後のカメラを破壊して（嘘だろ、今カメラってこんなちっちゃいの?）、あたしは改めて、シースルーくんに向き直る――さっきとヴィジュアルが変わってやがる。どんなお色直しだよ。この速度じゃ早着替えって言うべきかもしれねーけど――人間の好みなんて時々刻々と変化していくってわけかい？　だが、この一件をとってみても、シースルーくんがそんなに使い勝手のいい『未知』じゃねえってことは明らかだな。会って、話している最中に見た目が変わっちまうんじゃカモフラージュやスパイとしては役立てようがねえ。瞬《まばた》きしたら違う奴になるとかさすがに駄目だろ。そうだな、違うんだろうけれど、たとえれば、カメレオンの『保護色』みたいなものなのかもしれねー。確かに巷間《こうかん》言われているように、カメレオンは体表の色を変化させることができるけれど、それは温度変化に対応しての肌色変化であって、つまりコントロールが可能なものじゃなく、決して背景に合わせているわけじゃあない、とか――ふん。確かに、ヒューレット准教授の言う通り、未知であろうと未踏であろうと、こんな風に、今知っている言葉である程度説明できてしまう時点で、脅威には値しないのかもしれねー。未知と無知は違うっつーか――半端に賢い奴が馬鹿騒ぎしてるだけってか？　こうして見せつけられるヴィジョンも、種を明かせば、あたしのこれまでの集大成でしかねえ。全部あたしの中にあるもので、知らないことを教えてくれてるわけじゃない……。開けたことのない引き出しだって、あたしの中の引き出しだ。その理屈で言えば、たとえヒューレット准教授がシースルーくんと面会しても、そりゃあ『誰か』に会うことにはなるんだろうが、たぶん、まだ見ぬ『学問の神様』なんてものには会えないんだろう……知りたくもないものは、知れない。くくっ。ちいっと、いや、かなり期待しちまったけどな。直前に肆屍お爺ちゃんと変なトークしちゃったからってのもあって、ひょっとすると、まだ見ぬあたしの『生涯の伴侶』とか『運命の相手』とかなんとか、そーゆーのを見せてくれるのかもとか、ビビってたとこもあったからさ。けどまあ、そんな女子小学生のおまじないみてーなことはないか。感情を揺さぶる強制力、チャーミングなチャームにしたって、代替の考えかたがないわけじゃーねえ。大仰に『呪い名』なんて引っ張り出さなくっても、だ——『感動はテクニック』。専門用語ではドラマツルギーっつーんだっけ？　ぶっちゃけ、精神も肉体同様、薬物治療で好きなようにどうこうできるって話でもある——解釈すれば解釈するほど、つまんねー結果に辿《たど》り着きそうだな。ああ、だからわかってるって——中継は切ったけれど、そんなつまんねーラストを、あたしが提供するわけがねーっての。さて、とあたしはシースルーくんに言う。これで二人っきりだぜ。誰も見てねーし、誰も聞いてねー。リアクションも取り放題だ。邪魔は入らねーから、腹を割って話そうぜ。……ただし、そうは言ったものの、厳密には邪魔が入る可能性はあった——現在、ライブビューイングを切断された首脳陣、各界の著名人達の指令を受けて、この集中治療室に妨害軍団が派遣されつつあるはずだ。命令系統がはっきりしていないから、混乱しているうちにことを終えるというのがあたしのベストだけれど、でもまあ、妨害軍団の到着が多少早かったところで、和歌やとろみ、肆屍お爺ちゃんが食い止めてくれるはずだぜ――あいつらが本当に別室で宇宙映画を見ていたらどうしよう。頼むからハラハラしながらドアの前とかにいてくれよ？

「考えてくれましたか？　僕が人類を滅ぼす、手伝いをしてくれる件――」

と、シースルーくんのほうから言ってきた。ふん、声色こそ前回とは違うが――いやあ、声で殺されるねえ。最初のときに、こんなできあがった声で話しかけられてたら、そこで落ちてたかもな。けどまあ、今は仕事でいるから。請負人のお仕事だから。だから――考えるまでもない。なあ、シースルーくん。ところで今、何月何日だっけ？　二月三十二日水曜日？

「電球を換えるのだったら、横着せずに脚立《きやたつ》を使ったほうがいいですよ」

今何時？

「オーケストラの指揮者です」

人類を滅ぼすっていうのは、具体的にはどういう意味なのかな？

「その箱には元々チョコレートが入っていましたが、今は筆記用具が入っています。使うのでしたらご自由にどうぞ」

ナスカの地上絵って知ってる？

「通常は五時間待ちですけれど、ゴールド会員のかたならば、別ルートがあるらしいですよ」

ふう、とあたしは嘆息し、肩をすくめる——うん、わかった。大体わかった——たぶんこの推理で間違いねーだろ。わかってみりゃなんてことはねーって言うか、そうだな、『いち市民としての協力』ってとこから降りてみると、一目瞭然でもあった——否、ヒューレット准教授が、仕事の依頼内容を『恋愛星人の撃退』とし、『恋愛星人の分析』にしなかったのが、ファインプレイだったんだ。それを、単にあのご老人の、宇宙人アレルギーから生じる表現の違いなんだと思っていたけれど、そうじゃなかったんだ。分析しようとしちゃあ、駄目だったんだ——観察しようとしても、観測しようとしても、それじゃあ、コミュニケーションなんて取れるはずもなかった。

くくっ……本当、選《え》りすぐりの天才どもが、馬鹿みてーな足踏みをしてたもんだぜ。

あたしは訊く——たぶん、これがあたしからシースルーくんに向ける、最後の質問になる。お前——質問には一切、答えられない奴なんだな？

「骨董品のデミタスを用意しました」

ＯＫ。答になってないその答を、肯定とあたしは受け取ろう——要するに、こちらから疑問文で投げかけた台詞に対して、正答も誤答も返せない仕様なのだ、こいつは。正体不定という特性をメリットではなくデメリットと捉えるべきだった。無理問答とはよく言ったもんだぜ——無理なんだ。人間が空を飛べないように。石が自ら転がれないように。疑問に答えない、質問に応じない——分析や解析、観察や観測を拒否する、ステルス、チャフ、カモフラージュ……、正体増殖の一環だ。問いに対して噛み合わない答を返すというのは尋問や拷問に対するもっとも効果的な対処のひとつでもある——黙秘権を行使するよりも、ずっと有効な戦略だと聞く。無論、取り調べでそんなことをしたら『不利な証拠』扱いになっちまうが——つまり探りを入れようとしちゃあ駄目なんだ、こいつには。調べようとすれば調べようとするほど、結果、煙に巻かれることになる。不毛な思いをすることになる。だが、それをシースルーくんの特性の副作用だと片付けてしまうのは、あまりに反省がない——あたしも含めて、猛省すべきところだ。これまでそれに気付く者がいなかったということは、つまり、誰もが物体シースルーとの面談において、ほとんど『質問』しかしなかったということなんだから。問診、調査、分析。質問攻めにすることを——コミュニケーションとは言わねえっての。宇宙人との面談、と言いながら、結局みんな、調査対象としてしか見ていなかった——皮肉なもんだ。宇宙人と言いながら、宇宙人を信じていないヒューレット准教授だけが、それを看破していたというんだから。だがここで、奇妙な会話内容の謎が解けて一件落着ともいかない。何も解決していない——何もわかっちゃいない現状は、何も変わっちゃいない。いや、ひとつわかったことはある。こちらから投げかけた質問に対するシースルーくんの発言はちぐはぐで、何の意味もないデコイでしかねーが、しかし、シースルーくんが自ら発した言葉には、たぶん、意味があるということになるんだから。たとえばあたしが最初に聞いた彼氏の言葉、『ありがとうございます』には、本当に感謝の意味があったんだろうし――『人類を滅ぼす』ってえ言葉には、相応の真実味があるってことになっちまうんだから。あたしは、それをよくよく理解した上で――切り出す。あたしの名前は哀川潤。人類最強の請負人だ。

「存じています。だから頼んでいるんです。一緒に人類を滅ぼそうと」

いやいや、まあ聞けよ。お前がどこまで知ってるのかはわかんねーけど、あたしが話したいことを、話すだけなんだから。

「話したいことを――」

ああ。遅ればせながら、それがコミュニケーションってことだぜ――ま、あたしはあたしのことを話すから、お前は気が向いたら、そのあと、お前のことを教えてくれや。

18

やってみりゃあわかるとは思うけれど、疑問文を一切差し挟まずに話すってのは、結構難しい——一体あたし達は、普段している会話の中で、どれだけ相手の意志を確認しながら、反応を気にしながら喋ってんだろうと思い知らされた。ただ、シースルーくん相手には、文中に『？』を入れた瞬間、語尾をちょっとでも上げた瞬間、やり取りがちぐはぐになってしまうので、そこには細心の注意を払った——それでなくとも、あたしは昔語りなんて柄じゃねーからな。忘れていることも結構あったし、哀川潤のディスコグラフィを開示するにあたって、年表とか、箇条書きとかみたいになっちまったのも否めない。こんな展開を予想していたわけじゃなかったが、中継を切っておいて本当によかったぜ。えーっと、あたしの一番古い記憶は、ラスベガスの地下だ。地下っつっても、地下組織とかそういう意味じゃなくって、リアルな地下——マンホールの下みてーなところで、同じような境遇のガキを集めて、ひきつれてまとめ上げて、生活していた。いや、ぎりぎり生存していたって感じだ——と言うと悲劇的な生い立ちにも聞こえるけれど、結構楽しい思い出だぜ。ただれた地下暮らしも、それはそれで快適だったってなもんだ。その頃の仲間で、まだ生きてる奴とは今でも会うしな。ただまあ、そんな生存にも限界が来た頃に、三人の父親に拾われた。父親っつっても名ばかりの、ロクでもねー奴らだったけれど。娘というより、テーマに対するモルモットとしてあたしを拾ったって感じだったし——ああ、その三人は三人とも今で言うＥＲ３システム所属の研究者でな。人間の完成とか、死なない研究とか、世界の終わりとか、そんなアホみてーなことを四六時中真面目に考えていた。で、あたしという孤児をその生贄《いけにえ》に使用した——あたしを娘って続き柄にしたのは、単に、そのほうが戸籍上都合がよかったからって本人達は言ってたけれど、正直、その辺の真意はわかんねー。それぞれ考えもあっただろうしな——特に、二人を裏切った一人は。それだって、どっちがどっちを裏切ったのか、または誰が誰を裏切ったのか、本当のところは定かじゃねえ。今となっちゃどうでもいいことでもある——あたしも別に知りたくねえ。確かなことは、三人とも、死んだほうがいいような父親で、そして実際に死んじまったってことくらいだ。なんて他人事みたいに言ってるけれど、あたしが殺したんだけどな——しかも世界中を巻き込んで。その騒動が大戦争と、今では呼ばれている。噂が噂を呼んで、一人歩きしちまって、最近じゃ伝説みてーに語られることもあるけれど、何のことはねえ、あんなもん、始まりはただの親子喧嘩だったし、終わりもただの親子喧嘩だった。まあ、とは言え酷い有様だったし、世界中のあちこちに禍根を残しちまったのも事実だ——若気の至りじゃ済まされねえ。戦後、請負人稼業を始めたのは、その償いって気持ちも、ひょっとするとあったのかもしれねー。自分の意志で行動するのはやめようと思った。人の気持ちに添おうと思った。行為に対する目的を——あたし以外の誰かに決めてもらおうと思った。誰かのために生きようと思った——仕事でしか動かねーって誓った。こんな風に言うとあまりに殊勝で、あたしも言ってて嘘っぽいと思うけれど、それでも確かに、人類最強の請負人のスタート地点は、そんなところだったんだ。償いとしてのボランティア――それは大戦争中に行動を共にした、日本の中学生が教えてくれたことでもあった。そいつは大戦争で死んじまったんだが……そうだな、そもそもは、その中学生のために始めた仕事だったのかもしれない。そんなことを言ったらあいつは、頼むから私のせいにしないでくれって怒るだろうけれども。くく――今ならお前の中に、あいつのおもかげを見ることもできるぜ。あいつがちゃんと成人していたら、そんな風になっていたのかもな。心動かされるぜ。人類最強と呼ばれるようになったのは、請負人を始めてからだ――自ら名乗ったところもあるけれど、フレーズとしてそれを考えたのは、あたしじゃなくて、父親の一人だった。だが、定着したのは請負人になってからだった。あたしがそのフレーズに追いつくまでにそれだけの月日を要したってことでもあるんだろうが――請負人となることで、ようやく人類最強はできあがったんだという見方もできると思う。たぶん、請負人であることで――誰かのためであることで、あたしは最強でいられるんだろうよ。だから、略して呼ぶのは勝手だけれど、あたし自身も面倒で略することもしばしばだけれど、それでも、あたしはあくまでも『人類最強』じゃなくて、『人類最強の請負人』なんだろうよ。そのフレーズが定着してからがまた波乱万丈だった。人から見りゃ好きなように暴れてるようにしか見えなかったかもしんねーが、……いや、好きなように暴れてただけだな。何にせよ印象深い仕事もいっぱいあって……、友達が増えたり、死んだり、殺したはずの親父が生きてたり、やっぱり死んでたり、まー色々。あたしも死んだり生き返ったりしながら今日まで駆け抜けてきた。あたし自身はそんな悪い人生とは思ってなかったんだけれど、ざっとなぞってみたら請負人始めるまでの半生が意外と暗かったから、できればここから始まるあたしの武勇伝を全部教えてやりてーとこなんだが、手柄話になっちゃったらそれはそれで寒いし、守秘義務があるってことにして、その辺は省略しとこう。あと、時間制限がないとは言っても、とろみ達がしてくれるであろう足止めにも限度があるだろうから、以上ってことにしとく。まとめ――シースルーくん。お前の前にいるのはそういう奴だぜ。

「ありがとうございました」

相槌《あいづち》も打たずに、ここまでずっと聞いていたシースルーくんが、自発的に言った――自発的に言ったってことは、ちぐはぐな発言ではないんだろう。ま、嘘か真かってのは、また別の話なんだろうけれども。

「しかし、なぜ僕に、そんな話をされたんですか？」

んー。いや、だから最初に前置きとして言った通りなんだけど、あたしがこうやって自己紹介すれば、質問しなくとも、お前が自分のことを自ら語り出してくれるんじゃないかと、あわよくばって期待してた部分もあったんだが……、しかしなんだか、語り終えてみるとそーゆーの、どーでもよくなっちまった。

「どうでもよくなった？」

シースルーくんの発言に疑問文が続くのは、そういう風に喋らないと『お願い』になってしまうからなんだろうか、と思いながら、あたしは、うん、と頷く。とろみがお前を鏡にたとえてたけれど、そういうことなのかもな――ゆえにお前は、名乗る前からあたしの素性を知ってたのかもな。だから、感情や心のない機械には、お前が映らないのかも。お前を通して、あたしはあたし自身と向き合っているだけなのかも――くくく、自分との対話なんて、あたしの柄じゃねーんだけど。でも、誰しも、お前と向き合って分析すべきは、お前じゃあなくて自分自身なのかもな――いや、こういうのもう、どうでもいいや。なんかすっきりしちまった。あたしってこの通り、いい加減に生きているから、昔のことなんて、もっと忘れているもんだと思っていたけれど――お前のお蔭で思い出せた。それだけで十分だ。ヒューレット准教授にゃ悪いけど、今回の仕事は失敗ってことにしておこう。

「…………」

沈黙もするんだな、お前。まあ、シャイな奴みたいだから色々訊いてやるなとくらいは、ER3の連中には言っておいてやるよ――あの天才どもなら、それでコミュニケーションも取れるようになるさ。ああ、でも、ひとつ言っとくと、人類を滅ぼすってあれは、あれだけは、やめとけ。それをしたら、お前はあたしの本当の敵になる──あたしに喧嘩売ってるってことになる。もしもお前が人類を滅ぼす使命を受けて地球にやってきた恋愛星人だってんなら、その使命は投げ出しちまえ。仕事同様、使命だって失敗はする。それをちゃんと認めよう。あたしの失敗と、とんとんってことにしとこーぜ。恋愛星に帰りたい、だけど帰る方法がないって言うんなら協力してやる。ER3システムのヒューストン本部に行けば、スペースシャトルの一機くらいジャックできるさ。だから──

「僕は」

と、言った。シースルーくんが。

「人類を滅ぼすなんて使命は帯びていません──そんなことのために、地球に来たのではありません」

え？　どういうこと？　と、思わず疑問文を発しそうになったのを、すんでのところで呑み込む。危ない危ない──しかし、そんなことのためでないと言うのであれば、どんなことのために、この宇宙人はやってきたというのだろう。観光、調査、事故、亡命……色んな可能性を検討したけれど、結局、どれもどっこいどっこいで、ぴんと来なかったが。

「なんとなく——」

シースルーくんは続けた。魅惑的な声で。あたしにとって最大限に、魅惑的な声で。

「はっきりとした目的や、使命があったわけではありません。ただ——可哀想だったから。思わず、手が伸びてしまったんです」

可哀想だったから、と、繰り返す。可哀想だったから——なんだそりゃあ。わけがわからない、何か違う話をしているのかな。だけど、そうじゃなかった——シースルーくんがしているのは、あの日、あのときの、地球という惑星での話だった。

「世界中から仲間外れにされている、可哀想な女の子がいたから——抱きしめずにはいられなかった」

ほほう。可哀想な女の子。誰のことかね。ってあたしじゃん！

19

始点に返れ、と、地球最高峰の頭脳は言った。最初の部分——仕事を干され、世界から無視され、誰もいない大都会で一人、夜空を見上げていたあたしに、隕石が落ちてきた。それが始点。その現象をどうとらえるかだ——あたしのいる場所に隕石が落ちてきたことに、何らかの必然があったのだろうか、くらいのことは思った。だが、もっと根本的なことだった——あたしを狙って隕石が落ちてきた、なんてスケールでは物事を考えなかったし、また、百歩譲ってそうだったとしても、だとしたらあたしを攻撃する意図で落ちてきたとしか思わないだろう。なにせ宇宙規模の話だ。恐竜だったら絶滅するような話だ——まさか、あたしが『可哀想だったから』なんて理由で、隕石が落ちて来るなんてこと、誰が想像しうる？　あたしはあたしが地球外からの飛来物を受け止めた気でいたし、ガゼルはそれを、保護欲を喚起するシースルーくんの特性ゆえだと分析していたが——逆だった。あたしがシースルーくんを抱きしめたんじゃなくて、シースルーくんがあたしを抱きしめたんだった。あたしがシースルーくんの手を離さなかったんじゃなくて——シースルーくんがあたしの手を離さなかったんだ。……案外、的を射ていたんじゃねーのか？　もしもあたしとシースルーくんが手を繋いでいなければ、和歌がその場であたしを始末していたんじゃないかっていうのは。あたしを守ってくれた——保護してくれたのは、シースルーくんのほうだった。崇高な理念もなく、高邁《こうまい》な思想もなく、凡俗には理解しがたいような企みもなく——『見てられなかった』という、たったそれだけのくっだらねー理由で、こいつは地球にやってきた。

「一人きりで——寂しそうに見えたから」

　おいおいふざけんなよ、と言いそうになった。冗談として処理しそうになった。実際悪い冗談のようだった。だって世界中の誰一人として、地球上の誰一人として、宿敵も友達も、どころかあたし本人も含めて、そんなことは思わなかったんだから。外されようが、ハブられようが、哀川潤は平気なんだと思ってた。寂しさも孤独も、楽しんじゃえる奴で——可哀想だなんて、そんな風には見なかったんだから。宇宙のどこからそんな風に見たのかはわかんねーし、それはどうでもいいけど、勘違いもいいところだと笑い飛ばすのが、ここで取るべき正しい態度だと思った。だけど、笑みが零《こぼ》れもしねーあたしの口から出たのは、全然違う言葉だった——そっか。あたしは寂しそうだったか。そんな風に見えたんだったら——そうだったのかもな。

「いいんですか。人類を滅ぼさなくても」

……もしも、あたしが可哀想だからって理由でそうするなら、やめといてくれ。外されようとハブられようと、あたしはあいつらが好きなんだ。大丈夫、自分でなんとかするから。つーか、お前のお蔭で、半分くらいもうなんとかなったから——あと半分は、あたしに任せとけ。あたしはもっと強くなるから。宇宙のどこから見てもはっきりわかるくらいに、輝くから。そう言ってあたしはシースルーくんの手を取った。手を握った。理由とも言えないような理由で、衝動的に、言うならばなんとなく、文明程度の低い惑星で、ちょっと見かけただけの縁もゆかりもない可哀想な奴に、手を伸ばさずにはいられなかった——落下せずにはいられなかった大馬鹿野郎の、その手を。機械に映らないとか、正体が定まらないとか、人の本能を震わせるとか、コミュニケーションが成立しないとか、そんな未知の要素を、用語の虚飾《きよしよく》を、一つずつ引きはがしてみれば——最後に残ったのは、ただのつまらねー奴だった。だけど最高だ。こうして話している間にも、お前の正体はまったく一定せず、それはあたしの動揺をそこはかとなく表しているようですげー格好悪いけれど——でも、今なら、お前の本当の姿が、固まって見える気がするぜ。知ろうとさえしなければ、こんなに正体が見え見えの奴もいねえ。誰かさんの言う通りだった。この気持ちがもしも恋なら、あたしは今まで恋することをサボってきた。ありがとう。あたしみてーな奴が、どんな奴と恋に落ちればいいのか——お前が教えてくれた。

「よかった」

きみが元気になってくれて本当によかった——と言う、最後の声は、これまで一度も聞いたことのない、誰にも似ていない声だった。声帯模写を得意とするあたしでも真似できねーような。その声に惚れそうになったけど、そのときにはもう、集中治療室の寝台の上には、誰もいなくなっていた。誰かがそこにいた形跡さえもない。ちっ、せっかちさんめ。キスするまでくらい待てねーのかよ。あとの用でもあったのか？　ありうる話だ、ここへは途次に『なんとなく』寄っただけであって——本来の用事、使命、目的みたいなものは、あいつはちゃんと帯びていたのかもしれない。地球なんてまったく取るに足りない、重要な仕事を――そんなSFチックな妄想を抱いたと同時に、ばきん！　という無粋《ぶすい》な音と共に、集中治療室の扉が開けられた。開けられたっつーか、破壊された。そして大量の人間が、大量の地球人が、ジブリ映画さながらに、山積み状態にもつれ合いながらなだれこんでくる。一番下敷きになっているのは、最後まで彼ら妨害軍団を食い止めようとしてくれたらしい、長瀞とろみだった。お前はお前で最高だな。愛してるぜ。

「あ、哀川さん……」

潤でいいぞ。これからは潤って呼ばなきゃ返事しねーと思え。

「じ……潤さん。シースルーは……」

とろみも、他の奴らも、空っぽになった寝台の上を注視する――そこに誰もいないことに、どんな正体もないことに、さぞかし混乱しているようだった。

「シースルーはどこへ……？」

さあな。わかんねー。そうだな、あたしはヒューレット准教授から受けた依頼の通り、あいつをこの惑星から追放したってことにしといてくれ。そんな答に、とろみを含め、その場にいる全員が失望の表情を浮かべる――そうじゃないんだけれど、なんだか、みんながシースルーくんとの別れを惜しんでいるようにも見えて、嬉しくなっちまった。仕事の領分を出てはしまうけれど、ちょっぴりサービスしたくなる。ひょっとするとまだその辺にいるのかもしれねーが、あれだけのステルス能力を持つ奴が本気で雲隠れする気になったら地球人じゃ太刀打ちできるわけねーし、明らかになってない特性も、まだまだたくさんあっただろうし。そうだな、入院しているガゼルのこともある——期待されてた通り、無限にあったあいつの正体を、これと決めといてやるか。いち市民として——あいつに抱きしめられた、一人の可哀想な女の子として。

「結局——シースルーの正体は何だったんですか?」

あたしは言った。いい奴だったよ。胸がきゅんとするような。

20

というわけで、あたしが地球外生命体と遭遇した話はこれでおしまい。まーそのあとも色々、実質的な後始末に追われたりしたんだけれど、そういうのはどーでもいいだろ。いや、実際問題として、どんなに綺麗に終わった振りをしても、貴重な宇宙物質を紛失したかどで、あたしは世界中から非難を浴びることになっちまった。ここぞとばかりだぜ、あいつら。とろみや和歌を含め、誰も庇ってくれねーしよ。あんまりあたしをいじめるとまた宇宙から隕石が落ちてくるぞと危うく脅しかけたけれども、いじめられた末に頭がおかしくなったと思われても嫌なので、シースルーくんとの約束通り、宇宙のどこから見ても平気そうに見えるよう、もっともっと強くなって、もっともっと最強になることを、あたしは改めて誓うのだった。世界中から無視されても、宇宙から見てくれてる奴がいるとするなら、頑張り甲斐もあるってもんだ。まだまだ修行が足りねーぜ！　あ、でもヒューレット准教授だけは、庇ってこそくれなかったものの、あたしを褒めてくれたぜ。あたしが恋愛星からやって来た恋愛星人を撃退したことがよっぽど嬉しかったのか、一時間以上時間を割いてくれたぜ。ただ、予定通り人生相談をしてみたものの、それは全然駄目だった。無理問答さながらに嚙み合わねー嚙み合わねー。世代が違い過ぎるぜ、おじいちゃん。予定通りってのは、やっぱあたしには向いてねーな。宇宙人の存在は、最後まで信じてくれねーし。ま、シースルーくんが生物だったのかどうか、あるいは鉱物だったのか、もっと高邁な概念そのものだったのかとかは、結局分析できずじまいだったからな（あたしのせいで）。仕方ないから数学の話とかをした。本当に忙しい人みたいだから難しいとは思うけれど、いつか直に会ってみてーな。そのためにもとりあえず、おじいちゃんに好かれるようないい子の振りをしておいたほうがよかろうと思って、日本に戻って、言われた通り、ボランティアの一人として東京の復興に努めた。ちなみに、あたしに対する風当たりは強くなったとは言え、哀川潤を封鎖するための世界同盟、紳士協定自体はヒューレット准教授の影響力で、そしてシースルーくんがいなくなったことで崩壊したので、とろみや和歌、肆屍のじーさんも一緒に帰国することになった。肆屍のじーさんに手紙の返事を託し、とろみと和歌と一緒にボランティア活動をしたわけだ。和歌の『土使い』の能力は、土木工事にこそよっぽど役に立った。とろみには主に、経済方面の支援をお願いすることになった――持つべきものは友達だぜ。それを言ったら本当に怒られるかもしれないので目途《めど》がつくまで黙っていたけれど、そもそも東京が更地になっちまった大元の原因、シースルーくんの墜落は動機はどーあれあたしを狙ってのものだったので、広い意味ではあたしのせいで東京が更地になった感もないじゃないから、罪悪感と釣り合う程度には、ご奉仕させてもらった。……あたしを外してみんながスカイツリー周りから撤退してなきゃシースルーくんは落ちてきてなかったわけだから、あながちあたしの責任とばかりも言えないんだけどな。鶏が先か卵が先か？　大体言ったた？　うっせーな、両方食っちゃえ！　えーっと、あと何言ってなかったっけ？　じゃーしばらくあとの出来事。隕石落下以前のように世界に混沌が取り戻され、様々なキャンペーンを張った甲斐もあって、あたしの仕事もまた以前の調子を取り戻し――いや、以前よりも上り調子になったあたりで（いつまでもボランティアなんて柄じゃねーぜ）、大泥棒・石丸小唄から電話の着信があった。

「なんとかセッティングできましたわよ、お友達《ディアフレンド》」

　おう、待ちかねたぜ。

「感謝して欲しいものですわ——とりあえず五人ほど集めてみましたけれど、ええ、頭数だけ揃えても意味がありませんしね。哀川潤と聞いただけで、大抵の紳士は怖気《おじけ》づきますから」

　人を肉食獣みてーに言ってんじゃねーよ、人類だっつーの。まあいいさ。そこで怖気づく紳士に用はねーよ。

「結構色んな方面に当たったので、オーバーキルドレッドが婚活を始めたとか、噂になっちゃったりしたらごめんなさい」

　それはわざとやったんだと思うけれど、勘弁してやるぜ。別にそんな婚活ってほど大袈裟なもんじゃねーが、ま、呑みの席でも設けるとこから始めてみようかと思ってさ。

「世間ではそれを合コンといいます」

　なんとでも。

「あなたが何をしようと、わたくしは今更驚きもしませんけれど——その恩恵をありがたくこうむらせていただきますけれど、あんまりらしくないことをしていると、寂しい奴だって思われちゃいますよ」

そう思われたくねえからするんだよ——今の時代、どこから見られてるかわかんねーからな。ああそうだ、長瀞って奴連れてくからよろしく。店はあたしが予約しとくぜ。

「ええ、そこは十全にお任せしますわ。……個人的には、あなたと対等に付き合える男が、地球上にいるとは思えませんけどね」

なあに、探してみせるさ。強くなるために、誰かのために。あたしを見ている誰かのために。あたしは人類最強の請負人、哀川潤。恋をするのも仕事のうちだ。

人類最強の失恋

1

「潤《じゅん》さん。月に行く気はありますか？」

あるぜ！　……という極めて慎重なやりとりを経て、あたし、人類最強の請負人《うけおいにん》こと哀川《あいかわ》潤は現在、月に来ていた――これがこれまでのあらすじだ。何？　よくわかんねえ？　おいおいこんなわかりやすいあらすじがあるかよ。これ以上わかりやすい説明なんざねーぞ。わかりやす過ぎる？　あっそう。でもあたしは、どっかの誰かさんみてーにごちゃごちゃお題目を述べるとかできねーから、ならばここまでのあらすじは、最近の巻き添え一号、哀川潤被害者の会筆頭、長瀞《ながとろ》とろみちゃんにお願いするとしよう――ちなみに一行目であたしに誘いをかけているのがそのとろみで、このときのこいつは、まさか自分が月面旅行に同行させられることになるとは思ってない。

2

「長瀞とろみです。

「四神一鏡《ししんいっきょう》の一角、檻神《おりがみ》財閥に仕えてありとあらゆる事務全般を担当しております——平たく言えば何でも屋です。便利に使われております。

「前回の東京《とうきょう》クレーター事件……と呼ばれていますが、東京スカイツリーをめがけて『隕石《いんせき》』が落ちてきた未曾有の『災害』に、調査団の一人として参加したことが縁で、哀川さん……と呼んだらあの人すごく怒るんですけれど、潤さんと知り合って、それ以来、光栄にも親しくお付き合いさせていただいております。

「何をもって親しくというべきか、謎めきますが。

「これは一般には公開されていない情報ですけれど、その東京クレーター事件に際して地球に落ちてきた『隕石』の正体はいわゆる地球外生命体、俗に言う宇宙人でした。

「宇宙人。

「既に一段落した話ではありますので、詳細はいっそのこと大胆に省いて、ここではその顚末《てんまつ》だけを述べますと、その宇宙人は、人類最強の請負人——人類代表、哀川潤によって撃退されました。地球外への追放……少なくともそういうことになっています。

「『彼』の一個生物としての能力は、現時点での人類の科学力を結集しても到底太刀《た》《ち》打《う》ちできないそれでしたので、この結末は、ほとんど針の穴を通すような奇跡だったと言っていいでしょう——大袈裟《おおげさ》でなく彼女、哀川潤によって人類は救われたのです。

「そのことによって、隕石墜落直前に生じていた、哀川潤対世界中という、悪い冗談みたいな対立構造が崩壊したのはあくまでも副産物ですが……しかし、副産物というならば、哀川潤包囲網。

「私の所属する四神一鏡、『殺し名』『呪《まじな》い名』の十二連合、玖渚《くなぎさ》機関、ER3システムという、哀川潤に対抗すべく結成されたこれらの組み合わせ寄せ集め同盟が、そのまま維持され、しかも『宇宙対策』の性格を持ったことに、触れないわけにはいきません——『宇宙開発』ではなく『宇宙対策』。

「ええ。

「『宇宙人が地球に攻めてくるかもしれない』という、最近ではまったくリアリティを持たなくなったはずのSF的幻想が、東京クレーター事件によって、にわかに現実味を帯び始めたということです。

「かくいう私も、他組織への渉外係というお役目をいただき（その他にも、哀川潤係という、少なくとも地球上ではもっとも重労働であろうお役目もいただいていますが）、二度目の宇宙人襲来に備える毎日なのですけれど……いやはや、まさか自分が、宇宙人と戦うことを想定して、日常業務を遂行することになるとは思いませんでした。

「それがいわゆる『承前』だとして……、今回、潤さん、と私が月面に旅立った経緯ですけれど、つまり、それももちろん『宇宙対策』の一環ということになります。

「お仕事です。

「一応、誰でも知っている前知識を述べておきますと、人類が初めて月に降り立ったのは一九六九年、アポロ計画においてのことですが……、最近はめっきり、月面の有人探査は行われておりませんでした。

「結局、月面探査に限らず、宇宙開発が遅々《ちち》として進まない大きな理由は、突き詰めれば『お金がかかり過ぎること』と『人命が脅《おびや》かされること』のふたつに尽きますけれど、宇宙開発ではなく『宇宙対策』ということであれば、話は別です——戦争となれば、話は別です。金銭も人命も湯水のごとくつぎ込んでいいというのであれば、宇宙船だって人工衛星だって、ばんばん打ち上げられるというものです。

「リターンがあるなら、投資は無駄になりません。

「とは言え、今更我々は、月面の調査を行おうというわけではなく——もちろん月面に宇宙対策の前線基地を建てようというわけでもありません。

「今回行われる実験の趣旨は、宇宙船の技術革新ではなく、宇宙服の技術革新なのです——『小さな宇宙船』とも称されることのある現代の宇宙服ですけれども、しかし一人では着れず、サイズも限られるなど、まだまだ開発の余地があることも事実であり、このままの状態では、有事の際に必要な数を用意できません。もちろん、全人類分の宇宙服を準備すべき、とまではいいませんが（それをいうなら、用意すべきはまず全人類分の核シェルターでしょう）、安価でユースフルな宇宙服の開発は、これからの宇宙対策において、避けられない必須と言えましょう。

「もちろん頑丈で、宇宙空間での活動に耐えうるものでなければいけません。

「たとえて言うなら、その宇宙服を着たままで、ボクシングやアメフトの試合ができるような……替えがいくらでも利く、消耗品としてのそんなウェアが、これからは必要になると思われます。

「もうおわかりかと思いますが、その実験のために白羽の矢が立ったのが、人類最強の請負人、哀川潤です——仕事の依頼という形を取れば、どんな無茶にも応じてくれるのが彼女です。無茶でなければ応じてくれないとさえ言えます。どんな危険な任務であっても——もちろん、『面白そう』であることが、決定的な前提条件ですが、月面における宇宙服のテストという命題は、その条件を完璧に満たしているでしょう。

「喜連川《きつれがわ》博士のことをご存知でしょうか？

「有名なところでは、今でも伝説のように語られるあの『殺し名』筆頭、匂宮《におうのみや》雑技団の匂宮兄妹や断片集《フラグメント》を製作した、いわゆるマッドサイエンティストなのですが――彼がER3システムに技術供与したノウハウを元に製作されたのが新型宇宙服『クローゼット』です。

『クローゼット』。

「正式には何らかの長文の頭文字を並べて『CLOSET』らしいのですが、それはいささか出来過ぎなので、たぶん『クローゼット』ありきの命名だと思います――ので、以後『クローゼット』で通させていただきます。

「まだテスト段階なので、デザインに多少の難がある感じですけれど、ざっくり言うとフルフェイスのヘルメットをかぶったライダーのような姿に仕上がっています――つまりフォルムは一般的な宇宙服よりも相当スマートで、もちろん一人での着脱が可能、ほぼ通常時通りのパフォーマンスを発揮できる、まさしく夢のような宇宙服……酸素ボンベも相当小型化・軽量化されております。

「むろん、その分、極限状況下での活動時間は短く限られてしまいますけれど……それは今後の課題となるでしょうが、まずは強度のテストです。

「これから先地球外生命体と対するにあたって、もっとも重視すべきは、安全性よりも強度――それが対宇宙連合の総意でした。

「潤さんにいわせれば、この辺は『ずいぶんと的外れなことやってらあ』な話だそうですけれど、しかし実験そのものには、快く応じてくれました。

「あんな人でも、宇宙進出にはロマンを感じたりするのかもしれません——出された条件は、たったふたつだけ。

「ひとつは、私の同行。

「これは暇潰《つぶ》しのための玩具《おもちゃ》が欲しかっただけで、深い意味はないと思います——宮仕えの悲しさといいますか、私はこれを断れる立場にはありませんでした。もうひとつの条件のほうは、彼女のアイデンティティ、哀川潤の根元に関わるところだと思われまして、これも断るわけにはいきませんでした。たとえその変更に、どれだけの追加予算が必要になろうとも。

「潤さんはこう言いました。

「『新型だかなんだかしらねーが』

「『その宇宙服は、赤く染めろ』」

3

はいごくろうさん。というわけで、宇宙空間の長旅を経て、あたしととろみは、現在、月面に来ていた——三十八万キロ、案外あっと言う間だったぜ。と言っても、窓のないタイプの宇宙船に詰め込まれての旅路だったので、まだ宇宙も月も、見てねーんだけど。案外ドッキリで、この小さな宇宙船から外に出てみたら未だテキサス州の砂漠のど真ん中で、看板を持った因原《いんぱら》ガゼルあたりが登場するのかもしれない。あれだけ滅茶苦茶にひっかき回してやったのに、どう政治工作をしたのか、あの後、どうやら出世して本部勤めになったらしいガゼルだけれど、そんな面白いことをしてくれるっつーんなら、今度はもっと本気で遊んでやってもいいぜ。ふー。さ、んじゃお仕事お仕事。宇宙服に着替えて、月面歩行と洒落込《しゃれこ》むか。

「な、なんか、温泉旅行に来たくらいの気楽さですね、潤さん……浴衣《ゆかた》に着替えるノリで、最新鋭の宇宙服を着ようとしないでくださいよ。宇宙ですよ？　月ですよ？」

とろみが横からごちゃごちゃ言う。いや、あたしだって船外の景色が見えたら、『地球は青かった』くらいの名言を言ってやってもいいけれど、今はまだ冷蔵庫の中にいるみてーなもんなんだから、感慨も感動も、あるわけないだろ。

「はあ……心強いというか、なんというか。ああ、心強いんじゃなくて、最強なんでしたっけ」

ちなみに、この宇宙船（何号だっけな？）の乗客は、あたしととろみの二人だけだ——たった二人で宇宙旅行ができるようになったってんだから、なるほど、さすがに各業界トップクラスの組織が人材と知恵を出し惜しまなきゃ、短期間でこれほどのことができるってわけだ。集合知には勝てないねえ。

「いえ、たった二人で宇宙旅行ができたのは、あなただからですよ……、こんな複雑な宇宙船の操作を一晩で覚えて一人でやっちゃうなんてこと、あなたにしかできません」

うるせえ。

「なんで誉《ほ》められると悪態をつくんですか……わからない人ですね。二人っていうか、その気になれば、あなた一人でも来られたんじゃないですか？　そうすれば、この不自由な居住空間も、もう少しは快適になったでしょうに」

それもうるせえだな。あたしはだだっぴろい空間に一人でいるより、狭いとこで誰かとぎゅうぎゅうに詰まってるほうがよっぽど快適だねえ。

「意外と寂しがり屋なんですね。だとすると、この間の哀川潤包囲網は、存外、効果的だったのかもしれませんね」

おーおー、だろうな。あの宇宙人、シースルーくんの来訪で助けられたのは、誰よりあたしだったんだろうぜ——それは大いに認める。しかもその副産物で、只《ただ》で宇宙旅行までできちゃうっつーんだから、ついてるねえ。しかもコンパニオン同行っつーんだから。

「コンパニオン？　誰のことです？」

まーまー。テストっつっても、あたしだけじゃサンプルになんねーだろ。あたしだったら案外、宇宙服なんてなくとも船外活動できちゃうかもしれねーし、お前みたいな一般的サンプルも必要だろうぜ。

「一般的……そりゃあ、あなたに比べて一般的でない人なんて、いないでしょうけれど。……でも、そこは、実は私も疑問に思っているところだったんですよね」

ん？

「いえ、人類の枠から大きく外れたあなたを、テストサンプルに指名したER3システムの意図が、どの辺りにあるのか……、次にこの『クローゼット』をテストする人に、『オーバーキルドレッドが大丈夫だったから、この宇宙服を着て、真空に飛び出してくれたまえ』と言っても、不安は拭《ぬぐ》いきれないと思うんですよね」

ふむ。ガゼルがあたしに説明したところによると、あたしが頑丈で、過酷なテストに耐えうるから――っつーのもあるけれど、反面、あたしだったら万一のことがあっても別にいいからってのがあるからだそうだが。

「万一のことがあっても別にいいから？　『クローゼット』に不備があっても、あるいは宇宙旅行中になんらかの事故があっても、哀川潤ならば実験台として失っても惜しくない……という意味ですか？　そんな、まさか……」

平和な脳だねえ。花でも咲いてんじゃねーの？　元々その宇宙対策チームの前身は、哀川潤対策チームだったんだから、そんな考え方をする奴がいても不思議じゃねーだろ。シースルーくんを逃がしちまったことで、あたしを戦犯みたいに思ってる奴も、少なからずいるだろうし。

「……ER3システムとしては、宇宙服『クローゼット』の耐久性が保証できればそれでよし、また、実験に失敗したとしても、それで哀川潤を亡き者にできたならばそれもよし――ということですか。どちらに転んでも成果あり……、いかにも学者さんの考えそうな合理ですね」

憤慨したように、皮肉を込めていうとろみ。ちなみに憤慨しているのはあたしの身を案じてのことではなく、そんなことに巻き込まれた自分の身を案じてのことのようだ――いいねえ、その自分本位。好きだぜー。ま、『クローゼット』とやらを試すのは主にあたしだからな。もしも実験に失敗したとき、地球に帰ってそれを本部に報告するのが、お前の役目なんだろうよ――お目付役っつーか。あたしが格好良く月面で、全身の血液が沸騰《ふっとう》して爆死したって情報を、持って帰ってツイッターで拡散しやがれ。

「嫌ですよ、そんな仕事……情報部じゃないんですから。爆死って。松永弾正《まつながだんじょう》ですか、あなた。……あと、生身で宇宙に出ても、意外と爆死はしないらしいですよ。それ以前に全身が凍りつくとか……」

　ふーん。カーズみてえだな。月面で爆死して跡形も残らねーって、なかなか壮絶で面白い死に様だと思ったんだが。あたしにふさわしいぜ。

「……前回もちょっと思ったんですけれど、潤さんって、死に様を求めているところ、ありますよね」

　あん？　死に場所を求めている？　なに、あたし、そんなだっさい風に見えてるの？　そりゃやべえな。すみやかなる自己改革が必要だな。

「死に場所じゃなくて死に様ですよ――ま、あなたくらい格好良く生きることを極めてしまったら、もう格好つける場所は、死に方くらいしかないのかもしれないですね」

　そうでもねーぞ。小唄《こうた》に頼んでセッティングしてもらった合コンとか、連戦連敗だし。笑うぜー。小唄の奴、自分がちょうどいい感じの男ゲットした途端、まったく手配してくれなくなったから。

「小唄……石丸《いしまる》小唄、あの怪盗淑女ですか。仲いいんですね、ああいう人と」

　複雑そうな顔をするとろみ。あたしが小唄と仲良くしていることにジェラってんじゃなけりゃ、組織人のとろみは、ああいう何物にも（あたしとの約束にも）とらわれない自由人に対しては、まさしく複雑な気持ちがあるのだろう。

「連戦連敗って言っても、実際には連戦連破みたいなものなのだろうと、考察しますけれど……、あなたの場合、もう負けても勝っても同じようなものですからね」

何？　どういう意味？　負けても勝っても同じとか、そんなことを言うつもりはねーけど。負けるより勝った方がいいに決まってるだろ。そこまで悟りを極めてねーよ。結構俗《ぞく》いぜ、あたし。

「そっちのほうが面白いと思ったら、あっさり負けを選びそうじゃないですか……勝負の道中を楽しんでいるだけ、と言いますか。……同じ理屈で、生きるよりも死ぬほうが面白そうと思ったら、ぱっと死んでしまいそう」

うーん、そういう言い方をされると、一概に否定できねー。でも、今んところは生きてるほうが断然楽しいけどな。色々起こるから。こうして、いきなり友達と宇宙旅行ができたりするわけだし。

「友達……あなたからそう言っていただけるのは、本来とても感激なことなんでしょうけれど、しかし反応に困ってしまうのは、どうしてなんでしょうね」

さあ。そんなことあたしに訊《き》かれても。なんだよ、あたしと二人きりじゃ緊張しちゃうってか？　もっと、大人数で来たほうがよかった？　若紫《わかむらさき》和歌《わか》とか、屍《しかばね》のじーさんとか、誘ってもよかったんだけど……いや、じーさんに宇宙旅行はちいと辛いか。着陸の衝撃も、そこそこあったたし。……くくく、ヒューレット准教授でも連れて来てやればよかったかな。あの宇宙人嫌いのじーさん、宇宙に本腰を入れ始めた今のER3システムのこと、七愚人《ななぐじん》のひとりとしてどう思ってんだろ。

「それはやっぱり、トラブルになっているようですよ。ER3にとっても、もしもヒューレット准教授が、これで七愚人を抜けるなんて言い出したら大事ですからね。あくまでも『宇宙人対策』ではなく『宇宙対策』と銘打っているのは、ヒューレット准教授に対する気遣いなのかもしれません」

ふうん。組織は色々大変だねえ。あたしには全然関係ないけど。

「関係ない……よくいいますね。そもそもこの件にヒューレット准教授を巻き込んだのはあなたなのに」

はっはっは。そうだっけか？　でもまー、関係ないことに首突っ込みたくなるのもあたしだからな、この実験が終わったら、もういっぺんくらい、あのおじーちゃんと話してみるのも面白いか。となると、後の予定も詰まってくるし、ぱっと着替えて表に出てみるか。この狭い船内で、一人で着られるかどうかってところから、もうテストなんだろ？

「はい……更衣室はありませんので、あしからず」

見られて恥ずかしいようなボディはしてねえよ。んじゃ、地球との通信のほうはよろしく。あたしは着替えて、月面散歩と洒落込むぜ。えーと、なんだっけ、『この一歩は……』。

「？　『この一歩は小さな一歩だが、人類にとっては大きな一歩だ』ですか？」

そう、それ。けどまー、本当に飛翔したいなら、二歩目や三歩目は、もっと大きくなきゃならねーよな。

「は、はあ……よくわかりませんが。どういう意味です？　あなたのジャンプ力で、月で跳ねたりしたら、本当に宇宙の藻屑《もくず》となってしまいますよ？」

そういうこと言ってんじゃねーっての。ま、単純に、人類最強の足跡を、月に刻んでやろうってだけのことさ。

4

元哀川潤包囲網、現宇宙対策同盟の、新型宇宙服『クローゼット』の試験運用の、予定されていた流れは、おおむねこんな感じだった――あたしがその宇宙服を着用し、月を徒歩で一周。出し抜けに無茶苦茶言ってんだろ？　夜空にぽっかり浮かぶ満月とかを見ると、月ってちっちゃくは見えるけれど、それでも地球の四分の一、あるんだぜ？　大陸横断しろって言われてるようなもんだ――けど、それくらいの動きに耐えられる強度がねーと、今後起こるかも知れない宇宙戦争に、運用できるスーツにはならないってことか。ま、歩いて大陸横断ができるくらいの奴なら、『殺し名』の中を探せば五万といるだろうけれど、あの辺の連中は意外と腰が重いからな——最近世代交代も激しいみたいだし、あたしほど自由に動ける奴もいねーだろ。そういう意味じゃ、あたしに白羽の矢が立ったのもわからなくもない。月の重力は地球の六分の一だから、四分の一を更に六分の一して考えるべきだとすれば、実はそんな難易度の高い任務でもねえ。一周して、『クローゼット』の機能を確認したのち、とろみにももう少し小規模なテストを行ってもらって（あたしのテストの結果にもよるけれど、たぶん総計一日くらい船外活動をする程度ってとこか）、それで地球へと帰還。月面での滞在期間は、およそ半月といったところか（月で半月って、なあ？）。行き帰り含めて二十日前後——浦島太郎《うらしまたろう》の気分を味わうには物足りない旅行だし、絶対途中で飽きるとは思うけれど、それでもまあ、船外に出て、月面に降り立ち（人類最強の一歩）、空に浮かぶ地球を見てみれば、なるほど、思うところはあったね。ただ、それは予想していたような感動とは、また別個の感情だった。こんなことを言うととろみはまた、あたしのことを上から目線でどうこう言うのかもしれねーが（お母さんかよ）、だだっぴろい空間にぽつんと青い宝石が浮いてるみたいな感じで、まさしく浮いてるっつーか、寂しそうっつーか……前にシースルーくんが言ってたことを、ちょっとだけ思い出したぜ。地球から、太陽や月を見たときには、そんなことは思わないんだけれど。もっともこれは錯覚みてーなもんで、地球が青く輝き過ぎているから、周囲の星々が見えなくなってるだけだとか言うよな。輝きが強過ぎるから、孤立が深まる――なーんか、教訓っぽくてあたしも学ぶところがありそうだけれど。地球への感想は大体そんなところで、なんだかんだ言いつつも感じるものはあったわけだが、降り立ってみた月面については、うーん、やっぱ実地に立っちゃうと、よくわかんねーな。それこそ宇宙飛行士なら、訓練だったり艱難辛苦《かんなんしんく》だったり、それまでの道中があるから思い入れも違うんだろうけれど、あたしの場合、ここに来るまでにそんなに苦労してねーから、そこは全然感慨がねえ。薄々気付いていたことだけれど、お膳立てされた月面旅行に、ロマンなんかねーな。グランドキャニオンを観光したときと、イメージそんなに変わらない。旅行はプランニングしているときが一番楽しい、備えあれば憂いなし。やっぱ努力とか、練習とか段階とか、そういうのって圧倒的に大切だな。いくら動きやすい宇宙服だっつっても、普段はいてるヒールとは違うから、月面の踏み心地とか、全然わかんねーし。慣れても重力が六分の一だから、やっぱりわかんねーだろうな。

「でも、潤さん。ひょっとしたら、ER3システムには、そういう思惑もあったのかもしれませんね。つまり、六分の一の重力や無重力の場にあなたを長期滞在させれば、地球に帰ったとき、あなたは相当、弱体化しているでしょう。テストパイロットとしてあなたに白羽の矢を立てた真の理由は、存外、そこにあるのかも」

宇宙服『クローゼット』の着用を終えたあたしに、とろみはそんなことを言った――そりゃあいいアイディアだ。宇宙飛行士は搭乗中に、その筋力がだだ下がりすると言うが、あたしもその例外にはならないだろうし――そう思うと、そんなことを考えた奴を誉めてやりたくもなったけれど、しかしながら、この仕事に関してER3システムが考えていたことは、あたしやとろみが思いも寄らないほど、もっと邪悪なアイディアだった。そっちはあんまり、誉めてやる気にはなれねー。

「潤さん！」

と、地球を眺め、月面を眺め、環境のデータも取ったし、とりあえずはいったん宇宙船の中に戻ろうとしたあたしだったが、それよりも、同様に宇宙服『クローゼット』を着て、とろみが船外に飛び出してくるほうが早かった――とろみもとろみで、小さな一歩を踏み出したわけだが、しかし、宇宙のわくわくに我慢できなくなって飛び出してくるほど、テンションの高い奴じゃあなかったはずだ。本部と通信をしていたはずだが、おやおや、地球でなんかあったのか？

「た、大変です……大変なんです」

月面を駆け寄ってきて、そんなことを言うとろみ――当然ながら真空では音は伝わらないので、この辺の会話は、『クローゼット』に内蔵されているマイクとスピーカーを通じてのものだ。この服のテストのために宇宙空間にいるってのに、ここまであんまり触れてなかったけれど、やっぱ最新鋭の科学ってだけあって、便利な服だぜ。さすが、あの喜連川が技術供与しただけのことはある。特に色が赤いってのがいい——って、これは単なるあたしの希望だけど。更に言えば、だからとろみは宇宙船から別に飛び出して来なくともあたしと会話はできたってことなんだけど……、それだけ焦《あせ》ってたってことか。で、何が大変なの？

「ね、燃料の残量がありません！」

ほほう。それの何が問題なんだ？

5

とぼけてみせたが、もちろんそれは大問題だった——し、そしてこれはトラブルでも、ミスでもなく、極めて人為的な問題だったのだ。というより、それこそが、今回の実験の『真の目的』だった——いや、もう実験でも何でもねえ、確実な結果を見据えた、ただの戦略だった。宇宙対策とは無関係だし、宇宙服の実験ってのもあくまで名目であり、あの綿密な計画書もマニュアルも、全部がフェイクで目くらまし、その『真の目的』は、人類最強の請負人、哀川潤の、宇宙追放にあったってこった——平たく言えば哀川潤包囲網の残党が、同盟の中に思ったよりもたくさんいたってことだろう。

「そ、そんな……」

信じられないという風に絶句するとろみ――組織人としては、まだ、これが『ただの手違い』であるという可能性を捨てきれないのだろうが、地球との通信が月面着陸以来途絶えているという点も含めて考えれば、そんな希望はもう捨てていいとあたしは判断する。あれだな、あたしが地球にやってきたシースルーくんを宇宙に撃退したのが、反哀川潤派の連中に、いいヒントを与えちまったってことか――テストだと銘打って、あたしを宇宙に放逐《ほうちく》する。とんでもねえこと考えやがるぜ――前回の世界規模のハブリが、かわいく思えてくる。いや、もしもあたしだけに仕掛けたんだったら、それでも誉めてやってもいいくらい冴《さ》えた手腕かもしれねーけど、しかし、とろみをその巻き添えにしたのはいただけねーな。そこは許せねえ。

「……い、いえ、私を巻き添えにしたのはむしろあなたなんですけれど……」

船内に戻ってのミーティング……というか、現状の再確認。ヘルメットだけ外して、宇宙服で向き合う二人の女子は、確かにツーリング中のライダーみたいだった――今、考えるようなことじゃねーけど。うん、そこについては、ごまかすつもりはなく、悪かったなーって思ってる。ごめんごめん。

「そんな簡単に謝らないでください。私を宇宙追放の巻き添えにしたことを……」

へなへなとくずおれるとろみ。普段凛《りん》としている癖に、こいつ、逆境には異様に弱いよな。

「逆境どころじゃないでしょう。絶望ですよ。なんですかこのシチュエーション。それこそ爆死じゃないですけれど、これまで人類が体験したこともないような苦境に、私達は追い込まれているんですよ……もしもそうだとしても、なんでこんな回りくどいことを」

「……こう言っちゃあなんだけれど、あたしが要望しなくとも、お前は同行させられたんじゃねーのかな？　あくまでも反哀川派としちゃあ、宇宙服『クローゼット』の実験中の事故で、哀川潤は帰ってこれなくなったって形を取りたいんだろうし。だから、宇宙船に不備があったって流れにしたんだろ。発射施設や新宇宙服自体に不備があったんじゃ、今後の実験に差し支えるからな。

「タイメンヲオモンジル……という奴ですか」

嫌そうにいうとろみ。明らかに体面を重んじる体制側の人間である彼女としては、その姿勢を一概には否定できないんだろうぜ。まあ、宇宙空間で宇宙船に仕込んだ爆弾を発動させるとか、月じゃなくてあらぬ方向へ宇宙船を第三宇宙速度だかで吹っ飛ばすとか、そういう乱暴な手段を取らなかったのは体面のためだとして――計画書を完備し、とろみを同行させたのは、この依頼をあたしに信じさせるためだったたんだろう。計画にリアリティを持たせ、あくまでも正当な『仕事』だったと主張するため――前回あたしをハブったときもそうだけれど、とにかく、言い訳から考えてんじゃねーかってくらい、後始末に関する隙がねーな。そういうやりかたも否定はしねーが、面白くはなさそうだ――あとがしっちゃかめっちゃかのてんやわんやになるから面白いんじゃねーか。

「そういうことを言っているから、宇宙に放逐されたんじゃないですか、あなた……私は体のいい人身御供《ひとみごくう》というわけですね」

ふう、と嘆息するとろみ。ようやく心の整理がついたらしい。まあ、まともそーに見えてもこいつも、四神一鏡の中枢近くまで食い込んでる奴だからな。根っこのところで死ぬのも仕事のひとつと考えている以上、経緯は想定外でも、こういう事態そのものに対する覚悟は、常にあるのだろう。泣かれたらめんどくせーと思っていたけど、そんなかわいらしくもねーか。

「いえ、結構ショックは受けてますよ……、私を犠牲にしてもいいと、彼らは判断したわけですからね。私には生かしておく価値がないと」

どうだろうな。

「はい？」

いや、こうも綺麗にはめられたあたしが言うとそれこそ言い訳じみるけれど、お前が同行してくれてなかったら、あたしだって『そいつら』のそういう思惑に、気付いていたんじゃねーかって思うし。つまり、それだけの価値を認められていたからこそ、人身御供にされたんじゃねーの、お前？

「だとしても――嬉しくはありませんよ」

だろうねー。ま、別に『そいつら』も、お前が嬉しがってくれるとは思ってねーよ。……『そいつら』が、どれくらいの範囲にまで及んでいるかってのは、ちょっと気になるかな。ガゼルはどの辺まで知ってたんだろ。あいつがあたしを逆恨みしてる可能性って、結構あると思うし。

「可能性があるとすれば逆恨みではないですけどね。すごく正当な恨みですよ。……まあ、たとえ知っていたとしても、あの人はそれを止めうる立場にはなかったと思います。もっと上からの意志でしょう」

あいつもだいぶん偉くなったと思ってたけど、上には上がいるってわけか。組織ってのは、本当、無限のピラミッド構造だねえ。で、一応念を押しておくけれど、本当にもう、この船、飛ばないの？

「はい。もちろん、もう一度入念にチェックはするつもりですけれど……宇宙船が故障させられているとか、そういうのなら修理の余地もあるんですが、ことが単なるがス欠では、手の打ちようがありません」

　場所が月じゃ、現地調達も不可能だろうしな。まさか地面を掘ったら石油が出てくる夢の大地ってわけでもあるまい。そんな天然資源に恵まれているなら、もっと前に月の土地争奪戦が行われていることだろう。あたしの血をタンクに流し込んだら飛ばないかな？

「飛びかねませんけれど、そんなアホな現象を目の当たりにするくらいだったら、私はこのまま酸欠で死ぬ道を選びますよ……」

　そこまで言うかね。ちなみに、酸素はあとどれくらい持つのかな？

「予備のタンクも含めて約二十日といったところですね……無茶をしなければですが」

　ふうん。そっちは『不足』なしってわけだ。温情があるようにも思えるが、ある意味残酷だな。この宇宙空間で、助かる見込みもないまま何十日か生き続けるってのは……あたしはともかく、とろみは持つかな？　いや、あたしだってどうなるかわかんねーか。追いつめられてみねーと、追いつめられたときに自分がとる行動なんて、予測できねーぜ。弱気なガキが死の間際に勇者と化したり、強情とも思える恐れ知らずの命知らずが、みっともねー最期を遂げるなんて展開も、嫌になるほど見てきた。あたしだけが例外とは決めつけられない――苦しむ間も、葛藤《かっとう》する間もなく、華やかに爆死できたらいいってのは、案外、相当数の人間に共通する夢なのかもしれねーな。

「もちろん、これは二人分の計算であり、もしも潤さんが今この場で私を殺せば、四十日前後、活動が可能になりますが」

冗談でもそういうこと言うなよ。ぶっ殺すぞ。……それを言うなら、お前があたしを殺すくらいのことを言えよ。

「それができたら、したいくらいですけれどね。つのる恨みもあることですし」

いいから、他のことを考えな。綺麗にはめられたあたし達が、ここから地球に帰る方法ってのは、あるのか？

「ない……では、答になりませんから、わずかな可能性をあまさず列挙させていただきます。参考にしてください。ひとつは、通信で地球に呼びかけ続け、あちらの心変わりを期待することです」

期待できねーな。

「ええ、ここまでするからには、覚悟は決めているでしょうし——こうなると、あなたからの報復を、何より恐れるでしょう。哀川潤の恨みを買ったなど、三十八万キロの距離を取って、ようやく安心できるレベルの恐怖ですよ」

あたしをなんだと思ってんだ。報復なんかしねーよ、くだらねえ。するとしたら、お前を巻き添えにした分だけだ。

「それで十分でしょう、向こうには」

ふん。ふたつ目以降はあんのか？

「ふたつ目は、反哀川派以外の宇宙対策同盟……、あるいは、他の組織からの助けを待つことでしょうね。二週間以内に異変に気付き、我々を救出する船を発射してくれる親哀川派が、地球にいれば」

親哀川派？　敵じゃねーなら潤派を謳《うた》って欲しいところだがな。それは期待できるのか？

「どうでしょう。個人レベルではともかく、組織レベルであなたの味方をしようという人達がいるとは思えませんし、また、反哀川派も、タイムリミットまで、『事故』の件を死に物狂いで隠そうとするでしょうしね。あらゆるSOS通信が妨害されることでしょう」

冷静な分析だね。あたしなんかよりよっぽど落ち着いてるぜお前――あたしはこの状況に、いくらかハイになってるところがあるからな。

「まこと、羨ましい性格ですよ。そうなりたいとは思いませんが……、地球に帰っても報復する気はないって言ってましたけれど、あなた自身が騙《だま》されたこと、裏切られたことに対する怒りはないんですか？」

うーん、ないなあ。昔はこういうとき、激怒したもんだけれど、哀川潤もすっかり丸くなっちまったもんだ。でもまあ安心しろ、なにがあっても、お前だけは無事に帰してやるさ。

「……アテにしてますよ」

ともかく、外部に助けは求められないってことだ――あたしも人望がないねえ。いつだったか、闇口崩子《やみぐちほうこ》ちゃんとかがピンチのときには、色んな奴が助けに動いたもんだが。今から思えば、あれがモテ度ってことだったのか。じゃあ、やっぱ自力での脱出しか方法はないわけだが、どうだ？　さっき、月の重力は六分の一だから、あたしがジャンプすれば宇宙空間に放り出されるかも、みたいなこと言ってたよな？　この宇宙服は丈夫だってことだし、あわよくばそのまま地球まで辿《たど》りつけない？

「ザ・不可能です」

ザ？　そんな言い方をするくらい？

「できるとしたらあなただけです……どうぞお一人で、そんな死出《しで》の旅に出発なさってください。三十八万キロを宇宙服に内蔵できる酸素だけで生き抜き、このだだっぴろい宇宙空間の中ピンポイントで地球に辿り着き、かつ、大気圏落下に耐えられる自信がおありなら」

くくく。さすがに無理かね。じゃ、他に案は？

「今のところ、思いつきませんね。以上です。というより、私が思いつくようなアイディアは、先手を打って封じられていると思います。さっきの案は馬鹿げてましたけれど、潤さんの出すような破天荒な発想でないと、相手の意表はつけないでしょう。何か、他にありませんか？　月面ジャンプ以外で」

うーん。そんなこと期待されてもな。わざと破天荒なことやってるわけじゃねーんだし。面白いアイディアなんて、そうそう何個もねえよ。

「この際面白くなくてもいいじゃないですか……お願いしますよ。もしもいいアイディアを思いついてくれたら、私、なんでもしますから」

迂闊《うかつ》な約束すんなよ、あたし相手に。

「迂闊でもないです。そりゃあ確かに、仕事で死ぬ覚悟はできていましたし、宇宙に出る任務にあたって、遺書も書いてきましたけれど、こんな、騙されて死ぬような死に方は、やっぱり嫌です。せめて、上司から『命を捨てて哀川潤を騙して殺せ』と命令を受けていたなら、諦めもつきますけれど」

諦めるな。……ま、面白くなくていいアイディアってんなら、思いつかないでもねーし、お前が何でも言うこと聞いてくれるって言うんなら、それだけでも十分、すべてを補ってあまりあるほど、面白くはあるか。

「ど、どういう意味です？　私、どんな言うことを聞かされるんです？」

気にすべきはそっちじゃねーだろ。いや、そうだな——『そいつら』にしてみれば、お前をあたしに同行させたのが、最大のミスだったって話だろうし、あたしにしてみりゃ、お前を同行させたのが、過去のあたしの大手柄って話だろう。お前が同行してくれてなきゃここに来なかったのと同じように、お前がいなきゃ、あたしはそこまでして生き残ろうとは思わなかったかもしれない――宇宙で死ぬってのを、面白いと思ってたかもな。

「わけのわからないことを言っていないで、ちゃんと説明してください。潤さん、どんな手を使って、地球に帰るつもりなんですか？　そして私にどんな言うことを聞かせるつもりなんですか？」

後の質問に関しては地球に帰ってからのお楽しみとして――最初の質問に答えるならば、地球に住んでる人類で、月を見上げない奴はいないってことさ。

「……あの、余計わかりませんけれど」

すぐわかる。

6

正直な気持ちを言うと、前回のことも含めて、ここまでの窮地に追いやられたのは久しぶり、どころか初めてだったので、もうちょっと楽しんでやってもよかったのだが、やっぱり二重の意味で道連れにしちまったとろみのことがあるので、そうも言ってられなかった——なーんか本当、丸くなったよな。昔だったらたとえ脱出方法を思いついても、ぎりぎりまでじらしてとろみを焦らせるくらいの意地悪をしただろうに。もしもこれが強くなるってことなんであれば、強くなることをつまらないと見なす一派の連中の気持ちも、理解してやらねーわけにはいかねーか。あたしは最強であることがとっても好きだから、それで最強をやめようって気にはなんねーけども、強さを投げ出しちまう奴の心境も、最近は多少はわかるようになってきた——それともこれは、シースルーくんと会話した影響かねえ？　あの恋愛星人は、今頃どうしてるんだか。ともかく、あたしが考えた、月面からの脱出方法というのは、説明してしまえば簡単だし、しかもとても原始的だ——だが、組織に属する連中には、極めて効果的だろう。使うものはシャベルやらスコップやら。それそのものはなくとも、代用できる道具なら、宇宙船のどこかにあるだろう——それで月面を掘り起こす。手順を思うと、若紫和歌の奴を連れてこなかったことは悔やまれるけれど、まーあいつは『土使い』だし、土というより岩である月面で、同じ能力が発揮できるとも限らねーか。いや、掘り起こすっても、石油を掘ろうってわけじゃねーぜ？　もちろん、月に石油、じゃなくとも燃料に使える資源が埋まっている可能性はゼロでもないだろうが、あたしはそんな確率に賭けるほどギャンブラーでもない。そこまで深く掘らなくていい——と言っても、地球から望遠鏡で観察してわかる程度には、深く、そして大きく掘る必要はある。要は、『月面にメッセージを書く』ってことだ。恋人同士が、砂浜に書く愛のメッセージのごとく。

「……まさか本当に愛のメッセージを彫るつもりじゃないですよね？　確かにそれは、妨害のしようのない『通信』で、世界中に届くでしょうが……『ＨＥＬＰ　ＭＥ』とでも書いて、助けを求めるんですか？」

そんな大きなメッセージを月に書くという行為そのものが途方もない大工事になることはさておくとしても、それで誰かが助けに来てくれるとも思えませんが——と言い掛けるとろみを制して、あたしは助けを求めはしない、と言う。むしろ脅迫する。

「脅迫？　穏やかじゃありませんが……」

穏やかじゃねーよ。脅しだもんな。いくらきっちりとした仕事の体裁は整えなきゃならなかったと言っても、あたしを月に着陸させたのはまずかったぜ。国際宇宙ステーションくらいにしておけば、あたしにも打つ手はなかったかもしれない。ま、宇宙ステーションじゃ、行く先としてそこまで面白くないから、その依頼じゃあたしが応じなかった可能性もあるが……、だったらいっそ、人跡未踏の地、火星あたりにしておくべきだったかも。

「？　月だと、何がまずいんですか？　どんな脅迫要因が、月にはあると……」

さすがにお利口さんなとろみだった、言いながら気付いたようだった――同時に、『なんてことを考えるんだこの人は』という視線をあたしに、無遠慮に向けてくる。ふざけんなよ、破天荒なことを考えろって言ったのはお前だろうが。

「『救助船を出さなければ、月を破壊する』と言って、脅すつもりですか……？」

とろみはその『破天荒なアイディア』を、今更必要もなかろうに、わざわざ口に出して確認する。

「月の引力は地球の環境に大きく関係しているから――『もしも月がなくなれば』、地球の環境は滅茶苦茶になる……人類が生存できないほどにかき回される。それが嫌なら、私達を助けろと、そんなメッセージを地球に送るつもりですか？」

いや、まさかそんな長文にはしねーけどな。そこまで月面を耕すつもりはねーよ、元に戻すの大変そうだし。もうちっと端的に、少ない文字数で脅してやるつもりさ。

「……月、壊せますか？」

地球を壊せと言われたら難しいかもだけど、月ならなんとかなるだろ。ただの岩のかたまりだし、十日もあれば、メッセージを彫り終えることもできるはずさ。

「潤さんならではの脅迫ですね……いえ、効果的だとは思います。ただ、その手を取るのであれば、あなたは再び、世界中を敵に回すことになるかも知れません――月を人質にとって、地球を脅迫したようなものなのですから。反哀川派どころか、七十億

て。

「…………」

人を敵に回しますよ」

いいよ。お前一人助けられたら。言ったろ？　最悪でも、お前だけは助けてやるっ

聞いてくれるお前にするつもりの命令を、出しづらくなる。

おいおい、何感動してんだ、馬鹿。やめろ、地球に帰ってから、何でも言うことを

「だったら出さないでください……本当に何を命令するつもりなんですか。……でも、するとなるとすぐ取りかからないと、タイムアップになるかもしれません。十日もあればと仰《おつしや》いましたが、相当エネルギーを使いそうな労働ですし、食料と酸素の残量を考えると……幸い、宇宙服『クローゼット』は、それだけの実作業には耐えられる仕様だとは思います。しっかりした計画表を書かなくてはならないでしょうね。メッセージ完成時に、その通信が地球に向いていなければ話になりませんし……どのくらいのサイズ、深さで書けば、地球から観察しうるのか逆算すると……」

その辺の作業はお前に任せるよ。あたし、細かい計算嫌いだし。はっきり言うと、そんなメッセージを書くより、月を破壊するほうが簡単なくらいだ。

「……では、潤さんが早まった真似をする前に、早速計算に入らせてもらいます。その間に潤さんは、岩盤調査を行ってもらえますか？」

岩盤？　ああ、実際に掘るのに、どれくらい時間がかかるかってことね。オッケー。肉体労働はあたし、頭脳労働はとろみ。適材適所で役割分担していこうぜ。

「適材適所……、月に追放されてなお、あっさり地球に帰るアイディアをひらめいてしまえるあなたには、どんな仕事も役不足という気はしますがね」

正しい意味かよ。くだらねーな。

7

そんなわけで目まぐるしい展開が続くけれども、それ自体はあたしの仕事に珍しいことじゃねえ。目新しくもねえ、むしろ普通に新型宇宙服をテストして帰るんじゃ、それこそ異例だったぜ――しかし今回の仕事には、更にもう一ひねりあった。それもなかなか気の利いた一ひねりで、解決が見えたと思われた事態は思わぬ方向へとねじれていく。まあ、それはもう少しあとの話で、あたしはとりあえず、とろみが距離と労力を考慮した複雑な計算をしてくれている間に、言われた通り岩盤調査のために再び船外に出た。言われた通りにもできるんだぜ。月を一周ってのはなくなったけれど、折角だし宇宙服『クローゼット』のテストは、ある程度はしておいてやってもいいだろう。実際に月面に出て、ここにメッセージを残そうと思ったら、案外掘削《くっさく》するよりも、その辺からでかい岩を持ってきて並べたほうがてっとり早いかもしれねーな、と思った——どーもあたしは根が破壊者だから、すぐに傷つけたり砕いたりするほうに頭が行っちまうけれど、重力が六分の一だってんなら、そういう持ち運び作業のほうが、スピーディーかもしれない。もっとも、脅しとしての効果は、断然『乱暴なる破壊』のほうがあるだろうけれど——どうしたもんかね。

「あのう。潤さん、ひとつお願いがあるのですが」

と、そう言えば、あたしが再度船外に出ようという際に、とろみがおずおずと、いかにも切り出しづらそうに切り出して来た。

「もしもこの作戦が上首尾に終わって、私達が地球に無事に帰れたら、嘘でもいいから、皆さんを怒ってあげてくれませんか？」

あん？　怒ってあげて？　怒らないであげて、じゃあねえのか？　それだったらもう、『怒ってない』って答えたはずだけれど。

「いえ、ですから……、どう言えばいいんですかね。これほど大規模に、しかも決定的に、あなたに対して敵対するような真似をしたのに、それなのにこうもあっさりそれに対応された挙句、しかもあなたの感情を乱すこともできなかったというのであれば、あまりにもみじめじゃないですか。せめて、あなたを怒らせるぐらいのことはできた……と、彼らに思わせてあげてくれませんか」

なんであたしがそこまでしなきゃなんねーんだ。と、思ったけれど、しかしとろみがあんまり真面目《まじめ》な顔で言うので、うっかり語るのを聞いちまった。

「前回のこともそうですけれど……、こちらが全力で、本気で勇気を振り絞って行ったことが、あなたにとってはまるで『なんでもない』っていうのは、やっぱり相当凹《へこ》むと思うんですよね――と言うか、ぶっちゃけ、私もぺっこぺっこに凹んでいます。だって、あの人達が私を切り捨ててまで、私を人身御供にしてまで行った作戦が、こうもあっさり崩され、しかも私はあなたに助けられて無事に地球に帰るなんて……格好悪過ぎます。私、超ださいです。だからせめて、あなたには怒っていただかないと」

怒っていただかないと――体面が保てない、ってか？　タイメンヲオモンジル？　馬鹿馬鹿しさも極まるな。そんな発言にこそ怒りたくなったけれど、しかし、それはなんだかいかにもとろみの術中という気もしたので、わかったわかったと、ここは軽くあしらっておくことにしたのだった――そしてあたしは船外に出、宇宙船の出入り口の扉を閉めてきたわけだが、なんだかなあ。そんな細かいことを気にしなきゃいけねーのかと思うと、さすがに気が滅入るぜ。なんであたしを地球外に放逐した連中の体面まで考えてやんなきゃなんねーんだ。そんないい奴じゃねえっての。どころか、地球最高峰の頭脳から言われてんだ、あたしが嫌われるのは性格が悪いからだって。

それはまったくもってその通りだと思う。それは昔から一貫している——昔より怒りの沸点は上がったみたいだけれど、性格の悪さだけは、どうにもならない。なんでなんだろうな。いや、考えるべきは逆か？　なんで、性格は悪いままなのに、昔ほど怒りっぽくなくなったのかを考えるべきか？　うーん、どうでもいい悩みだな。しかしながら、仕事にかこつけて宇宙に放逐されたことが明らかになり、巻き添えを食ったとろみからもあんなことを言われ、そののちにこうして一人になってみると——宇宙空間、何もない月面、『一人』感が半端じゃねえ——なかなか、考えてしまう。懐かしの『大戦争』のときのようなダイナミックさはないにしても、さすがにこうも連続して、世界中を敵に回したことはねーからな。あたしはこんなに世界と人類が大好きだってのに、嫌われたもんだ。こうしてもろに、ぽっかりと空に浮かぶ地球を見上げることができるからか、しみじみと思う——まるで、片思いなのだと。いや、片思いつーか、振られたようなもんか。つまり人類に失恋したのか、あたしは？　人類を好きだと思えば思うほど、距離が開いていく——今に至っては三十八万キロだ。参ったね、好きになるほど嫌われる。だとすりゃあ、シースルーくんに合わせる顔がないぜ。ひょっとしたらこうして宇宙空間に来たら、シースルーくんと再会できるかもしれないって期待もあったんだけれど、この有様なら、会えなくてよかったとも言える。

「……………」

と、そのとき、どこかから声が聞こえた気がした——もちろん錯覚だ、辺りには誰もいないし、仮にいたとしても、宇宙空間で声が聞こえるわけがない。あるとすればヘルメットを通しての通信だけれど、いくらとろみが有能だろうと、こうも早く計算を終えられるとは思えない。そもそもこの距離じゃ通信電波が届くはずもない。しかし幻聴を聞くくらい失恋感に酔ってんだとすれば、あたしはあたしに対する認識を改めなきゃなんねーぜ？　センチメンタルになり過ぎだろうが、馬鹿馬鹿しい。苦笑し、更に前に進む——宇宙服の強度、そして運動機能にはまったく問題はなかった。そうなると、ジャンプはとろみから厳格に禁止されているけれども、しかしもしも走ってみたらどうなるのか、ふいに気になり、あたしはこれも実験の一部だと思いつつ、ちょっと小走りに前進した。そして前進したとほぼ同時に、

「…………」

次なる声が聞こえたような気がして、今度こそ幻聴ではないと思い、あたしはブレーキをかけようとした。重力が六分の一だから、逆にブレーキがかかりづらいのだけれど、しかしあっさりとあたしは停まった。というより、『停められた』。無様にその場にひっくり転げたのだ——『転ぶ』という体験そのものがすげえ久し振りだったので、そのことにまずびっくりしたけれど（転ぶってこういう感じだっけ）、しかしこのときあたしがびっくりすべきは、そんなどうでもいいことではなかった。なんとい

うか——急に身体が『重く』なったのだ。それゆえに、急激にブレーキがかかった。だから『停まった』というより、『その場に落下した』というほうが正しい。それまで六分の一だったはずの重力が、急に通常の重力……あるいはそれ以上の重力になったかのような、そんな感覚。その異変に、すぐに周囲を確認するけれども、とりあえずは見た限り、他に何かが起こっているという風ではない……客観的には、あたしが面白がって月面を走ってみようとして、そしてただ転んだという風にしか見えまい。あたしもそうなんじゃないかと思わなくない——例の幻聴のことさえなければ。幻聴……そして、今も実感している、この重力。身体が自由に動かない、巨大な鎖ででも縛られているような感覚——いや、これは大袈裟かもしれない。ここまでの数日の宇宙旅行で、つまり無重力生活で、あたしの筋力は相当落ちているはずだから、仮に三分の一の重力でも、それなりの重さには感じるかもしれない。いずれにしても、現在、哀川潤の身体が思い通りに動かないってのは厳然たる事実だ。宇宙船も動かねーし身体も動かねーんじゃ、何もできねーじゃねーかよ、馬鹿野郎。転んだ衝撃で宇宙服『クローゼット』が破損していたらどうしようと思ったが、さすがは最新鋭、転んだくらいでは破けない(旧型でも、それくらいはそうかもしれないが)。ああ……そう言えば思い出したぞ。身体が動かない分頭が働いたのか、あたしは昔、どっかで聞いたことのある月に関する知識を想起した。月面には何ヵ所か、あるいはもっと多くなのか、重力が他と比べて極端に強くなっている地点があるとか……マスコンって言うんだっけ？　そういう地域に、あたしはそれと知らずに足を踏み入れてしまったということか？　だとすれば後ろに下がらないと——と、理屈ではわかったが、こういうときに後退できるようなら、あたしはあたしをやってねえ。むしろもっと前進し、重力の中心地に向かおうと、その場でなんとか立ち上がる。後ろに下がるってんじゃモチベーションもあがらねーけど、前に進むつもりなら、立ち上がりもできるってもんだ。ずっしりと、重い荷物を背負っているような体感だが、それよりも今気になるのは、聞こえた幻聴のほうだった。あたしが地球や地球人恋しさに幻聴を聞いた説を採《と》らないとすれば、可能性があるのは、この場合、ひとつだ。マスコンの正体として語られるのは、月の地中——月中と言うべきなのか？——に、材質の違う岩石が含まれていて、月の引力というより、その岩石の引力の発生によって、そこだけ重力が強くなるとか、そんな話だった。その説の、この際都合のいいところだけピックアップしてみると、地中（月中）に『何か』があるために、強力な重力が生じているとして——そう、空気を通して伝わる『音』、つまり『振動』ならば、当然宇宙空間、月面では届くことはないが、地面を通しての『音』、『振動』ならば、伝わらなくもねーんじゃねーの？　通常の宇宙船みてーな宇宙服じゃなくて、この薄手の宇宙服『クローゼット』ならば——たとえば地震が起きて気付かないってことはねーだろ。この足下に『何か』ある――『何か』いる。当てずっぽうでそう確信し、即刻、あたしは月面を殴りつけた。この奇妙な重力下で、フルのパンチ力を発揮することは難しいが、その分、重力も利用した真下へのパンチ。月を破壊するには足りなくとも、一帯の岩盤を破壊するくらいのことはできる――とろみが現在作成中の計画表を、下手すりゃ書き直してもらわなくちゃならねーけれど、しかし今は緊急事態、そんなあれこれをいちいち考慮している場合じゃあなかった。とろみにはあとで計算し直してもらうことにしよう。つーか、後先考えないって意味じゃ、このときのあたしはさすがにまずかった。少し反省したほうがいい――まだテスト段階の宇宙服の強度を、ろくすっぽ確認もしねーまま、マジパンチを岩盤層に向けて放ったのだ。これは、破れていてもおかしくなかった――結果から言えば、宇宙服の強度は、岩盤を破壊するあたしのパワーに耐えきったのだが（テストの成功例と言えよう）、いやはや、喜連川博士に感謝だぜ。ER3システムからも弾かれているようなとんでもねー有名なマッドサイエンティストなので（学者だが、所属としては『殺し名』とかに近い）、あんまり感謝しねーほうがいいが。ともあれ、辺り一帯がひび割れる――強力な重力も相まって、崩れた足場に、あたしは足を取られそうになった。なんだか、自分の足下を斬鉄剣《ざんてつけん》でくり抜いて階下に降りる石川五《いしかわご》ェ門《もん》みてーだが、もちろんあたしの場合はそんないいものじゃねえ。ただ落ちそうになっただけで、慌てて、生じたクレバスから足を引き抜く——いや、引き抜こうとした。だが、その足首をつかまれた——つかまれた？　誰に？　この無人の宇宙空間で、いったい誰に、足首をつかまれるというんだ？　地中から伸びてきた『手』——つかまれてしまったのは、当然、あたしの動きがトロかったからに決まっているが、しかし、あたしの動きをトロくしたのは、他でもないその『手』だった。実際にそうしてつかまれる前に、あたしの動きは封じられていたのだ——真下から発せられる強力な重力によって。そのまま地中に引きずり込まれそうになる。さながら重力の塊、ブラックホールに吸い込まれるように。だがしかし、向こうがこちらをつかまえたということは、同時にこちらが向こうをつかまえたということでもある——あたしにとっては。そんなつもりはまったくなかったけれど、あたしの足を餌にした、一本釣りみてーなもんだ。いや、綱引きか？　まあどっちでもいいさ、どっちにしても力比べ。筋力が落ちていて、向こうは強力な重力を有していて、あまり公平なバトルとは言えないけれど、なあに、不利な勝負ならば、思いっきり遠慮なく臨めるってもんだ。あたしはぐらつく足場で片足で踏ん張って、思い切り足を引く——このときにはもう『ひょっとすると、こうやって抵抗することで宇宙服が破けるかも』ということには思い至っているけれど、構っちゃいられねえ。このまま地中に引っ張り込まれても、どうせ似たような結果になるだろう。低重力、無重力には耐えうる『クローゼット』も、高重力に対してはどうなのだろう？　将来的に木星や土星での活動も見込んでいるというのであれば、当然対策はなされているとは思うが――もっとも、このときあたしが心配すべきは、宇宙服が千切《ちぎ》れることではなく、自分の足が千切れることだったかもしれない。幸い、その直前くらいで、あたしは地中からの『手』との、綱引きに勝利した――バク転でもするかのようにひっくり返り、したたかに背中を打ちながら（酸素ボンベが背負うタイプのものでなくてよかった）、あたしは一本釣りに成功した。格好悪く『後ろ向き』にひっくり返ってしまったことには不満を隠しきれないけれど、正体不明の『手』を引っ張り出せたのは、ひとつの成果と言っていいだろう――成果というなら、もうひとつ、綱引きの最中にも成果があったことにも触れておかなければならない。というのは、勝負中に、またしても幻聴が聞こえたのだ――いや、もう幻聴なんて言うべきじゃあない。今回は最初から仮説を持っていたこともあって、はっきりと、つかまれた足首から伝導して、声が聞こえてきた。

「…………………」

と、何を言っているのかは、さすがにわかんなかったが――骨伝導ってわけでもねーしなあ。具体的に何かを言っているわけじゃなく、ただ震えて、何らかの『音』を発しているだけなのかもしれない。蟬《せみ》の鳴き声とか、鈴虫の羽音とかみてーにな――虫に喩《たと》えるには、あたしが地中から引っ張り出した『それ』は、あまりに巨大だったけれども。もちろん埋まっていたからと言って、蟬の幼虫とは、較べるべくもない。地中から引っ張り出したんだから、『地底人』と言うべきか？　それともやっぱり、月面だから『地底人』はおかしいか？　だったら——いっそ、『宇宙人』？　あたしは目前に現れた、太陽の光の下に現れた、そして地球の光の下に現れた、その岩石の塊のような生き物を見て——そう思った。

8

まあ、この間までならまだしも、今のあたしにしてみれば、たとえ宇宙人がいたとしても、そんなに驚きはしねえやな——フェルミのパラドックスを解き明かしちまったあたしにとって、宇宙人はもう『いる』存在なんだから。もう出会う出会わないは確率の問題でしかなく、だったらここで低確率のカードを引いちまったことに、ごちゃごちゃ言うつもりはねー。わざとらしいリアクションなどとってやらん。ただ、この宇宙旅行の契機にもなっている宇宙人、恋愛星人ことシースルーくんと、今あたしの前にいる岩石の塊は、だいぶん趣《おもむき》が違った。シースルーくんにはその名の通りヴィジュアルなんて、あってないようなもんだったから、そりゃそうなんだが……、それに、そういう意味では、こいつのほうがよっぽど、地球人がイメージするいわゆる宇宙人像に近いかもしれない。一言で言うなら、岩でできた生物――手があって、足がある。胴体が太くて、巨大な頭部がある。まるでその辺の岩を積み重ねてごてごて作った造形物という風だが、しかしさっきまでその『手』があたしの足首をつかんでいたことは確かであり、関節部分がどういう風に繋がっているのかは定かではないが、こいつが自律的に動く『生き物』であることは間違いなかった。生物というより鉱物だが……。ちっ。と舌打ちして、あたしはひっくり返った状態から体勢を立て直す――重力はさっきよりも強くなっているように感じた。全身で感じた。しかも厄介なことに、その重力は正面にいる岩盤生物から発生しているようで、そちらの方向にやはり全身引き寄せられそうになる――今となっては真下ではなく、正面に。両足で踏ん張らないと、簡単に持って行かれそうだった。かつて重力使いの敵とは戦ったことがあるけれど、現状はそのときと違い、重力が地球の六分の一という落差が激しい。つーかわけわからん。重力が弱いんだか強いんだか――理屈から言えば、この岩盤生物がマスコンの正体で、だったらこいつから離れれば少なくとも高重力からは解放されるんだろうが、ピンチを脱するために敵から離れるってのも、あたしじゃあねえよな。むしろここで敵に突っ込むのが哀川潤だ。宇宙服の強度はこの際気にしない――あの、生きていれば今頃あたしに匹敵していたかもしれない匂宮出夢《いずむ》を作った喜連川博士を信用するぜ！　……会ったことも見たこともねえよくわかんねー奴を信用するのは、どうにもあたしの悪い癖だが、それは今直さなくてもいいだろう、と、あたしは月面から跳ね（とろみに禁止されているジャンプだが、まあ真っ正面に向けてのジャンプならグレーゾーンのはずだ）、岩盤生物に殴りかかった——はいここ注目。あたしがよくないことしてるぜ。宇宙人、未確認生物、地球外生命体、なんと言ってもいいんだけれど、そういう未知との遭遇《そうぐう》にあたって、いきなり暴力に訴えたんだ。我ながらよくねえ。ただまあ、暴力をコミュニケーションの手段として教え込まれているってえ、親の教育が悪いことを差し引いても、こいつもこいつで、あたしの足をいきなり引っ張ったりしたんだから、お互い様と言えばお互い様だ——友好的な雰囲気は最初からなかった。あたしがマスコンの重力にとらわれたときから、既にバトルは始まっていたんだ。思えばこの『クローゼット』は、『宇宙開発』ではなく『宇宙対策』のために作られた初めての宇宙服なのだ。とろみがそう言っていた——宇宙人とのバトルというのは、月を一周するとかよりもよっぽど有効な、どころか最高のテストだろう。テスト本番、どころかぶっつけ本番って感じじゃあるがね。シースルーくんはむしろバトルを生じさせないことに長《た》けた宇宙人だったが、こいつみてーに出し抜けに力業《ちからわざ》に訴えてくれた方が、あたし的にはわかりやすいぜ。くらいな！　てめーの重力も加味した、人類最強キック！　そんな技はないし、それになんだか着ている宇宙服のフルスーツ具合も相まって、普通にライダーキックみてーになっちまったが、標的の怪人っぽさを併せて考えると、カメラが回ってないのが残念なくらいだった。いや、怪人が倒れもせず、どころかダメージを食った様子もなく、あたしのキックを受け止めたというのだから、カメラが回っていても、これはＮＧシーンだったかもしれない。って、嘘だろ。あたしが蹴って壊れないもんなんて地球上にあるのかよ。あ、ここ月か。宇宙か。しかも厄介なことに、あたしの身体髪膚《しんたいはっぷ》は受け切られたキックの衝撃に跳ね返されたりもしなかった――あろうことか、相手の重力にとらわれ、巨体の胸板あたりに、ひっついてしまったのだ。これじゃあ磁石に引き寄せられたゼムクリップだぜ。今、この状態で、岩の両腕でホールドされたら終わりだ――あたしは敵の胸板の上で立ち上がろうとするという、世にも奇妙なトライをすることになった。強力な重力、重力のアップダウンに、あたしの動きは緩慢だが、しかしそれに対する岩盤生物の動作も、それと同じくらい遅かった。まあ、重力が強いということは、それ自体も重いってことだから、そう素早くは動けねーってことか。恐竜とか、めっちゃ動き遅かったらしいしな。あたしはそこで発想を変え、相手の胸板を転がるようにして、そのまま、肩を通過して、岩でできた腕の上もごろごろと横転しながら位置を変えた。要は磁石の上のゼムクリップを、引きはがそうとするのではなく、スライドさせて移動するってイメージだが――相手の動きが遅いからこそできる技だ。しかし、もちろんただ逃げてるってわけじゃねえ。色んな要素も相まって

（あるいは未知の要素もあるのかもしれねーが）打撃はノーダメージだったみたいだが、腕関ならどうだ？　こいつはあまりに巨体だから、あたしの全身フルに使ってその腕に、ナマケモノみたいにしがみつく形になるが。こうしていると遊園地の巨大アトラクションで遊んでるみてーにも見えそうだけれど、あたしなりに結構いっぱいいっぱいだぜ。なにせ、場所が宇宙空間だ。今までとバトルステージの勝手が違い過ぎる——地球上じゃあ猛威を振るったあたしだが、どうも身体が思い通りに動かない。宇宙服を破られたら終わり。宇宙空間に放り投げられても終わり——終了条件が多過ぎるっての。対する敵は生身（鉱物だが）で宇宙活動できる宇宙人様だ。相手の土俵で勝負するのがあたしの持ち味だと言っても、こいつ、立ってる土俵が違い過ぎるだろ。だから手加減できねーのはもちろんのこと、容赦だってできねえ——ギブアップなんて求めねえ（言葉が通じるかどうかわかんねーし）、このまま腕一本、へし折らせてもらう。と、あたしは思い切りよく全身をエビ反りにしたものの、さっき『こいつ、関節のところがどうなってんのかよくわかんねえ』と思ったのを、すっかり忘れていた。そうだ、見た目、なんだか人間と同じようなフォルムをしているからうっかりしちまったけれど、地球外生物が地球人と同じ構造をしているわけもねえ。火星人をタコみてーなデザインと考えるのはステロタイプに思えるが、ありゃあ元々、それなりの根拠があってなされた空想デザインなんだ。関節がどうなってんのかわかんねー奴に関節技もねーよな。ほぼ九十度までエビ反りしたのに、手応えなし——こいつ軟体動物かと思ったが、岩盤が軟体なわけもねえ、どうやら地球で言うところの、球体関節らしかった。フィギュアとかでよくあるあれだ——三百六十度、どういう風にでも動く関節構造、だったらサブミッションなど、オール無効だった。くそう、と毒づきながら、あたしは相手の腕から離れようとする——だから駄目なんだって、こいつ重力の塊なんだから。しがみつくようにしていた手足を離そうとするが、あたしは岩盤生物の腕にひっついたままだった。だがまあ、絞め殺される心配がなくなった分だけ、胸板に固定されていたときよりは安全——かと言えば、それはまったく甘い目算だった。宇宙人様はゆっくりと、ゆっくりと、カタツムリみてーにのろく、あたしを腕ごと持ち上げて——掲げるようにする。そして、もう片方の腕を、弓を引き絞るように、ゆっくり、ゆっくり、ゆっくりと——構える。パンチを打つときというより、大砲を放つときのように、振りかぶる。ちょ、ちょっと待てよ、おいおい。そのサイズで、その大きさの拳《こぶし》を——しかも、自分の腕ごとぶっ飛ばす気か？

「…………………」

何かを言った——のが、張り付いた腕から聞こえたように思える。もうちょっと聞き続ければ解読できそうでもあったが、この状態で、このシチュエーションじゃあ、さすがに無理だ。得意の読心術を使おうにも、相手の表情が岩じゃあ、鉄面皮もいいところだぜ。つーか、頭部ってだけで、顔って感じじゃねーんだよな。向こうから見りゃ（見えてるのか？）、フルフェイスのヘルメットをかぶったあたしも、表情がよくわかんねー異生物なのかもしれねーが。そんなわけでなすすべなく、向こうからすればそれこそ容赦なく——異生物は異生物をありったけの重力を込めてぶん殴った。岩盤生物の腕は粉々に砕け——そしてあたしの身体は遥か彼方《かなた》までぶっ飛んだ。

9

運がよかったんだと思う。それくらいしか説明のつけようがねえ——もしもぶっ飛ぶ角度がもうちょっと上向きだったら、あたしは宇宙の藻屑となっていただろう。あいつの重力から解放されたはいいものの、その高重力エリアから脱してみれば、一気に六分の一エリア。その落差に抵抗するすべは、ぶっ飛ばされたあたしにはなく、ただただ、慣性の法則に任せるしかなかった。ま、そこが運だとして……、運ではない部分についても一応触れておくと、新型宇宙服『クローゼット』の耐久力テストについては、もう十分に合格点、満点をつけてもいいだろうってことだ。あんな強烈なパンチを食らって破れなかった——その後、月面のぎざぎざした岩肌をしこたま転がっても、ほつれひとつ起こさなかったというのだから、下手すりゃその辺の防弾チョッキとかより、よっぽど丈夫なんじゃねーのかな？　もっとも、決してダメージを軽くしてくれるわけじゃーないらしく、中身のあたしとしちゃー、ほとんど生身で岩肌を転がったのと変わらねえ。コンセプトが『着ているのがわからないくらいのナチュラルな宇宙服』なんだとすれば、その要件も見事に満たしているが、宇宙人と戦う上では、そこはマイナスポイントかもな。まー、切り傷作らずに済んだだけでもめっけものか。宇宙での出血はやべーだろ。それに密閉性の高い宇宙服の中で、自分の血に溺《おぼ》れるとかいう展開も避けたいもんだ。そう思いながら、あたしは一気に軽くなった体重を確認するように立ち上がる――さすが六分の一の重力、立ち上がれ過ぎるくらいだった。回転してベクトルを散らし、すぐさま、自分が飛んできた方向を見る。当然ながら、相手の追撃があると思ったのだ。宇宙服は破れなかった、それに、パンチはもろに食らったように見えて、実際はほとんど相手の腕に当たっていたので、それが防護壁となり、直撃は避けられていた。決着がついていないことは、相手ももちろん察していることだろう――だから追いかけてくるはず、勝負はこれからだぜと思っていたのだが、しかし待てど暮らせど、奴があたしを追ってくる気配はなかった。気配って、空気がない場所でそんなもんあるのかとも思うが、そこは言葉の綾として、とにかくあいつがやってくる様子はない……、なんだか構えていても、まるっきり独り相撲《ずもう》という気分になってきた。なんだ？　まさか自分で砕いた自分の腕のダメージが大き過ぎて、あたしを追ってこれない……なんて間抜けな話じゃねーよな？　そりゃ、なんて無茶をするんだとは思ったが、そんな自分の尻尾《しっぽ》を追いかけて咬《か》んだ犬みてーな……。そりゃ生物イコール知的生物ってわけでもねーだろうから、そんな間抜けもありえるっちゃありえるが。岩盤生物だから、痛みとか、神経とか、そういうのはないんだとか、その辺の岩を使って再生できるんだとか、なんとなくそんな風に思っていたけれど、あれでただ壊れて、ただ死んだとかだったら、後味悪いぜ。まあ、地球人だったら、腕片っぽぶっ飛んだりしたら、そりゃ、死んでもおかしくないくらいの大ダメージだが……。

「……………」

そこで例の声が聞こえた――と、一瞬思ったけれど、今度こそ、ヘルメットに内蔵された通信装置から発せられた同胞、長瀞とろみの声だった。

「……さん。潤さん、聞こえますか？　計算、終わりました。いったん、戻ってきてください」

見ればすぐそこに、あたし達が地球から乗ってきた、現在ガス欠状態の宇宙船が鎮座していた――どうやら期せずして通信が届く範囲まで戻ってきたらしい。気がつかなかったし、たまたまだけれど……、いみじくもこうして、あたしが仲間と合流したのを受けて、あの岩盤生物、用心して近づいてこないってことか？　いや、それとも、あの辺りのマスコンがあいつの縄張りで……、その縄張りからあたしを追い出したことで、満足した。そういうことか？　ちっ……どちらにしても、勝負は水入りだ。このままで終わらすつもりはさらさらねーけど、とろみの安全も考えると、一旦宇宙船に戻らないわけにもいかない。まあ、助かったと思っておこう……こっちから再び特攻していっても、勝算があるわけでもねーし。

「……潤さん。どうしたんですか？　なんだか、笑ってるみたいですけれど」

笑ってる？　あれ？　そうかい？　命辛々助かって、ほっとしているはずなんだけど……、安心して、笑っちゃってるのかな？

「いえ、そういう笑いかたじゃないですが……」

ふうん、変なの。まあいいや、すぐ戻るぜ。あたしはとろみにそう言って、戦闘態勢を解いた。もちろん、これで終わりにするつもりはねーぜ。あたしは『その方向』を睨《にら》み据え、再戦を誓いつつ、宇宙船の方向へと歩み出した。なんとなく、スキップみたいな足取りになったのは、きっと重力が弱いせいだろう。

10

「はあ？　宇宙人？　何言ってんですか潤さん、そんなものがいるわけがないでしょう。月にいるのは兎《うさぎ》だけですよ」

　とろみはあたしの報告を全否定した。つーか、あたしの正気を思い切り疑っている風だ——てめえ、なんて目で友達を見るんだ。月に兎がいるとか、ロマンチックなことを言いながらする目か、それが。

「ちなみに私は昔、月にクレーターがあるのは、兎が掘ったからだと思っていました」

　どんな兎だよ。まあ奴らの穴掘り能力は高いらしいが、なんで月の兎説に、変にリアリティを持たせようとするんだ。

「餅をつく杵《きね》でぺったんぺったん、クレーターを作ったのかもしれないと」

　恐ろしい兎だな。しかし兎が餅をつくというイメージって、月の模様からの発想だとは言うけれど、よく考えたらすげーイメージだよな。なかなか悪夢でも見ねーだろ、餅をついてる兎なんて。

「まあ、両方白くて、神聖なイメージはありますよね。餅は正月に飾ったりしますし、兎は神獣ですし」

　話が際限なく逸《そ》れていってるぜ。わざとやってんのか？　いいから現実を直視しろよ。さっき外で、あたし宇宙人と戦っていたって言ってんだよ。

「いえ、それを現実だとまったく思えないんですけれど……まさしく悪夢ですよ。潤さんと一緒に宇宙に追放されたというこの現状だけでも十分に悪夢だっていうのに、その上、宇宙人とか……」

なんだよ。シースルーくんのことは、あたしよりもお前のほうが詳しいくらいだろ。一体いたんだから、三十体いても不思議じゃねえさ。

「そんな、宇宙人をゴキブリみたいに……それに、たとえシースルーの他にも宇宙人がいるとしても、月って。身近過ぎるでしょう。月って、地球の衛星ですよ？」

知ってるよ、それくらい。月は元々地球の一部だったたって説もあるんだっけな？そう思うとあいつは、地球人と源流を同じくする生き物なのかもしれない……球体関節だったとは言え、人間に近いフォルムをしていたのも、うん、そう考えると納得できる。

「もっと納得できる考え方は、すべてが潤さんの虚言だということなんですが……そんなことを言って私を怯《おび》えさせようとしても駄目ですよ」

なんでこいつ、こうも頑《かたく》なにあたしの話を信じねーんだ、あたしってそこまで信用なかったっけかと、やや落ち込みかけたけれども、しかしまあ、ここで退《ひ》くわけにもいかない。あたしは宇宙服『クローゼット』に残る戦闘の痕跡《こんせき》を、とろみに示す——示そうとしたが、うーん、傷ひとつついてねえから、説得力がねえ。船に入る前に、細かい岩粒は洗浄しちゃってるしな。頑丈過ぎる宇宙服もこういうときには考え物だぜ。

「……もしも、潤さんの言うことが本当だとしたら、でも、それは大変な発見になりますよ」

仕方なく、懇切丁寧に、とろみをなだめすかしながら、説明を続けたあたしに（なんであたしがこんなことしなきゃなんねーんだ）、とうとう折れたのか、とろみはようやく、あたしの話を真実だと『仮定して』、言った。

「なにせ、人類が求めてやまなかった宇宙人が、こうも近くにいたと言うのですから――なんだか、笑い話みたいですけれど」

笑い話で済めばいいけどな。めっちゃ攻撃的だったぜ。いきなりつかみかかってくるし、すげー重力を発するし――こないだのシースルーくんとは相当タイプが違う。もっとも、戦闘タイプだとしたら、あたしとしちゃーむしろやりやすいくらいだけれどな。

「殴り合いがコミュニケーション、ですか？　で、そのコミュニケーションの結果、どうわかりあえたのですか？」

冷めた感じに訊かれた。半信半疑でさえねーな。話合わせやがって。ここまで信じないんだったら、いっそあのマスコン地点まで連れていって直に見せてやろうかと思ったが、現状、守りきれる自信がなかったので、ぐっと呑み込む。どこまで丸くなったんだ、あたしは。

「岩の生物、ですか……、普通に解釈すれば、潤さんが積み重なった岩を見間違えたということになりますが。マスコンの影響下で、脳の血流に異常が起こって……いえ、潤さん、真面目な話、それだって考えられないわけじゃないでしょう？　私も百歩譲って潤さんの意見を採り入れますから、潤さんも十歩くらいは譲ってくださいよ」

なんであたしのほうが頑なみてーになってんだよ——と思ったが、とろみから見りゃ、そうなるのか。自分から見た相手、相手から見た自分、自分から見た自分、相手から見た相手。四通りの組み合わせが一致することはねーわけだ。すり合わせる意味も、そんなにもねーんだろうけどな。みんながみんな、同じものを同じように思ってんじゃ、つまんねー世の中だぜ。まさしく、こないだのシースルーくんみたいな例もあるし……、ここはあたしも、自分のメンタルチェックでもしてみるか。地球人への失恋のショックで、幻聴を聞き、幻視を見、幻触を味わったって可能性だって、確かにゼロじゃあるまいよ——でも、幻に吹っ飛ばされたりはしねーだろ。あれも、自分で後ろに飛んで、自らごろごろ転がったとか？　もしもそんな精神状態だって言うなら、あたし的には、宇宙人が現れるよりもよっぽどピンチなんだが。それはもう、哀川潤もおしまいだよ。明日から違う名前を名乗って生きていくぜ。

「いえ、潤さん。そんな戦闘力を持つ岩盤生物が本当に実在したとしても、やっぱり相当ピンチですよ。だって……」

と、とろみはそこで、ペーパーを数枚取り出した。すっかり後回しにしていたが、あたしが宇宙人と大立ち回りを演じている間に、とろみが立てた計画書である。月面にメッセージを書いて、地球を脅迫しようという、我ながらダイナミックなアイディアの具体案。

「地球から、誰もが月を見上げていると言っても、現実的に、そこに書かれた文字を発見するくらいの好事家《こうずか》は、どうしても限られてきます――まあ、それなりの望遠鏡を使って常時月を観察している天文マニアのかたに、見えるサイズのメッセージを書くなら、やっぱり結構な広範囲に及ぶんですよ。ナスカの地上絵ばりです。わかってはいたことですが……、ですから、ただでさえ大変な作業なんですけれど、潤さんの話が本当なら、その岩盤生物の『縄張り』……、マスコンエリアも、私達が掘らなきゃいけない場所なんですよね」

つまり、なんにせよもう一度、あたし（達）は、あそこに踏み込まなきゃいけないわけだ――あの岩盤生物と戦わなきゃいけないわけだ。それは、あたしにしてみれば予定通りって感じでもあるけれど……ふーむ。目的が重なってくると、確かにちぃと厄介かも。そもそも、あいつが一体とは限らない。どころか、生物ならば、群れをなしていると考えるのがむしろ自然だ。あんな生物（鉱物）が、うじゃうじゃいると想定すると、地面に落書きしてる場合じゃねーぞ。書いても書いても、書く先から例の重力でその地面にひび割れを起こされるかも——いや、ひび割れはあたしが殴って起こしたんだっけ。

「普段は地中に潜っている生物……刺激しなければ、その宇宙人は表には出てこないという見方もできますが。……宇宙人とか、岩盤生物とか、そういう言い方を続けていても、どうにもファンタジー色が否めませんね。この際、『シースルー』のような耳触りのよい呼称を考えましょうか？」

命名ね。そういうのはあんまりあたしの得意なことじゃねーから、お前に任せるわ。いい名前をつけてやってくれ。

「いい名前って……こういうのはそのまんま、わかりやすい呼称をつけるから『いい』んでしょうに。……えっと」

とろみだって別に名前をつけるのが得意ってわけじゃあないだろうが、しかししばし考えたのちに、

「月の石になぞらえて、ストーンズと呼びましょうか。聞く限り、岩の群体のようでもありますし」

ストーンズね。いいんじゃねーの。かっけーし……あんな無骨《ぶこつ》な動く鉱物を言い表

すには、ややスマート過ぎる気もするけれど、そこはまあ、実際には見てねーとろみが命名者なんだから仕方なかろうだ。というわけで、以降あの生物をストーンズと呼ぶ。

「強い攻撃性を備えている生物で、縄張りに踏みいるべきではないとするのなら、計画を大きく変更することになると思いますが……でも、一応計算はしてみますけれど、ちょっと難しいですね、そのエリアを避けるのは」

望むところさ。再戦を避けようとは思わない。この間のシースルーくんのときと違って肉弾バトルだ、重力にさえ慣れれば、十分に勝ち目はあるさ。

「それ自体が強力な重力を備えている生物……、かなり想定しづらいですね。少なくとも地球上には存在しません。もちろん『殺し名』の中には重力使いもいるのでしょうが、彼らの技はいうならトリックですからね。重力を備えている生物というより、重力それ自体を相手取っているかのようではありますが――」

でも、重力自体はどんな生物でも……つーか、どんな物体でも、持ってるものだろう？　あたしだって、お前だって、重力は持っている――ストーンズが異様だったのは、巨体つってもせいぜいあたしの倍から三倍くらいのサイズなのに、あたしを引き寄せるレベルの高重力を持っていたってことだ。そこは分けて考えたほうがいいかもしれねー。シースルーくんのときにもさんざん論議したことじゃーあるけれど、あれが能力なのか、それとも生態なのか、その辺はしっかり考えねーと、対応を誤りそうだ。

「……潤さんの印象では？」

うーん、どうだろうな。軽々しく判断はできねーけれども、一合やりあった感じ、地球にいる重力使いみてーに、あいつ自身が重力をコントロールしているって印象は受けなかったな。……少なくとも、あの高重力を、戦闘向けに特化させて使っているという感じじゃなかった。

「まあ、大抵の生物は、戦うために生きているわけじゃありませんからね……、戦うために鍛えている生き物なんて、人間だけです」

含蓄《がんちく》がありそうなこと言ってんじゃねーよ。でも、狩りをするためにあたしと戦ってたってイメージでもねーしな……そこは考えてみるべきか？　あいつがなんで、あたしを地中に引きずり込もうとしたのか。単に、攻撃的だからで済ませていいもんなのか。縄張り以外にも、守ろうとしたものがあったのかもしれねーし、それとも……。

「まあでも、それを言い出したら、攻撃的だったのはむしろ潤さんのほうかもしれませんけれどね。もしもその高重力が、意図的にコントロールできるものではない、ストーンズにとっての『ごく自然』だったとするなら、地面を殴りつけたあなたのほうが、先に手を出したってことになるのですから。……マスコンエリアに入ってしまったと気付いたのなら、普通に後ろに下がればよかったのに、後退するのはイヤだとかわがまま言うから」

「窘《たしな》めるなよ、人の生き方を。んー、かもしれねーけど。ストーンズからすれば、あたしは侵略者か。宇宙人が攻めてきたみてーなもんか——そりゃあ、自分の腕を吹っ飛ばしてでも、撃退しようとするかもな。かと言って、どのみちそのマスコンエリアに文字を書かなきゃいけないんだから、遅かれ早かれ、ストーンズとは戦うことになってたんじゃねーの？」

「友好的に接する方法も、あったかもしれないじゃないですか——『幻聴』というか、『声』がしたんでしょう？　だったら意志疎通もできたかもしれないのに、こうも完全に敵対構造になってしまっては……」

　言い掛けたところで、ふと、とろみが我に返ったように黙る。何か重要なことに気付いたのかと思ったけれど、そういうことではなく、いつの間にか仮定ではなく、完全にストーンズが存在することを前提に話している自分に気付いただけのことらしい。

「いつの間にか例によって潤さんのペースに巻き込まれていました……危ない危ない」

なんて言ってやがる。眉につばをつけかねねー勢いだ。元々、とろみの身の安全を考えてバトルを切り上げたつもりのあたしだったが、こうなるとやっぱり無理矢理にでも、こいつをマスコンエリアに連れていってやろうかという誘惑にかられる。楽しそうだ。まあ、それだって集団幻覚で片づけられてしまうかもしんねーけど……こいつ意外と、こんな仕事をしている癖に、常識にとらわれがちなところがあるからな。

ただ、その辺りを今論じても、不毛なだけだ――建設的な議論をしよう。時間もねーし、酸素も限られてるし。水掛け論も、仮定の話もやめて、これから先、具体的にはどう動くか――だ。本来ならば、とろみが計算を終えた今、早速穴掘りに挑みたいところだったが、ストーンズの実在非実在はさておき、マスコンエリア自体は絶対にあるわけだし……お前はちゃんと、そこまで計算に入れてたかな？

「いえ、せいぜいクレーターなどの凹凸《おうとつ》を考慮した程度です……不覚ですが。恥ずかしながら、マスコンエリアのことは完全に失念していました。……潤さんが言っていた、掘るのと岩を並べるの、どちらのほうが作業が早いかというのは、考えなくてはならないでしょうが――マスコンエリアのことを思うと、掘るほうが早いかもしれませんね」

どれくらいの日数がかかりそう？　つまり、ストーンズのことは除いて考えてって意味だけれど。

「潤さんの規格外の体力を考慮した上でも、十日を予定していました。ぴったり潤さんの読み通りといいますか。仮に何らかのトラブルがあっても、十分対応できる余裕を持たせたつもりです……しかしまさか、私がそんな計算をしている間に、既にトラブルと遭遇しているだなんて、やはり潤さんは規格外なんですね」

当てこすりを言うな、生意気な奴め。トラブルメーカーみたいに言われるの、あんまり好きじゃねーんだよ。トラブルメーカーって、なんかだせえもん。あと、別にあたしじゃなくとも、お前が岩盤調査を担当していても、同じ目に遭ってはいたんだからな？

「私には地面を殴って砕いたりはできません……、奇《く》しくも岩盤調査にはなってますけれどね」

うん。月の石って、結構モロいんだな――密度が薄いのかな？　もちろん、マスコンエリアを作っていたストーンズは例外だが……あいつ、どんな密度してんだろう。

「その話を聞くと、逆に、潤さんがフル活動すれば、もっと短時間で済んでしまうかもしれませんね……十日どころか、五日くらいで」

ああ、それくらいはがんばってやってもいいぜ。ただし、あくまでも邪魔が入らなければ――だな。

「どうします？　邪魔が入ったときに対処しますか、それとも、邪魔が入る前に、懸念材料は取り除いておきますか？　私はまだ半信半疑ですけれど、潤さんがそこまで言うのであれば、先に宇宙人……ストーンズに対する調査を済ませておくというのは、選択肢としてありかもしれませんよ。いないことを確認できたら、作業に専念できるでしょうし」

なんだかな。宇宙人がいる派と宇宙人がいない派とで、議論をしているみたいな構造になってきてやがる。ヒューレットおじーちゃんとの対話を思い出すぜ。もっとも、とろみはさすがに、あの宇宙人全否定の頑固爺とは違って、対応は柔軟だったが。んー、考えどころだな。今回のあたしの仕事は、あくまでも（たとえ口実であれ）宇宙服のテストであり、宇宙人の調査ではないから、このままセカンドバトルをせずに済むのなら、そっちのほうが理に適《かな》っているのは議論を待たない。藪《やぶ》をついて蛇《へび》を出すような真似はせず、邪魔が入ったら、その都度対応するというほうが、作戦として賢そうではある。少なくとも邪魔が入る前からビビって、計画を大きく変更するよりは――ただ、とろみにとっては半信半疑でも、あたしにとっちゃあストーンズは実在する敵で、一度戦った以上、決着をつけたい相手でもある。個人的な私情を優先するべき状況じゃあねーのはわかっているんだが……。

「……また、笑ってますよ。潤さん」

ん？　あ、そう？　嬉しそう？　……くくく、あたしとしたことが、宇宙人との遭遇に、子供っぽくテンションがあがっちまってるのかね。せっかく宇宙人に会えたっていうのに、その正体を確認しないまま地球に帰ることを惜しんでいるって言われたら、その通りなのかもしれねー。

「いえ、そういうことじゃあないでしょう……、単純に、人類最強であるあなたと戦いうる何者かの登場に、テンションがあがっているんですよ、あなたは」

…………。

「地球上には、もうあなたに比肩《ひけん》する生物はいなくなってしまいましたからね……今回宇宙に進出したことで、久しぶりに『敵』に出会えた奇跡が、嬉しくってたまらないんでしょう、あなたは……そう思うと、私としては、あなたの友人として、ストーンズが幻覚でないことを期待してしまいます。前回あなたをハブにした世界中や、今回あなたを地球外に追放した反哀川派を含めて、私達では応えられなかった期待に応える『強敵』が——あなたと戦いうる何者かが、宇宙にはいたということになるのですから」

………。

「今のあなたには、もう地球は狭過ぎて、小さ過ぎる——こうなると、私達のためにも、潤さんのためにも、岩盤生物ストーンズにはいて欲しいものです。むしろ、いてくれないと、困ったことになるかもしれません……私達にとっても、潤さんにとっても」

11

シナジー理論って言うんだっけ？　人間ってのは、自分よりもちょっと先んじて成長してる奴とつきあえば、つられての成長が見込まれやすいとかなんとか、そういうわけわかんねーの。いや、さすがにまるっきりわかんねー理屈ってことはねーか？　あまりにも遠過ぎる目標じゃあ追う気がなくなるし、かといって簡単過ぎる課題じゃあ、やる気がなくなる――『ちょっと難しい』くらいの競争相手が、一番モチベーションが喚起されるとか、そういう話なんだろう、きっと。人間関係ってのは、お互いに少しだけ見下しているくらいが一番長続きするっていうのと、似たような話なんだろうが……、しかし、それであんな岩の怪物と同列に語られるんじゃ、あたしとしては気分を害さずにはいられねーぜ。

「不思議なもので、才能のある人ほど、『努力が大事』って言うんですよね。あれ、なんでなんでしょう？　潤さんもよく、もっと頑張れとか、もっと修行しろとか、言いますよね。人に向けて言うだけじゃなく、自分が失敗したときにも、修行が足りなかったとか、練習が足りなくて未熟だったとか、そんな風に言うじゃないですか。それって、どういう気持ちで言ってるんですか？」

なんだか話が逸れてきてるぞ。つーか攻撃の矛先があたしを向いている。緊急事態にあたって本音が出てきたというより、ことが一段落したところで、ここのところたまっていた鬱憤《うっぷん》を出す絶好の機会を得たって感じか。とろみはため込むほうだからなあ。まあ聞いてやるぜ——応えてやるぜ。あたしもまだまだ修行が足りないっていうのを、どういう気持ちで言ってるかって言えば、やっぱりそりゃあ（つまんねー模範解答だが）、修行が足りなかったなあって気持ちで言ってんだけど。

「…………」

なんだよ、別にそんなところで見栄を張らねーよ。失敗したときに、いかんいかん、才能が足りなかったたって思う奴がいるのかよ？

「いますよ、ここに。それに、あっちこっちに——うまくいかなかったとき、『向いてなかった』とか、あるいは……『運が悪かった』って思ったり。ないでしょ？　潤さん、うまくいかなかったときに、それを運のせいにしたこと」

まったくないとは言わねーよ。ちゃんとあるよ。人を滅茶苦茶なキャラ設定にしてんじゃねーよ。明らかに運とか、ツキ不ヅキの問題ってときもあるし、それを言うなら、あたしに向いてないことだってあるさ。何が言いたいんだ？　あんまりあたしに倫理的なことを言わせるなよ。この哀川潤に、努力すれば必ず夢は叶《かな》うとか、自分を信じることが大切とか、そんなお寒いことを熱く言わせてーのか？

「じゃなくって、むしろ逆と言いますか……。いえ、私もシースルー事件以降、ER3システムの天才達や『殺し名』の異能達と、つきあいを深めてきましたけれど、やっぱり統計的に、才能がある人ほど、努力が大事だって言うんですよ。なぜなんでしょう？」

ほかの奴のことまで知るか。サンプルが少な過ぎてその統計、アテになんねーよ。それでもあえて考えるなら、あれだ、才能がある人が才能が大事だっていったら、ただの自慢になるから、謙虚な姿勢を示してるってことじゃねーの？　立派な振る舞いじゃねーか、くだらねーけど。

「もしくは、本当に心底、努力が大事だと思っているか——ですよね」

んん？

「いえ、つまりですね。私達が、才能という貴重な宝物を『ないものねだり』しているように、才能のある人達にとっては、努力や頑張りこそが『ないものねだり』する対象だから、それで彼らには必要以上に、努力が大切に思えてしまうんじゃないかって」

おお。すげえ仮説だな。笑えるぞ。マジでちょっと感心しちまったぜ。つまり天才はあんまり努力とかしないから、努力っていうものをよく知らなくて、逆になんだか、『努力ってすごいんじゃねーか』って思っちゃってるってことな？　無駄な努力や報われない努力もたくさんあるのに、天才はそういう点に詳しくないから、生半可な知識で、『努力は大切』って言っちゃってる、と。凡人が才能に幻想抱いてるように、天才は努力に幻想を抱いてる。オモシレー。逆に、天才は才能を持っちゃってるから、その大切さがわからない。才能の無駄遣い。当たり前にあるものは、そんなすげーもんじゃねーだろうとあたりをつけて、『生まれ持った才能なんてそんな差じゃない』って、持てる立場から言うわけだ。むかつくなー、そいつ。

「あなたですけどね」

あたしなの？

「言うならお金持ちが、『金なんてどうでもいい』って言ってるようなものです」

金なんかどうでもいいだろ。あたし今、貯金三千円くらいしかねーけど、はっきりそう言えるぜ。

「それはいつでも稼げるからでしょう？　この仕事の成功報酬は？」

さあ、五千円か、五億円か、どっちかだった。別にどっちでもいい。

「ね？　私の言いたいこと、わかったでしょう？　子供向けの漫画とか小説とか、いえ子供向けじゃなくてもいいですね、夜のドラマの脚本や、有名な映画の台本でも、努力は大切だとか、生まれた環境は関係ないとか、そういうメッセージを発するじゃないですか。金持ちの格好いい王子様よりも、努力家の誠実な一般市民を愛する、とかでもいいんですけれど。あれって、建前上、あるいはマーケティング上、そう言ったほうがお客さんの受けがいいからそう言っているのかなって思ってましたけれども、最近は、ホンを書いている人は、ひょっとすると本気でそう信じているのかもしれないと、思うようになりました。単に聞こえのいい綺麗ごとを言っているんじゃなくて、才能あるクリエーター達が、才能の大切さをよくわかってないだけなんじゃないかって。彼らにとって物珍しい凡庸を、本気で美しく表現しているだけじゃないかって」

知らねーよ。そんな視点で作り物のお話を見てねーよ。なんで娯楽作品をそんな風に悩みながら見てんだよ。素直に作品世界に入っていけ、馬鹿。

「少し話が逸れてしまいましたか?」

すげー逸れたよ。ここが月だってことを、一瞬忘れたよ。巻き添えとは言え、月に来ちまってるお前みてーな奴が何を言っても、上から目線にしかなんねーと思うけどな。どエリートのお前がそんな泣き言めいたこと言っても、誰も共感しねーよ。当然、あたしもな。

「わかりませんか。私の言っていること」

言ってることはわかるけど、何が言いたいんだかわかんねー。何がお前にそこまでわけのわからんコンプレックスを植え付けたんだよ。あたしに何を言わせたいんだ?努力は大切じゃなくて、才能こそすべてだとか、アホな悪役みてーな台詞《せりふ》を吐けばいいのか？　そもそも努力と才能をすぱっと分けて考えるのも変だけどな。才能を努力で育てたり、努力で才能を作ったりするもんじゃねーの？

「だからそうやって、みんな相対化して誤魔化しがちですけれど、そういう悪循環は、どうやれば正せるんだろうと考えちゃうんですよね。で、その答のひとつが、シナジー理論と言いますか、同じレベルの人間同士が、同じレベルの人間同士だけで連《つる》むってことなんだと思うんですよ。……でも、潤さんには、そういう相手がもう、いなくなっちゃったんだろうなあって思うと——シースルーやストーンズのような、そういう宇宙人の登場は、存外、歓迎すべきなんじゃないかと、感じずにはいられないんです」

人の心配かよ。余計なお世話だな。

「でも、私は潤さんには……、勝手な望みではありますけれど、『たとえ力を失ってでも、みんなと一緒にいたい』とか、そういうことを思って欲しくないんですよね。足の遅い私達に、ペースを合わせて欲しくない——この辺は言っていること、わかりますか？」

わかんねー……と言いたいところだが、昔、そーいや真心《まごころ》の奴が、そんな感じだったよな？　突出しちまって、孤立を深めて、そこをあのクソ親父につけ込まれたんじゃなかったっけ？　……確かに、結局あいつはその後、みんなと足並みを揃える方向へとシフトしていった節もある。あたしの後継機として、一時は人類最終とまで言われた『橙《だいだい》なる種《しゅ》』は、世界を終わらす道を選ばなかった……それを弱体化や劣化と見るのはいささか極端だが。

「才能を突出させることより、妥協してみんなと仲良くするほうが『大切』で『価値がある』みたいに語るのも、才能あふれる人達のないものねだり、言ってしまえば妄想みたいなものだと、私は思いますけれど……私は、勉強していい学校に行くことよりもいい友達を作ることのほうが大事だって、子供の頃こんこんと教えられたものです。でもそれは、そう信じていたからそう教えられたんでしょうか、それともただの綺麗ごとだったんでしょうか？」

いつまで学生時代の悩みを引っ張ってんだよ、こいつ。びっくりするぜ。やっぱり宇宙ってのは、人をセンチメンタルな気持ちにさせるのかね（ほとんど外に出ていない癖に）。あたしが考えたこともねーよーなことを、次から次に繰り出してきやがる。ある意味、恋愛星人シースルーくんや岩盤生物ストーンズよりも、よっぽどやりにくい奴だぜ。いつぞやの戯言遣《ざれごとづか》いといい、どうしてあたしのそばには、こういう情緒不安定な奴が多いんだ。

「あなたがそうさせている、とも言えますよ？　対哀川潤包囲網に参加する前は、もっと私、自信家とは言えないまでも、四神一鏡の一員としての、自負を持っていたように思います……努力では、そして自分では決して敵わない相手を間近に見ることで、劣等感に囚われる。……私を友達として扱ってくれるあなたのことは、本当に好きですけれども、でも、あなたと出会っていなければ、こんな私にはなっていないと思うと、……憎たらしくもあります」

はっ。あたしのことが本当に好きだっていう、都合のいいとこだけ聞いておいてやるよ。

「……人類から二度にわたり、こうしてNOを突きつけられて、それでもそうやってのほほんとしていられるあなたが、羨ましくはありますけれど……、でも、あなたが私達を羨ましく思うことは絶対にないでしょうし、そして、絶対に羨んで欲しくもないですね。『こんな力なんて、才能なんていらなかった。みんなと一緒がいい』なんて、絶対言わないでくださいと、お願いしたいです」

また話が逸れてきてんぞ。どこにいくつもりなんだよ。あたしの分析とか、あたしの未来図とか、今はどうでもいいんだよ。つーか、そんなのが重要な時なんかねえ。宇宙人と遊ぶより、お前と遊ぶほうが楽しいぞ。

「そう言ってくれるのは嬉しいですけれど……でも、私としてはあなたには、進めるときには次なるステージに進んで欲しいですね。切実にそう願います。あなたに敵することができなくなった人類が、あなたの足を引っ張るようなことがあってはならないと——」

ああ、もういい！　この話終わり！　うぜえ！

12

なおもごちゃごちゃ、私見っつーか、愚痴を述べようとしたとろみを残して、あたしは三度《みたび》、船外へと出た。三度目となると、月の風景も普通に荒野だな。とろみがうざくなって外に出ただけなので、特にすることはないのだが、まあもう一度、さっきのマスコンエリアを調査に行くくらいのことはしておくべきか。あたしの幻覚だったという説を完全に消しておかないと、積極策を取るにせよ、消極策を取るにせよ、スタンスを固められないからな。まさか本当にあいつをマスコンエリアに連れて行くわけにゃーいかねーから、とろみを納得させられるに足る証拠を、探して拾ってくるとしよう。マスコンエリアまで行くと、その場で再戦ってことになりかねねーけど、そこまで行かなくとも、砕けたあいつの破片なら、あたしがここまで吹っ飛んできた軌道上に、きっと散らばっていることだろう。月の石と、有する重力が違う『岩』の破片——一見鉱物ではあっても、調べりゃ、生体反応でも出るんじゃねーの？　まあ分析した結果、ただの『岩』だって答が出ることも十分考えられるが。ともかく、あたしは先刻のバトルフィールドを目指して、歩き出した——しばらく放っておけば、何きっかけかで熱くなったとろみの頭も冷えるだろ。たまに話がかみ合わなくなるんだよな、あいつ。自分の立ち位置を『中途半端』だとでも思ってるのかな？　いや、分析されたからって分析し返してんじゃ、やってること同じだし、考えるのやめとこ。そんなことより青き地球でも見上げよう——と思って空を見たが、どうやら角度的に見えない周期に入ったようだ。月の夜？　太陽の光はあるけど。日向《ひなた》と日陰で、月はすげー温度差があるらしいが、それにも問題なく、この宇宙服『クローゼット』は対応している。ついでに、とろみの熱くなったり冷え込んだりにも、対応してくれねーもんかね。別にあいつのせいってわけでもねーのに、とろみの奴、前回のことも今回のことも、責任感じ過ぎなんじゃね？　罪悪感があんなことを言わせるのかね——って、考えないって決めたんだった。しかし、今回の件で言えば、ひとつ、連想することもあった。今回の件っつーのは、とろみがうだうだ言い出したってことじゃなくて、あたしがこうして、宇宙に放逐されたってことだが……、クドリャフカのことだ。いかにもロシア風の名前だが、ロシア人ってわけじゃねえ。つーか、人の名前じゃねえ。犬の名前だ。アポロ計画からさかのぼること十年ほど前、地球生物初の宇宙旅行を体験した犬の名前が、クドリャフカ——まあ、そう言うと栄誉ある称号を持った英雄的な犬のようだが、実際には可哀想な動物実験の被害者である。名前がついて、その名前が残っているだけ、恵まれているほうかもしれない。宇宙船っつーより人工衛星みたいな乗り物に詰め込まれて、宇宙に放り出された――帰還なんて最初から想定されてない、そのためのエネルギーも、そのためのシステムもない。ただロケットで放り出されただけ――地球をぐるぐる回った挙句、最終的には大気圏に突入して燃え尽きたんだっけ？　爆死並みの壮絶な死に様にも聞こえるが、たぶんクドリャフカは、実際にはそれ以前に、地球を眺めながら、餓死か窒息死をしたことだろう。どんな気分だったんだろうな？　動物実験の被害者に感情移入してたら、ＥＲ３システムの研究者達には笑われるだろうが、あたしだって元は実験生物だ、クドリャフカの気持ちを少しくらいは理解してやれるだろう。もちろん頭じゃわかってるけどな、そういう実験を積み重ねることで、人類は月に偉大な一歩を踏み出したのだろうってことは――『わんちゃんが可哀想』じゃ、人類はここまで進歩してきてねー。生き物は他の生き物食べなきゃ生きていけねーって奴だ。そう考えると、やっぱり宇宙人との遭遇が、平和裏に行われるだろうって考えるのは、理想主義者の妄想なのかねえ？　ストーンズといきなりバトったあたしの言うことじゃねーが。そもそもクドリャフカとあたしとを、同列に語ろうってのが、思えば勘違いくんだぜ。クドリャフカは実験で宇宙に放り出されたんだが、あたしはただ、嫌われて追い出されただけだからな。宇宙から地球を見る目線は、クドリャフカとあたしじゃー、全然違うはずだ。……どっちのほうがいいのかは、一概には言えねーけど。わけがわからねーまま、何がなんだかわからねーまま死んでいったクドリャフカの地球に対して向けたであろう目線は、あまりに切なかろう。とか言ったら、とろみにまた、『あなたに切なさなんて感情があるんですか』と言われてしまうんだろうぜ。まあ、あいつの名誉のために言っておくと（なんであたしがそんなことを言わなきゃなんねーんだ？）、あいつもいっつもああいう、ぐだぐだなテンションってわけじゃあねーんだぜ？　むしろ普段は理知的で理性的な、真面目な女の子だ（子って歳でもねーが）。たまにああいう風に崩れる——ぎりぎりまでため込んじまう。あたしとの付き合いとか、今の労働環境とか、色々あるんだろう——なんてわかった風なことを言うつもりもねーが。たとえ読心術を使ったところで、心を読むことと、心を理解することは、また別だ……『気持ちはわかる』なんて、易々《やすやす》と言っていい台詞じゃねえ。こうしてあたしが、すねて宇宙船を飛び出してくる直前（こっちは子供っぽいな）、なおもしつこく食い下がってとろみが言ったのは、こういうことだった。

「潤さんは、私や、私みたいな人間のことを、好きだって言ってくれますし、全然レベルの違う、私のことを友達だって思ってくれている気持ちも本当なんでしょうが……、それはとても嬉しいことなんですけれど、でも、それも潤さんの勘違いに基づいているんじゃないかって思います。潤さんは、私達とあまりに隔たりがあり過ぎて、逆に私達人類のことが『よくわからない』から……、才能を持っているからこそ、あんまりしなくていい、よくわからない努力に価値を見いだしてしまう天才と同じように、私達『凡人』が物珍しくて、ありもしない価値を見いだしてしまっているんじゃないでしょうか」

くくく。だとすりゃあ、あたしはまったくの間抜け野郎ってことになるな。もっとも、需要と供給なんて、本来、そういう間抜けさによって生じるものだし、価値無価値ってのも、相場の乱高下によって値上がり値崩れ、決まっちまうもんだが。あたしみてーな奴が五万といれば、あたしも宇宙に放逐されずに済んだだろうし、とろみはとろみで、自分みてーな奴がいっぱいいるから、必要以上に自分の価値を低く見積もってるってわけだ。ありもしない価値、ねえ？　一万円札を印刷するのに一万円はかからねー……か。月の石だって、月の石だから価値があるんであって、実際にはただの鉱物、石ころなんだろうしな——それが宇宙人の一部だって言われて、初めて、その値打ちが付随する？　かな？　そんなことをつらつら考えながら、ずいぶんと歩いてきたように思えたが、しかしいっかな、宇宙人実在の証拠となる、ストーンズの破片は見つからなかった。いや、厳密にはもうとっくに見つかっているんだろうけれど、普通に風景に紛れちまって、どの石がそうでどの石がそうでねーのか、全然区別がつかねえ。基本ここ、石しかねーんだもん。当たり前だが、月の石は、月じゃあ全然価値ねーな。商売には立地条件が大切だってのは本当だぜ。このままだと、遠からずマスコンエリアまで辿り着いちゃうんだけど……まー、そーなったらそうなったで、出たとこ勝負の第二ラウンドに突入すればいいのか。結局、実物引っ張ってとろみに見せつけるのが、一番手っ取り早いって気もするしな。その場合、考慮すべきはやっぱり、重力のアップダウンか……重さ。ん、待てよ。今更気づいたけれど、見た目じゃ区別のつかない岩でも、触ってみれば、その重さが全然違うんじゃねーのか？　重力ってのは、イコールでそれ自体の質量でもあるはずだから……と、あたしはその場にかがみ込んで、手近な小石を拾い上げる。簡単に持ち上がった——六分の一の重力で、思った以上に軽く感じる。これが基準だとして……、あたしは適当に、その辺の、同じくらいの大きさの小石をとっかえひっかえ、拾ってみる。薄手の宇宙服ゆえ、触ったときの感覚にも不自由はない。見せかけの任務だったはずの宇宙服『クローゼット』の宇宙探査における有効性は、皮肉にも次々と証明されていく感じだった。とても宇宙人の実在証明なんて夢のある目的のための行動とは思えない地道な調査だったけれど、しばらくすると、目論見《もくろみ》通りに行きあった——片手につかんでいる小石と同じくらいの大きさでありながら、まったく重さが違う石をつかみ、拾い上げたのだ。いや、厳密には拾い上げていない——つかんだだけで、それは地面、月面から持ち上がらなかった。まるで強力な接着剤で固定されているかのごとく——強力な接着剤ならば無理矢理引きはがすこともできただろうが、しかし強力な重力は、あたしの『力ずく』に、まったく応じようとしなかった。月と一体化しているかのように、びくともしない。こんな小石でありながら、まるで巨岩のようだった——間違いない、これはストーンズの破片である。つーか、破片でここまで重いのかよ……、地肌が割れて、食い込んでないのが不思議なくらいだぜ。マスコンエリアであたしのパンチは地肌を割ったが、その理屈で言えば、持ち上げることはできなくとも、この小石、殴ってもうちょっと細かく砕くことはできるかな？　持ち上がらないんじゃ、宇宙船に持って帰ってとろみに見せてやることもできねーし。それとも、持ち上げることはできなくとも、大玉転がしみてーにころころ転がせば宇宙船まで運べるだろうか——と、ストーンズ実在の証拠をとりあえず発見したところで、次に取るべき行動を勘案し始めたあたしだったが、まるでそれを見越したかのように、

「潤さん！　助けてください！」

という、とろみの悲鳴がヘルメットの中に響いた——なんじゃらほい？

13

疑問だったのは、この宇宙服『クローゼット』には、確かに通信機能があるけれ

ど、その電波の届く範囲はそんなに広くないって点だ。昔で言えばトランシーバー、今で言えばPHSとかを想定すりゃーいいのかな？　とにかく、宇宙船から結構離れたとこまで移動しちまったあたしの耳に、ストーンズの『…………』っつー振動なら ともかく、とろみの声が聞こえるのはおかしいのだ。いやそれがわかっていながら、電波が届かないようなところまで遠出するなよって突っ込みはあとで聞くとして、こうもはっきりとろみの声が聞こえた理由は、考えられるとすればひとつだ——あたしが離れた分、とろみが追いついてきた、これに尽きる。実際、（通信を通しての声だから、そっちから声がしたってわけでもねーのに）後ろを振り向いてみたら、宇宙服『クローゼット』をフル装備したとろみが、あたしの足跡を追ってくる途中だった。エネルギー切れを知らせるために宇宙船から飛び出してきたときよりも、よっぽど激しく慌てているようにも見える——何があった？　地球の反哀川派の、更なる工作が宇宙船の中から見つかったのか？　確かなのは、さっき感情的になった件を謝るために、あたしを追ってきたってわけじゃあねーってことだ……、テンションの上げ下げ激しい割に、意外と肝心なところで謝らないからな、こいつ。とろみは全速力で、まるで何かから逃げるようにあたしの元に駆けてきて、そのままいっそハグしてきそうな勢いだった——いや、六分の一の重力下での全力疾走に、間違いなく慣れていないであろうとろみが、ブレーキをかけられるとは思えない。かといってここで避けたら、今後のとろみとの関係に決定的な罅《ひび》が入りかねねーぜ。そう思ってあたしはとろみのボディアタックを、抱きしめるように受け止めた——ハグっつーか、がっぷり四つに組み合ったって感じだったが。

「ぎゃっ!」

と、正面衝突の衝撃に可愛くない悲鳴をあげるとろみ——恐慌状態にあったっぽいとろみだが、その衝撃で正気に返ったようで、

「あ、じゅ、潤さん?」

なんて、今気付いたような声を発した。今気付いたんだったら、お前いったいどこを目指して走ってたんだよ?

「た、た、助けてください!」

そして最初の台詞を繰り返す——落ち着けよ、何があったんだ? トラブルはガス欠だけじゃなかったのか? 宇宙船に爆弾でも仕掛けられてたのか?

「そ、そうじゃなくて……、お、驚かないでくださいね、潤さん」

フルフェイスのヘルメットゆえ、サンバイザーでその表情は見えにくいが、そこで咳払いをしたらしいとろみ——いかにも鹿爪《しかつめ》らしい感じだが、しかしこいつ、あたしに抱きついたまま離れない。可愛い奴だ。

「フラミン号が乗っ取られました!」

フラミン号？　何それ。ああ、あの宇宙船の名前？　あたし達、そんなアホな名前の宇宙船に乗って月までやってきてたの？　いや、それよりも——乗っ取られたって、誰に？

「宇宙人です！　まるで岩の塊のような……潤さん、信じてもらえないかもしれませんが、宇宙人はいたんですよ！」

うん。知ってる。

14

そんなわけでめでたくあたしととろみは、意見の一致を見た——一時は決裂寸前までいったけれど、これで仲直り、よかったよかった。しかし起こった事態は、どうやらまったく歓迎すべからざるものらしい——興奮冷めやらぬ様子で語るとろみの体験談は、結構取り留めのない感じだったけれど、とりあえず一発ぶん殴っておとなしくさせてみると、ようやく順を追って話し出した。

「ぼ、防御力は別にないんですね、この宇宙服……」

と、あたしと同じように『クローゼット』の機能を確認しつつ、鳩尾《みぞおち》を押さえながら、とろみは語る。

「潤さんが出て行って、そんなに間をおかずになんですけれど……私が頭を冷やそうと思っていたら、急に宇宙船が動き出したんです。何かの間違いで、作動し始めたのかと思ったんですが……でも、何をどう間違えても、燃料がないのに機械が動くわけないですよね？　すぐに異常事態だと思いました……私の数々の無礼な発言に怒り狂った潤さんが、宇宙船を持ち上げて振り回すつもりなのかと思いました」

できるかそんなこと。いや、つまり、それをできた誰かがいるって話なんだよな？　燃料切れの宇宙船を――勇ましくも、動かした何者かが。

「びっくりして、『クローゼット』のヘルメットをかぶって外に飛び出したら、……岩盤を寄せ集めて作った巨大な人間のような生き物が、自分のところに宇宙船を引き寄せつつあったんです。あれは、おそらく強力な重力を発していたんです。重力ですよ、潤さん！」

知ってる。言った。

「幸い、私はその重力に完全に囚われる前に脱することができたようなんですが、そう言えば、身体が重かったです……、そしてその、宇宙船フラミン号と同サイズくらいの岩盤生物が……」

ん？　あれ、そんなでかかったっけか？　とろみのイメージの中で、それくらい大きくなっているのか――それとも別の奴か？　ストーンズは一体とは限らない……。

「どうやら目的は宇宙船のほうにあったらしく、逃げる私にはまったく興味は示しませんでしたけれど……、大変です、潤さん。宇宙船を乗っ取られました！」

ということらしい……乗っ取られたというから、ハイジャックでもされたのかと思ったが、文字通りに奪われたって感じみたいだ。物理的に奪われている。よくわかんねーが……、いったい何が目的だ？　目的があるのかどうかわからねーが、まず、あたし達の足から封じにきたのか？　月からあたし達を逃がさないつもりか？　まあ、まさか燃料切れとは思うまい……。それとも、単に珍しい乗り物（と、認識しているかどうか）を、調査するために接収したとか……色々推理はできそうだが、その前に確認しておくか。とろみ、そいつはシルエットは人間のようだって言ってたが、片腕、吹っ飛んでたか？

「？　い、いえ……両腕ともあったように、思いますけれど……」

そうか。じゃあ、やっぱりあたしが戦った奴とは別キャラなのかな。もしも同じ奴なら、マスコンエリアに向けて歩いているあたしと、すれ違う形になるはずだし……、いや、それはいくらでも回避可能か。月に道なんかねーし、極論、月を逆向きに一周すりゃあいいわけで。まあ無事で、ノーダメージで何よりだったよ、とろみ。

「はい……まさか最後、潤さんに殴られてダメージを負うことになろうとは思いもしませんでしたが……」

苦笑いのとろみ。恨みがましい奴だぜ。つーかやっぱり、なんだかんだ言いながら半信半疑どころか、ストーンズの存在をまったく信じていなかったらしい全疑のとろみだった。それにかこつけてあれだけ言いたい放題言ってたってんだから、いい性格してるぜ。

「そ、それはさておき、困ったことになりましたよ……まさか、宇宙船を奪われるなんて」

そうだなあ。戦争において、技術を奪われるってのは結構大変な事態なんじゃねーの？　技の鹵獲《ろかく》は人類最終、想影《おもかげ》真心あたりの得意技でもあるんだが……でもまあ、岩盤生物が、こんな道具も材料もない場所で、あの宇宙船を再現できるとも思えねーが。それに燃料切れだから、動かすこともできねーだろうし。最悪、あいつがあの宇宙船に乗って地球に攻めていくなんてシナリオが進むことはない——んだろ？

「は、はい……それは、そうなんですけれど、でも、ストーンズが宇宙船を手に入れたことではなく、まずいのは、私達が宇宙船を失ったことにあります」

？　なんで？　あたし達だって、あの宇宙船に乗って地球に帰るって線はなかったんだから——地球の反哀川派をメッセージで脅して、救助船を出してもらう予定だったんだから、そこまでの大過はねーんじゃねーの？

「大過、ありまくりですよ。だって、宇宙船の燃料はともかく、私達の燃料……つまり酸素は、大半、宇宙船の中にあるんですから」

あ。そっか、酸素か。失念していた——うん、そりゃ確かにまずい。宇宙船がストーンズに奪われた今、あたしとところみが所有する酸素量は、この宇宙服『クローゼット』に内在する分だけってことだ……おいおい、それはガチで大ピンチじゃね？　それは本当是が非でも、宇宙船を取り戻さねーと、救助船が来るまでどころか、メッセージを書き終わるまでも持たないぜ。『さもなくば』で文章が終わっちゃって、脅迫状っつーより怪文書になっちまうぜ。

「ど、どれくらい持つんでしょう。『クローゼット』の中の酸素だけで」

それはあたしが聞きたい……確か、マニュアルを流し読みした限りじゃ、どっかに酸素の残量を確認できるモニターがあったはずだけれど？

「そうでした。左足の甲です」

ああ、これね。どれどれ。うーん、よくわかんねーな。さっき宇宙船に戻ったときに補充したから、まあ、満タンには近いんだろうけれど、単位がいまいちよくわからない。これだけあったら、どれくらい持つんだ？　丸一日くらいは持つんだったか？　あたしが先に外に出た分、当然あたしのほうが酸素の残量は少ないものだと思ったが、意外ととろみととんとんだった——たぶん、こいつ最初に外に出たあと、補充しなかったな？　全然マニュアル守ってねーじゃねーか。

「あなたが意外とマニュアルを守っていることが意外なんですよ……意外って二回言っちゃいましたけれど、三回言いたいくらい意外ですよ」

はっ。何なら四回言ってくれてもいいぜ。意外と生きたがりなんだよ、あたしは――とは言え、宇宙船を乗っ取られることを想定していたわけじゃねえ。さて、一転、大危機だ。とろみが無事脱出できたってのは万々歳だが、しかしできれば、未確認生物の侵略から、宇宙船を死守するくらいの根性を見せて欲しかったところだぜ。大車輪の活躍を見せて欲しかったぜ。

「無茶言わないでください……私のようなもやしっ子に。逃げられたことが奇跡ですよ」

ですね。無事これ名馬だ――まあ、この先、無事のままで済むかどうかはわかんねーが。それこそ、このままじゃ酸素切れのクドリャフカだぜ。

「クドリャフカ？　誰ですか？」

先輩。もっとも先輩は、宇宙人と遭遇したりはしてねーだろうが。……遭遇してたほうが、クドリャフカの場合は、生きる目があったかもしれねーのが皮肉だが、あたし達は宇宙船を、換言するところの酸素を、奪い返さないとこのままお陀仏《だぶつ》だ。……いや、ストーンズの目的が宇宙船の、単なる破壊にあるのだとすれば、既にあたし達は終わっちゃってるかもしれねー。強力な重力を存分に行使して、フラミン号（何回言ってもひでえ名前だ）をバラバラに引き裂いて、積み込んだ酸素を惜しみなく宇宙空間に放っちゃってたら……、最悪の想像ではあるが、しかしこれは、言うほど最悪というわけではなく、ごく当たり前の展開である。

「ど、どうしましょう、潤さん……」

青ざめて（たぶん）、とろみが言う。

「すみません、私が潤さんの言うことを、最初から信じていたら……」

信じていても、別にどうしようもなかったけどな。そんな状況になったら、あたしでも宇宙船を置いて脱出するしかねーって。そっからのウルトラCはねーっての。窓のない宇宙船っつー実用性が、この場合は災いしたと言うべきか……繋ぐべき望みがあるとすれば、小型と言っても（そして変な名前とは言っても）宇宙船、そう簡単に壊されるような強度ではないはず、ってところなんだが。強力な重力を持っていても、フルパワーのパンチで、『クローゼット』を破くことができなかったストーンズだから……いや、あれがフルパワーとは限らないが。いずれにしても、急がなきゃいけねーってことに変わりはない。『クローゼット』に内蔵された酸素の残量も考慮するなら、今すぐにでもとって返して、ストーンズから宇宙船を取り返さなくちゃならない。いつまでもそこにいてくれるとは限らないし、宇宙船ごと身を隠されたら、地の利が相手にある以上、相当見つけにくいだろう——最初のときみてーに地中に隠れられたら手の打ちようがない。……が。

「が？」

いや、敵……ストーンズが複数いるんだとしたら、これから先何体、倒さなくちゃならねーのかと思ってな。もしも数のゲームに持ち込まれたら、結構めんどくせーことになりそうだ。仮に、いったん宇宙船を取り戻せたところで、次から次にストーンズが来襲してくるんじゃあ、地球に向けてメッセージを書いている場合じゃなくなってくる……ストーンズと戦う前に、ストーンズの生態と規模を把握しておきてーぜ。

「そ、そりゃあそうですね……でも時間はありませんよ。手分けしますか？　潤さんがストーンズと戦っている間に、私がマスコンエリアをフィールドワーク……」

言いながら、それは現実的でないことに気付いたらしいとろみ──そうだ、ストーンズが攻撃性、戦闘性を備えている以上、とろみの単独行動は、もうありえない。少なくともよっぽど危急のときでもない限り、通信がとれる範囲内で、あたしととろみは行動を共にするべきだった。

「じゃ、じゃあ……二人でマスコンエリアを調査して、それからUターンですか？　その間、宇宙船が無事であることを祈って……」

祈るってのは、なんだか消極的な表現だけれど、そうするしかねーだろうな。確認するけれど、お前が目撃したストーンズは、宇宙船と同サイズで、両腕ともあったんだな？

「は、はい。それは間違いないです。錯覚ではないと思います」

　ふうん。あたしが戦ったあいつは、じゃあ子供だったってことなのかな？　子供相手にあんな苦戦をしたってなると、人類最強の名折れだが。

「で、でも、前回のシースルーのような例もありますから、それが錯覚や幻覚である可能性も、もちろん、ないじゃあありませんけれど……」

　シースルーくんのことは、この際考えなくてもいいだろ。あれを宇宙人の一般的なありかただって考えたら、何もできなくなるぜ。

「……もっと酷《ひど》い可能性を考えるなら、私が目撃したストーンズさえまだ成長過程の子供で、もっと巨大なストーンズが、月のあちこちにいるってことも……」

　ないとは言えねーな。実は月自体が巨大な宇宙人だったたって落ちだったら、面白いぜ。

「全然面白くないですが……その場合、私達の置かれている立場は、ピンチなんてものじゃないでしょう」

　まさしく立場ですけれど、ととろみは言う。くくく、しかし、そういう面白い（ところみ的には全然面白くない）展開は、さすがに期待のし過ぎってもんか。だって、月の重力が六分の一であることは、今あたし達が体感している通りなんだから。となると、月面にどれくらいの数、マスコンエリアがあるのかって話だよな——えっと、主にクレーターの中にあるんだっけ？　月面に立ってしまうと、クレーターとそうでない場所の区別も、いまいちつきにくいけど。マスコンの数だけストーンズがいるんだとしたら、やっぱ相当数と考えるべきか……となると連中の縄張りに入らずに、地球にメッセージを送ることは難しいだろうから、厄介だ。ま、考えてばかりいると、どうしても嫌な想像ばっかりしちまうぜ。さっさと行動に移ろうぜ。

「行動……では、まずは調査ですね。……嫌な想像って言ってる割には、潤さん、結構、楽しそうですよ？　またピンチのときほど、笑っちゃってますよ？」

あー、そう？　ヘルメットを通してもわかっちゃう？　そうだな、面白がってる場合じゃねーし、今回はガチでやべえってことはわかってんだけども。一体でも手強《てごわ》かったストーンズが、わらわら、しかもより巨大なサイズで登場するかもしれねーし、しかもとろみと宇宙船を守りながら戦うとなると、これは満額回答の難しそうな『仕事』だぜ。

「『仕事』、ですか……あくまでも新型宇宙服『クローゼット』のテストと考えるなら、これ以上ない条件が揃ったとも言えますがね……ここまで完全な船外活動というのもないでしょうし、着の身着のままで、まさしく宇宙人と対決することになったのですから」

それはもう、何度も考えたことだけれど、本当にそうだよな——あたしは仕事の達成率が高いほうじゃねーんだけれど、今回に限っては、もしも生きて地球に帰れたら、他に類を見ないほどに、完璧な成功例となるだろうぜ。

「その際、月に宇宙人がいると知ったときの、ER3システムの人達の顔が見物ですけれど……どうでしょうね。今、こうしている私達を、とらえている望遠鏡ってないんでしょうか」

……ん。とろみはなんとなくそう言っただけかもしれないけれど、そこは気にしてもいいところかもしれなかった――いや、今、こうしているあたし達をとらえている誰かがいるかどうかの答は、『いない』でいい。そこまで高性能な望遠鏡は、今はまだ開発されてねえ（はず）。だが、これまでずっと『月』を観察し、あるいは調査し、何度となく降り立ってさえいる人類が――これまで一度も、岩盤生物ストーンズ……そこに生息する『宇宙人』の存在に気付かなかったなんてことが、あるんだろうか？　あたしが月到着後半日もかからずに発見した『宇宙人』を、何十年も、何百年も、何千年も――空を見上げ続けて、誰も気付かなかったなんてことが、本当にあるんだろうか？

15

まあおかしなことは、往々にして世の中にはある――あたしの人生なんておかしなことばっかりだ。宇宙人がいることもおかしければ、それがこれまで見つかっていなかったことも同じくらいおかしいのだと言われれば、なるほど、その通りかもしれねー。少なくとも理には適っている。知ってる奴がいても、公表しなかったたって可能性だってあるしな。

「潤さんを月に放逐した本当の本当の理由は、あの宇宙人ストーンズと戦わせるためだったというのはどうでしょう」

と、とろみが愉快めなアイディアを出したけれど、うーん、それはあんまりなさそうだな。だったら最初からそう言いそうなもんだ——たとえあたしをやっつけるためでも、宇宙人と戦えって言うのであれば、宇宙服のテストよりもモチベーションはあがろうってもんだ。わくわくじゃねーか。だからそのまま言ってくれればいい。ともあれ、その辺の考察はいずれ、ピンチが去ってからごゆるりとするとして——あたし達はさっき立てた行動計画に従い、まずはマスコンエリアに向かうことにした。占拠された宇宙船とは逆方向だ——フラミン号がその間、無事であることを祈るのみだぜ。一段落ついて、地球に帰る算段もついたと思っていたところに、この死と隣り合わせの冷たい方程式状態、さすがにとろみも、さっきまでみてーなうだうだした愚痴っぽいことは言わなくなった。まあ、愚痴っぽいことでも愚痴っぽくないことでも、言えば言った分だけ、酸素が減る状況だからな。まともな人間だったら無口になろうってもんだろ。月の低重力も手伝って、目的のマスコンエリアにはすぐたどり着いた――月の風景なんてどこも同じに見えるけれど、ここに関しては、あたしがぶん殴って地面が割れているから、すぐにそことわかる。が、これはよく考えたら奇妙な話だった。別に地面が割れてなくとも、ここはそことわかるはずなのだ――だって、たとえどんなに同じような風景に見えたところで、重力が違っているからこそそのマスコンエリアなのだから。

「……そこまでの差はないんですかね？　高重力って言うのは、あくまでも大袈裟な物言いであって……」

と、とろみが怪訝《けげん》そうに言う――が、こいつもこいつで、ストーンズの持つ重力を体験しているので、そうではないことはわかっているだろう。月の重力は六分の一――ここに踏み込んでも、何も変わっていない。

「じゃあ、どうして……」

つーか、あたしが戦ったストーンズも見当たらねーみたいだしな。再び地中に潜ったのか……いや、あいつ自身が重力の発し手、マスコンエリアの中心だったとするなら、あいつが地中にいるとしたら、やっぱりこのあたり一帯の重力が強くなってなきゃおかしな話になる。となると、考えられる理由はひとつ――あのストーンズが、こっから移動したってことだ。あたしはとろみに言う。足跡を探せ。あんな図体で、足跡も残さず移動できるわけがねえ——でもあいつ、あたしをぶっ飛ばしたあとで、あたしを追いもせずに、どこに行ったんだ？　縄張りからあたしを追い出して満足したってんなら、もうその縄張りから動く理由はなさそうなもんだが……。

「……潤さん、あなた、地面をこうも放射状に割ったんですか……まるで蜘蛛《くも》の巣ですよ。ほとんど漫画ですね。滅茶苦茶しますね」

と、言いながら、とろみはあたりを調査する。あたしも同じように、ストーンズの足跡……、でないにしても、なんらかの痕跡を探したけれど、しかしそれらしいものは見つからなかった。

「……本当にここだったんですか？」

とろみがまたも疑わしげにあたしを見てきた——基本こいつ、あたしの言うこと全然信用してねーよな。ここじゃなかったら、あたしはなんでこの月面に蜘蛛の巣張ったんだよ。その辺に転がってる石、適当に拾ってみろよ。拾えないくらい重い、ストーンズの腕の破片が混ざってるはずだから。

「はあ……拾えないくらい重い、ですか」

言いながらとろみは、ひび割れに足を取られないようおっかなびっくり歩きつつ、周辺に転がる『月の石』を精査する。引きが弱いのか（こいつの人生をよく表してやがる）、なかなか行き当たらなかったみたいだが、続けているとさすがに行き当たっ

たようで、

「おおっ」

と言う。おおっ、じゃねえよ。証拠もなく人を疑いやがって——違うか、証拠がねーから疑ってたんだっけ？　その証拠をようやく手にして（持ち上がりはしねーが）、とろみは、

「となると、ここから移動して……どこに行ったんでしょう。私が見たストーンズが、やっぱり、潤さんが戦ったストーンズと同個体だったのでしょうか？」

うーん、でも、サイズはともかく、腕の問題がなあ。やっぱり思った通り、岩盤生物だから、腕とか、とっかえひっかえできるのか？　フィギュアみたいな関節の構造していたし……いや、たとえ同個体だったとしても、それは足跡がないことの説明にはならねえ。あんな図体であんなサイズで、そしてあんな重さで、まさか空を飛ぶってわけでもあるまい……でも飛行機だってあんな図体であんなサイズで、あんな重さで空飛ぶしな……ん、じゃあ逆か？　空を飛んだんじゃなくて、地に潜ったとすれば……。

「でも、地面の中にいても、ストーンズの場合、重力でそれとわかるわけでしょう？　いる場所が常に、マスコンエリアになるっていうのであれば……」

じゃなくて、だから、ただ地中に潜ったわけじゃなくて、地面の中を移動したんじ

やないかって話。

「地面の中を移動……。モグラみたいにですか？　そうなると、宇宙人というより地底人ですが……でもまあ、地底人みたいな見た目、してましたから、考えられなくはないですか」

と、とろみは思案顔で腕組みをする。

「ここからトンネルを掘って、宇宙船のところまで移動した……？　うーん、あれくらいの身体のサイズなら、確かに、地上を歩くよりも、地中を動いたほうが、負担が少なそうにも思えますね。鯨《くじら》が海中で生きる道を選んだように……」

なるほど、いい比喩《ひゆ》だな。あいつの重さ、鯨どころじゃねーだろうし。地中を移動すれば、浮力は働かないにせよ、体重を四方八方に分散しながら動くことができるから、その分スピードは出そうだ……それに、月ってえ環境を思うと、地上よりも地下のほうが、生活しやすそうなイメージがある。ま、迷ったり検証してたりする時間も惜しいし、とりあえず地下に降りてみようぜ。ちょうど、あいつが出てきたところが、縦穴みてーになってるし。

「……これ、降りたら戻ってこれなくないです？　もしもそこから側道がなかったら、私達はただ深い穴に閉じこめられて、断崖絶壁に囲まれて、タイムアップ待ちですよ」

こんな凸凹の激しい断崖絶壁なら、余裕でボルダリングできるだろ。

「ボルダリングって……ジムじゃないんですから。肉体労働は、職掌《しょくしょう》の範囲外なんですけれど……」

とは言え命がかかっているとなれば、定時に早上がりをするってわけにも行くまい。幸い、六分の一の重力だ、落下する分には、ロープも技術も必要ない、ただ飛び降りればそれでいい――でも、降りた先がどうなっているかは定かじゃあないので、足場を確認する意味で、あたしが先に飛び降りた。幸い、着地先はぎざぎざに尖った石切場ということはなく、あたしは地下数十メートルの地点から、とろみを呼びつけた。しかしあたしを基本的に信用していないとろみは、ジャンプして飛び降りてはこず、壁を伝って降りてきた。

「降りた先が、ストーンズの巣だったらどうしようかと思っていましたけれど……、そんなことはなさそうですね」

ほっとしたようにいいながら（そんな可能性を危惧していたんであればあたしを止めろ）、宇宙服の手首のあたりに備え付けられているライトの電源をオンにした。照らされてみると、やっぱりただの穴だ――穴の中で穴を探すってのも意外と骨の折れる作業だったが、程なく、それらしき横穴が見つかった。あの巨体が通ったにしては、やや小さめにも思えたが、それはあたしの中に、あいつの『全身図』がイメージされていたからだろう。考えてみりゃ、あいつ、自分の片腕吹っ飛ばしてるからな。その分、穴のサイズは小さくてもいいわけだ……もちろん、多少小さかろうとなんだろうと、あたし達、地球人が通る分には何の支障もない。

「行きますか？　それこそ、この横穴の先が、ストーンズの巣ということもあり得ると思いますが……」

とろみが念を押すように確認してくる。うーん。こんな緊急事態でもなかったら、そういう事態に備え、とろみをいったんここに置いて、あたしだけがカナリアとして、奥に入っていくべきなんだろうけれど……、しかし今は、一刻一秒を争う。分散して合流するのが手間だし、目の届くところ、手の届くところに、とろみを置いておきたい。

「……足手まといになってますよね、私」

全然？　さ、行こうぜ。まあ、あたしの勘じゃあ、あんま群れを作るタイプの宇宙人じゃねーって思うぜ、ストーンズは。

「勘、ですか……アテになりそうですね。でもまあ……、互いに強い重力を持つ岩盤生物じゃあ、ストーンズ同士で行動を共にするのは確かに難しいかもしれませんね」

とろみは自分を鼓舞するためにそんなことを言ったのだろうが、なんだか、それはヤマアラシのジレンマを思わせる、あんな巨大な生き物にはそぐわないイメージだった。互いに傷つけあうことを恐れ、寄り添い合わないヤマアラシ……まあ、実際には針を寝かせて寄り添うんだろうけど、ストーンズの場合は、自分の重力をコントロールできる風じゃなかったし……石ころのジレンマってか。じゃ、あたしが前を歩くから、お前は後ろからついてこい——ひょっとすると、背後からストーンズが追撃してくるって可能性もあるかもだから、気を配るのは忘れずにな。

「わかりました……潤さん、方向、わかりますか？　月に東西南北を求めるのも、的外れかもしれませんが……」

わかんね。ＧＰＳとか持ってくりゃよかったかな？　北極星の位置から方向を探ろうにも、ここは地中だし、それに、月だし。……岩盤だから、そう簡単に崩れはしないと思うけれど……、背後だけじゃなくて、真上にも注意だな。落石注意の看板は、こういうところにこそ立てるべきだな。ライト、あと、どれくらい持つ？

「ライトは問題ないと思います。むしろ心配すべきは酸素の残量でしょう……結構、消費激しいみたいですよ。やっぱりユースフルさを優先したから、内蔵できる酸素量は、これまでの宇宙服と比べて、格段に相殺《そうさい》されているんでしょうね。……この探索にあまり深入りし過ぎると、宇宙船に戻るまで持たないかもしれません」

そうだな。基準は決めといたほうがいいかもしれねー。酸素の残量が半分切ったら、どういう状況であれ、宇宙船に戻ろうぜ。

「ですね……そうしましょう。ストーンズがフラミン号を壊していないこと、そしてフラミン号を持ってどこかに移動していないことを、改めて祈りつつ」

とろみは祈ると言いながら、ただただネガティヴな想像をしていたけれど、しかし幸いなことに、それはどうやら杞憂《きゆう》となった。自分の主人公体質のなさを、恥じるようなことばかり言うとろみだったが、けれどその『嫌な予感が当たらない』という主人公体質のなさ、持ってなさは、うん、こういう場合には重宝すべき一種の才能なのではないだろうか。才能とか言うとまた怒るのかもしれねーけど、嫌な予感がことごとく当たる、あの辺の連中より、長生きはできるだろう。ミステリー小説の探偵が、行く先々で事件を巻き起こし、死者を生むのと、真逆《まぎやく》の杞憂体質……、とは言え、トンネルを抜けた先に、意外な展開が待っていなかったってことでもない。ストーンズの巣でこそなかったが、トンネルは地上に繋がっていて、その先には我らが宇宙船フラミン号があったのだ——隣に、ストーンズがあぐらをかいて座っている。

16

鯨がその巨体を維持するために、住処《すみか》を陸から海に移した哺乳類《ほにゆう》だってたとえ話が、やけにはまった理由に遅ればせながら気付いた——地中と海中とじゃ、意味合いは随分違うのに、それが近しく感じたのは、月にも海があったからだ。と言ってももちろん、月にも水分があるってわけじゃない——水の惑星地球とは違い、月はからっからに乾いている。いわゆる月の海とは、単なる陰影のことだ——明るい部分を陸、暗い部分を海と、昔の天文学者が乱暴に考えただけだ。あたしが乱暴だって思うくらいだから本当に乱暴な定義だが、まー、当時には当時の事情があったんだろう。現代から過去を裁くのはよくねーぜ。ともかく、月にだって海と呼ばれる場所があり、そこが暗い場所のことを指すって知識が頭ん中にあったから、ストーンズが地中を移動するって説に、なんとなく根拠があるように思えたのだろう——モグラのようにではなく、鯨のように。……ついでに思い出したが、火星に生物が住んでいるって説が——つまり、火星人がいるって説が、金星人やら水星人やら土星人やらよりも、そこそこ強く語られる理由にも、その『水』が噛んでいるらしいな。火星を観測したときに、その表面に川が流れるように見えたのが最初で——その『川』を整備している何者かがいると考えた人々のイマジネーションによって、火星人の姿が描かれ始めたのだとか。やっぱ水の惑星地球人にとって『水』ってのは、ひとつのキーワードなのかねえ——もっとも、月と違って火星には本当に『水』があるらしいので、火星人はいなくとも、なんらかの原始生物はいても不思議じゃあないそうだが、そこから先は専門家の領域だろうな。今のあたしにとって重大なのは、岩盤生物ストーンズのほうだった。さっき、いきおい宇宙船の隣に座っていると言っちまったが、それは遠目に見たときの話であって、厳密に言えば、隣というには多少の距離をあけていた。

「あれ以上近付くと、己の重力で、宇宙船がひっついて離れなくなるから……でしょうか？」

ヤマアラシのジレンマではありませんが、ととろみは言う――似たようなことを考えやがって。裏を返せば、ストーンズにとって、宇宙船が自分にひっついて離れなくなると困るってことなんだろうか？　じゃあ、目的は破壊ではない……？　宇宙船を利用して地球に攻め込もうとしている？　いや、あのサイズじゃあ、人間二人乗りの宇宙船にはどう詰め込んでも乗れないだろうが……。……そう、サイズ。サイズだ。とろみが言っていた通り、あたしが見たストーンズよりも、宇宙船のそばであぐらをかくストーンズは、一回りもふた回りもでかかった。個人の感覚による違いじゃなかった、実際にサイズがあからさまに、はっきり違う――それに、とろみが言っていた通り、あのストーンズには両腕が揃っている。だから、そこだけ取り上げれば、あのストーンズと、あたしがバトったストーンズは、別物だ。別物であり、別人だ――しかし、一方で。

「ここからは足跡……はっきりと、ありますね」

洞窟の中は、足下が岩盤だったのでわからなかったけれど、洞窟から外に出てみれば、出口から宇宙船のあたりまで、くっきりと深い足跡が、月の表面に残っている――普通に考えれば、この洞窟を掘った者、通った者が、そのまま一直線にフラミン号に向かったと見るべきだろう。つまりあたしと戦ったストーンズが、その後地下を移動し、あたし達の乗ってきた宇宙船を襲った、と解釈すべきなんだが……ふたつの仮説は見事に矛盾するなあ。果たしてあのストーンズは、あたしが見たのと同じ奴なのか、別個体なのか？　砕けた腕は、推測通りに、別の岩をもって補充可能だとしても……。

「……あ、でも、潤さん。腕の材料が補充可能なら、身体の材料だって、補充可能なんじゃありませんか？」

ん？　ああ、そうか。そりゃあそうだ。補充と言うからわかりにくいけれど、砕けた腕の代わりが、別の岩で利くなら、身体のサイズだって、他の岩を使うことでいくらでも変えられるだろう――大きくすることも、小さくすることも。着脱可能なアタッチメントのように。そう思うと、マスコンエリア（元、と言うべきか）からここに至るまでの洞窟が、妙に蛇行している風だったのは、『身体の部品』を探しながら移動していたからというのは、いい推理であるように考えられた。それが、宇宙船から（元）マスコンエリアを目指して歩いていたときに、奴とすれ違わなかった理由かあ……。

「となると、潤さんが見たストーンズと、私が見たストーンズは、同個体とするのが適当なようですね……敵が一体で済むというのは、嬉しい事実なのでしょうか」

それ自体は、そりゃそうだろう。敵が多いほうが燃えるとか、別に奇をてらった答を返すつもりはねーよ。だけど、ストーンズが、欠けた部品をいくらでも——ってわけじゃねーだろうが——補充できるってのは、かなりのマイナス情報だよなあ。ぶっ壊してもぶっ砕いても、そのたび復活できるって言うんだったら、そりゃあストーンズが無数にいるのと、一緒みてーなもんだぜ。

「……これから、どうします？　宇宙船も、少なくとも見た限りは無事なようですけれど、取り返すなら早くしないと、取り返しのつかないことになりますよ……」

だな。宇宙船自体は燃料切れで、言っちまえばガラクタと大差ねーけど、中に入っている酸素は、そこそこ大切だぜ。あぐらかいてるストーンズは、見る限りまだ、こちらに気付いちゃいねーようだし、裏から回り込んで……、駄目か、宇宙船には裏口なんかねーもんな。ハッチがひとつ、ストーンズの正面に向いてあるだけだ。あいつにわからねーように、宇宙船に出入りするのはまず無理だな。となると、作戦は……あたしがストーンズの気を引いてる間に、とろみが宇宙船を取り戻す、まではできなくとも、酸素タンクを中から持ち出す——そんなところだな。

「き、危険過ぎませんか？　勝算があるわけじゃないんでしょう？」

心配いらねーよ。勝算のない戦いなんて今までいくらでもしてきたさ——今回の場合は、中でも未知なる戦いってことになるが。そんなことよりお前が気をつけろよ。あたしが勝てたらそれで終わりだけど、そうならなかった場合は、最低でも酸素タンクをゲットしないと、遠からず窒息死だぜ。お前にかかってる。そう言うと、とろみも覚悟が決まったのか、黙ってこくりと頷《うなず》いた。というわけであたしは、特に何の準備もなく、第一ラウンドと何ら変わらないコンディションで、ストーンズとの第二ラウンドに臨んだのだった。準備不足、情報不足、望むところだぜ！

17

一直線に駆けていって本気パンチを、発するその重力で加速した末、ストーンズの胸板に食らわしてやったあたしだが——思わぬ手応えのなさを、そこで感じることとなった。手応えのなさ？　いやいや、手応えはもちろんあったぜ。すげーあった。マスコン岩石、めっちゃかてえ。手の骨が粉々になったかと思ったし、ここまで破格の頑丈さを誇っていた新型宇宙服『クローゼット』の手袋も、ここでついに破けてしまった。今までありがとう、『クローゼット』……っていうほど長い付き合いじゃねーし、思い入れもねーが。これについては、果たして『クローゼット』の生地がストーンズの硬さに耐えきれなかったのか、それとも、あたしのパンチ力に耐えきれなかったのかは、後の検証が必要だろうが……、ともかく、『クローゼット』は破れ、そしてストーンズの胸板も破れた――破砕された。それだけに収まらず、砕けた部分からストーンズの全体が崩れていく。まるでダイナマイトの一点崩壊だ。危うくその崩落に巻き込まれそうになったが、すんでのところで、ただの前転で切り抜けた（後転じゃないところにあたしの魅力を感じてもらえたら嬉しいぜ）。要は、ストーンズは、あたしの渾身の一撃でばらばらに砕けたってことだ――いや、砕け、崩れはしたが、ばらばらにはならなかった。砕けた破片も、それぞれが強力な重力を有しているので、互いにひっついて、離れはしないのだ。あたしだって油断してたら、でかめの岩にひっついちまって、身動きができなくなっていただろう。そんなわけで、あたし対ストーンズの戦いはたったの一撃で、決着がついてしまった――ように見えた。新型宇宙服『クローゼット』が破れるという被害はあったものの、これも耐久テストだと思えば、こちらにとっては成果である。無限とも思える『クローゼット』の、耐久性の限界がわかったってことだからな。破れたナックルの部分はもう片方の手で押さえるという応急処置でなんとかなるだろ。ならないかな？　でも、空気漏れさえ防げれば、とりあえずの急場はしのげる――酸素のメーターががくんと下がってねえところを見れば、数分ならば、これで十分持つはずだ。しかし、手応えのなさ、というのは、そういう意味じゃあねえ——楽勝できちまったこととか、第一ラウンドでは砕けなかったマスコン岩石を砕けたこととかをさして、手応えがないって言ってんじゃねえ。面白味はねーけど、そういう肩透かしも乙なもんだ。だが、肩透かしと言うなら、ストーンズが殴りかかろうというあたしの動きに、まったく反応をしなかったところこそが、この場合の『手応えなし』だ。てっきり、カウンターで、あのとんでもねーパンチを繰り出してくるんじゃねーかと期待してた……もとい、警戒してたのに、こいつは身じろぎもしなかった。さながら、動かない石像を殴りつけたみたいなもんだった——それで手応えを感じる方がどうかしてる。マスコンエリアで遭遇したときのこいつからは、たゆまぬ闘気を感じたものだったが、今のこいつは、まるで魂の入っていない人形だったぜ——むろん、こいつがいることで、ここら辺の重力に変化はあるみたいで、いきなり身体がずっしり重くなった。つまり、幽霊の正体見たり枯れ尾花みてーに、たまたま積みかさなってた岩を、ストーンズと勘違いしちまったって落ちでもないようだ。じゃあなんだろうな、この違和感？　すっきりしねえ。パターンとしては、あたしがストーンズを倒したという、最高の展開に落ち着いたはずなのに、どうしても出来過ぎ感が否めない。…………。そう言えば、だけど……、例の声もなかったしな？　本気パンチのインパクトが一瞬だったから、たとえあったとしても、感じなかっただけかもしれねーけど。

「潤さん！」

と、そこでまた、とろみの声が、ヘルメットに内蔵されたスピーカーから聞こえた——そう言えば、とろみのほうの首尾はどうなったんだろう？　あたしと同時に、あいつは宇宙船フラミン号のほうへと駆けていったはずだけれど、ちゃんと宇宙船の中に入れたのか？　いや、たとえ予定外に手間取っていたとしても、ストーンズをこうやってしとめちまった以上、もはや些事《さじ》っちゃあ些事なんだが……形の崩れたストーンズが、再び動き出す様子もねーし。とは言え、呼びかけられたら心配にはなる。あのドジっ子に何かあったのか？　振り向くと、宇宙船のハッチは閉じていた——つまり、とろみはもう中に入って、戸締まりもすませたってことだ。じゃあ、酸素タンクをゲットしたってえ報告かな？　声のトーンからして、てっきり悪い報告なのかと思ったけれど、『でかした！』って言わせてくれるのかな？

「た、助けてください！」

またかよ。

18

何があったか知らねーが、とにかく何かはあったらしいとろみを、宇宙船の中に助けに行くにあたり、奇妙な足跡に気付いた——いや、正確には足跡らしきもの、か？　それに、それを風景としてとらえるならば、月ではごく自然な風景でしかない——あちこちに散らばった石だ。だけど、その石の配置が、妙に作為的というか、一度そういう風に見えたらそうとしか見えないというか……とにかく、飛び石のように、ストーンズがあぐらをかいていた位置から、宇宙船フラミン号の入り口まで、点々と続いていたのだ。それを足跡らしきもの、と表現したのは、たとえばこのストーンズのいる位置から、宇宙船フラミン号の位置まで、あの石の上をけんけんぱと順番に踏んで行けば、足跡を残すことなく、つまり痕跡を残すことなく、宇宙船まで辿り着くことができるからだった——けれど、こんなのは咄嗟《とっさ》の思いつきで、ただの連想で、なんら根拠があったわけじゃねえ。ただぴんときただけで、こんな『ぴん』は、意味もなく空振りすることのほうがずっと多い。ただ、この特殊な環境下では、果たしてどうだろうな？　月面上で、岩盤生物がいるという環境下では——あたしは試しに、その飛び石の、最初のひとつを持ち上げようとしたけれど、やはりびくともしなかった。つまりただの月の石じゃあねえ、マスコン岩石だ。たとえマスコンエリアの影響下にあっても、通常の石がここまで重くはならないはず——残りの飛び石も全部確認すべきだったかもしれねーけど、とろみが助けを求めてるんだ、そんな暇はねえ。あたしはわけわかんねー気持ちになりながら（しかし、考えてみれば、月にきてからこっち、わけがわかる気持ちになったことは、ほぼないと言ってもいいんじゃねーの？）、その飛び石の上を駆けて、宇宙船フラミン号のハッチに到達した——扉を開けにかかる。『助けてください』以降、とろみの声が聞こえなくなり、こちらからの呼びかけに応えなくなったのも気がかりだ。宇宙船の中で何があった？　別個体のストーンズがいた、とか？　いや、たとえそんなものがいたとしても、ストーンズのサイズで宇宙船の中には入れないはず……それとも、ストーンズは、超小型にもなれるのか？　果たして、宇宙船の中に飛び込んだあたしが見たものは。

「じゅ、潤さん、ごめんなさい……こ、こんなはずでは」

と、宇宙服『クローゼット』を着用した何者かに、後ろから羽交《はが》い締めにされている、身ぐるみはがされた長瀞とろみだった。こんなはずでは、と言っているけれど、こいつ、そんな風に人質に取られている姿が、あつらえたようによく似合うな……当然ながら、とろみから脱がした『クローゼット』を、背後の何者かは、そのまま着用したのだろう。ご丁寧にヘルメットまで装着していたので、一瞬、とろみがとろみを人質に取ってるみたいな絵図だった。ヘルメットの表面が反射して、この距離じゃあ『中身』はぜんぜん見えないが……、えっと、『誰』だ？

「潤さん……」

弱々しい声をあげるとろみだが、とりあえず命に別状はなさそうなので無視して、あたしは現状の把握に努める。あたしがストーンズと戦っている隙に、宇宙船に乗り込んだとろみは、中に潜んでいた『何者か』に囚われ、宇宙服を脱がされ（一人で脱着できる『クローゼット』は、どうやら他人に脱がされるのも容易らしい）、そして——あたしを『呼ばされた』のちに、ヘルメットも奪われたってことか。助けを求める声が一回だけで、詳細を知らせてこなかったのは、そういうことらしい。完全に人質役をこなしてるな、とろみちゃん。いや、正直あたしも、そのほうがやりやすくって助かるよ。よく見たら、あちこちにマスコン岩石らしき石片が散っている。なんだか、状況から判断すると、まんまとハメられたって感じもする——ストーンズを囮《おとり》に、あたしをそっちに行かせといて、自分は最小限のサイズになって、さっき取り逃したとろみを、宇宙船の中で待ち構え、そして、ある種宇宙船よりもずっと最新科学の集合体である宇宙服『クローゼット』を奪い取ったって運びか。見とれちゃうくらい見事な手際——とも言える。飛び石を伝って足跡をつけず、あたしに気付かせないところなんて、とことん徹底してやがる。そうなると、あたしがぶっ砕いたストーンズは、ただのフェイクだったってことになるのか。生物じゃあなくって、マスコン岩石をそういう形に積み重ねただけの……そして、ストーンズのいわゆる『本体』ってのか『核』ってのかは、岩石の中から抜け出して、宇宙船の中に移動していた……そりゃあ、魂の入っていない人形みてーな手応えなわけだぜ。そのまんまじゃねーか。

しかし、宇宙船のみならず、宇宙服『クローゼット』の奪取が目的だったなら、既に目的を果たした今、とろみを人質に取る意味はない——宇宙人に意味を見出すのも変な話だが、少なくともこいつには『人質』って概念も、『戦略』って概念もある。知恵があり、考えがある——暴れるだけの獣じゃねえ。この上、あたしの着ている『クローゼット』も奪おうって算段か？　だけど、そもそも、生身で船外活動が可能なストーンズが、どうして宇宙服を欲しがるんだ？　宇宙船も、宇宙服も、破壊されていないところを見ると、そこに目的があるとしか考えられないんだが……、これ以上は、しかしこうして睨み合っていても、キリがねーな。根拠のない推理にはどうしたって限界があるぜ。そう思って、あたしは口に出して訊いた。あたしは人類最強の請負人、哀川潤だ。てめえは誰だよ？　あたしの友達を離せ。あと何か話せ。

「…………」

いや、まさか返事があると思ってたわけじゃねーんだよ。もろに日本語で話しかけてるし。ただ、ニュアンスで何らかの反応はあるんじゃないかと期待していて、その期待に、真っ向から応えてくれた、ストーンズだった。とろみも驚いたようで、羽交い締めにされた姿勢から、背後を振り返っていた。でも、考えてみれば前兆はあったわけだ、今まで何度も、あたしはストーンズの『声』を聞いてきたわけだから。真空空間において、それは主に地面を通した伝導だったが……宇宙船の中にはちゃんと酸素があるので、その『声』は直接、しかもはっきりと（ヘルメットを通しているので、多少くぐもってはいるものの）、聞こえはするわけだ。しかし、当然ながら、聞こえはしても、その意味はわからない――ん、いや？

「…………」

更に続けて何か言うストーンズだったが、当然、その意味もわからな――くも、なかった。……いや、文法とかだいぶ怪しいけど、今の、ロシア語じゃね？　いや、ロシア語じゃあねーが、その辺の……いやいや、宇宙人がロシア語で喋《しゃべ》るわけねーだろ。確かに宇宙飛行士の資格には、ロシア語は必須と言われているが、そりゃあ地球の話であって……、あたしはとろみを見るが、とろみの周囲には、ただただ、クエスチョンマークが乱舞するばかりだった。ひっくり返っている倒立疑問符もあるから、こいつの場合はスペイン語かもしれねー。本当いちいち、ピンチのときにアテになんない奴だな。あたしは独断で、ものは試しと、アテにならねー奴の背後にいるストーンズに、ロシア語で話しかけた。意味は、『もう一度言ってください』だ。

「……■■■■■■敵意■■、ない■■だ■■」

今度は最初からロシア語のつもりで聞いたからだろう、果たして、相手の言葉はそんな風に意味をなした。半分以上は、それでも聞き取れないが――敵意はないって言ってるのか？　この状況で？　笑っちまうような戯言だが、しかし、まさか戯言遣いってわけでもあるまい――あたしは黙って、相手の言葉の続きを待った。英検かってくらい、ヒアリングに集中する――まあ、英語じゃなくてロシア語だけど。

「■■■危害■■■■加えな■■この中の酸素■■濃■■やむを■■■■この服を借用■■」

元が片言っぽいから、穴埋め問題にもなってねーな。いや、片言にしては、その喋りはえらく流暢《りゅうちょう》だから、やっぱりロシア語そのものじゃあないんだろう。ロシア語からの派生？　でも、どれって感じでもねーよな。言い回しがやけに古めかしいし……。ともかく、言ってる言葉を解釈するなら、『危害は加えない。宇宙船の中の酸素濃度が濃過ぎるから、やむをえず「クローゼット」を借用した』ってところか？　酸素が濃過ぎるから？　……ストーンズが、生身で真空の中、活動できる強度を持っていると仮定すると、宇宙服をわざわざ着るのはおかしくも思えるけれど、しかし、あたし達が着るのとは逆に、『高濃度の酸素から身を守るため』に宇宙服を着ていると見れば、一定の合理性はあると言える……。ある程度以上の濃度の酸素が猛毒になるっていうのは、今じゃすっかり有名になった話だしな。クローゼットから酸素を排出した上で着たってことか？　じゃあ、とろみが入ってくるまで、相当のリスクを冒しながら、こいつは宇宙船の中、あたし達を待っていたってことになるが……そこまでして、あたし達との接触を持とうとしていた？　……たまたま、そう聞こえただけかもしれない。シミュラクラ現象じゃねーが、たまたま似たような並びになってる音を、こっちが勝手に好きなように聞いているだけかも——シースルーくんのときなんかは、そうだったよな？　まあ、宇宙人繋がりじゃああるけど、あいつとは並べて考えないって決めてる——あたしは、今度は相手の文法に、アドリブで合わせつつ、訊いた。てめー、目的はなんだ？　そうやって人質を取ってるつもりかもしれねーが、どっこいそこのとろみは、自分のために不当な要求がされるくらいだったら舌を噛みきって死ぬというような、頑強なメンタルの持ち主だぜ！

「違います、全然違います！　命乞いとかすごくします！　助けて潤さん、なんでもします！」

　お前あたしになんでもし過ぎだろ。でも当たり前みてーに、お前ロシア語わかんのな。文法変えてるのに。やっぱただのエリートじゃねーか、こいつめ。コンプレックスの強いエリートって、どう対処すりゃいいんだよ。

「■■■目的■■は、■■■■■帰還■■■■■■宇宙■■■■月■■■■年前■■■■追放■■■■■■■■■■」

　ああ、待て待て、まくしたてるな。長文になると、全然わかんねーや。なんだ、あたしが地球を追放されて月にやってきたことを、知ってるのか？　なんで？

「潤さん、ストーンズは、こう言っています——」

と、そこでとろみが、助けを求めていたときと同じ口調で言った——どうやらストーンズ語の読解力は、現時点じゃあたしよりもとろみのほうが上らしい。

「『私は、今から百年以上前に地球から追放された地球人だ——地球に帰りたい』と」

19

そんなわけで人類最強の月面旅行も、クライマックスを迎えつつあるわけだが——クライマックスに至ったところで、これまでで一番、わけがわからなくなっちまった。どう考えてもとろみの誤訳だと思ったが、しかし、話を聞くうちに、そして話を続けるうちに、とろみは通訳者として非常に優秀だということがはっきりする。まあ、そこのやりとりを克明《こくめい》に描写すると、問答の繰り返しになったり、行き違いや再確認を何度もかったるく続けることになってかったるいので、真相の部分は、とろみにまとめてもらうことにした。あいつも人質に取られて仕事が終わりじゃ格好つかねーだろうし、見せ場のひとつもくれてやろう。あたしの見せ場は、そういう意味じゃ、中身からっぽのストーンズをぶっ壊して、『クローゼット』を破いちまったところでおしまいだったってわけだ。不完全燃焼感半端ねーけど、ま、ここは宇宙、燃焼するのはロケットエンジンだけで十分だってか。んじゃ、あととろみ、よろしく。これまでのあらすじならぬ、宇宙人、岩盤生物ストーンズのあらすじ。

「ストーンズは、今から百年以上前の地球人です——国境も今とは全然違う頃の、ロシア圏の人間のようです。

「人間。

「そうです。私達と同じ——人間です。

「宇宙人ではありませんし、月星人でもありません——ただし、今となっては、月で生きている時間のほうがずっと長いそうですが。

「宇宙飛行士？

「いえ、違います。月に来たのは宇宙飛行士として、ですが、それが仕事だったわけではなく……、どうやら、騙されて宇宙船に乗せられたようです。

「あまりに優秀過ぎて。

「規格外に——超出していて。

「それゆえに、地球から追い出されたと。

「ええ、どこかで聞いたような話ですね——当時は、まだER3システムはありませんが、似たような組織や機関は、いくらでもあったでしょう。

「邪魔者を、目の上の瘤《こぶ》を、出る杭《くい》を——追い出そうとする者達も、いくらでもいたでしょう。

「もっとも彼の場合は、巻き添えになったのは、一人や二人ではなかったようですが……ええ、もちろん、他の人間は、すぐに死んだそうです。当時の設備ですし、当時の宇宙船で、当時の宇宙服ですし……。

「アポロ計画よりも、ずっと前のことですからね——湮滅《いんめつ》された宇宙史と言いますか、有人探査の成功例は、既に一世紀以上前に行われていたということになるんでしょうか？　いえ、乗員がほとんど死んでるから、成功例じゃなくて失敗例と言うべきかもしれません。

「しかし——ストーンズは死ななかった。

「生き延びて。

「生き続けた。……そんな人間だからこそ、逆説的に疎外され、追放されたと言うこともできますが。

「いえ、月面の環境に合わせて身体を進化させ、肉体を岩石と化したとか、そういう話ではないです——そんなSF小説みたいにドラマチックなことは、残念ながらなかったようです。もっと泥臭い、本人の言を借りるなら生き汚い手段を使って、生存し続けたそうです。

「それが地中に沈むことだった。

「鯨が海に潜るように——文字通り、地に潜りました。そしてマスコン岩石を身体にまとうことで、真空から身を守った——言うなら、私達が岩盤生物と表現したストーンズは、追放者にとっての『宇宙服』だったわけです。

「『宇宙服』。

「それもまた、私達とかぶりますが……、命がけだったでしょうし、現地調達で宇宙服を作るだなんて、とんでもない才覚です……。

「潤さんがさっき砕いた岩石人形も、ここに散っている石片も、脱ぎ捨てられたマスコン宇宙服です。

「それに、潤さんでも持ち上げられなかったマスコン岩石を掘り出して、取り出して、パワードスーツにしてしまうなんて、宇宙人よりもよっぽど怪物じみています。

「いたんですね。

「かつて、そんな人間が、地球にも——歴史は繰り返すとでも言うのでしょうか。いえ、この場合繰り返しているのは、悲劇と言うべきかもしれませんが。

「彼にとって幸いだったのは、月の地中に内包されていたマスコン岩石に、微量ながらも酸素が含有されていたこと。

「もっとも、幸いだったのは本当にそれくらいであって、食料も飲み水もない空間で、飲まず食わずで、ほとんど仮死状態のように——それからたった一人、月で。

「月の地中で——追放者は生き長らえました。

「地球に帰る日を夢見て。

「恋しい地球に、帰る日を夢見て」

20

ここまで聞き出す間に、言語は完全に統一された――話す上ではもう、不都合も、伏せ字も穴埋めもなくなった。ストーンズのパーソナリティも見えてきた……百年以上前に追放された地球人。とんでもなく記録的な長寿ってことになるけれど、そこはそれ、酸化が進みにくい月の環境下では、人間はそれくらい長生きできるのかもしれない――それとも、元々それくらい規格外のバイタリティを持っていたから、月に追放されたのかな？ 鶏《にわとり》が先か卵が先か、みたいな話だが、この場合は鶏が卵に閉じこめられたってイメージだぜ。

「ど……どうします、潤さん？」

話をまとめ終えたとろみが言う――通訳を終えた途端、再び頼りない、困り顔の人質に戻りやがった。せっかく見直してやったのに、見せ場くれてやったのに。

「地球に帰りたいって言ってますけれど……」

いや、だったら帰してやるしかねーだろ。考慮の余地ねーじゃん、お前が人質に取られてるし……もっと無茶な要求をしてくれたら、もう一戦あったかもしれねーけど、そいつの話が本当ならば、反対する理由はまったくねーしな。本当ならっつーか、今のところ、それを嘘と判断する材料はねえ。今の話を聞いた上で、『ここまでのあらすじ』を振り返ってみりゃ、かみ合うしな。宇宙船を奪おうとしたのは、地球に帰るため——まさか燃料切れとは思わないもんな。だから罠《わな》を張って、あたし達の帰りを待った——たぶん、操縦の方法が間違っているから動かないんだと考えて、人質を取ることで、あたし達に宇宙船を動かさせようとした。だから、燃料切れだから動かないんだけどな。的外れではあるが、百年分のブランクがあるんじゃー、コミュニケーションに不備があっても不思議はねえ。

「コミュニケーションに不備と言えば……、こうして私を人質に取っている理由は、潤さんがあまりに暴力的だったから、平和裏に話したかったからだそうです」

ぐうの音も出ねえ。あの高重力自体は、ストーンズと言うよりもマスコン岩石が持っている特性だったんだろうから、あたしがあのとき、地面を砕いたのが、コミュニケーション不全だったってわけだ。第一印象最悪。

「地球に帰りたい」

と、とろみの通訳を介さず、ストーンズが自分の声であたしに言った。

「地球で死にたい。協力を要請する——何でもする」

そんなストーンズに、あたしは返す言葉がない。別にぐうの音も出なくなってるから、返す言葉もないってわけじゃない——ただ、その『何でもする』って言葉の重みを、重力以上に強く感じたからだ。とろみが衝動的に、後先考えずに言ってるのとは違う、覚悟のある言葉——百年分の重みがある言葉。なぜ、そこまで言える？　お前を追放した惑星だぜ？

「故郷だから」

故郷？　故郷がそんなに大事か？　なにかと美しく語られることが多いけれど、生まれた古里なんて、ただの過去だぜ？　故郷を大事にするってのは、結局人間は生まれがすべてだって言ってるのと、実はおんなじじゃねーのか？

「帰りたい」

お前は恋しい恋しいと、一途に思い続けているのかもしれないけれど、地球に帰ったら、また同じように追放されるだけかもしれねーぜ？

「その心配は、もうない。百年にわたる月生活で、我は弱くなった。月の低重力でこそそのパフォーマンスを発揮できるが、地球に戻れば、その瞬間、自重で潰れてしまいかねないほどに——弱い」

……いや、たぶんお前が思ってるほど弱くはなってねーよ？　地球の人間のほうこそ、あんたの時代よりも弱くなってるし。

「お前のような人間が生まれているのだ、それは謙遜《けんそん》と言うものだろう」

　ごめん、あたしかなり特殊。つーかお前と一緒で追放されてる。とは、さすがにこの場では言えなかった。

「我でも、生身では砕けなかったマスコン岩石を、お前は砕いたというではないか。そんな人間の……人類の誕生を、我は待っていた」

　それに、とストーンズは続けた。

「我を知る人間が——全員死ぬのを待っていた。誰も、我を知らない地球を待っていた」

　わかんねーな。あたしは言った——冷淡に聞こえたかもしれねーし、辛辣《しんらつ》に聞こえたかもしれねーけれど。百年、たった一人で生き続けた奴に対して、あまりに礼を失していたかもしれねーけれど、まあ、そもそも無礼な奴なんだ、あたしは。相手が目上だろうと、先輩だろうと、なんだろうとな。わかんねー。なんでそうまでして地球に帰りたいってんだ？　知り合いが一人もいなくなってんだぜ——それを待ってたって、それじゃあまるっきり意味不明だぜ。いや、お前がただの凡人だってんならわかるぜ？　寂しくて、過酷な環境過ぎて、地球に帰りたいとか、そういうのだったら文句はねーよ。だけど——強過ぎて追放されたはずのお前が、弱くなってまで、そうやってみっともなく人質をとってまで……、自ら尾羽打ち枯らしてまで、地球に帰りたいって望むのは、なんでだ？　人恋しいのか、故郷が恋しいのか？　そんなこと言ったたって、お前はとっくに失恋しちゃってんだぜ？　それはただの、つきまとい行為なんじゃねーの？　百年前ならどうだったか知らねーけど、今の地球じゃあそういうのストーカーっつって、もっとも忌《い》み嫌われるアプローチなんだぜ。

「忌み嫌われてもいい。憎まれても、恨まれても。それでも——帰りたい」

しつこく繰り返すストーンズに、あたしは一体どうだったんだろう、と考えざるを得なかった。あたしは一体どうだったんだろう。騙されて追い出されて、宇宙にこうして追放されて、すぐに帰るための算段を立ててたけれど——もしもとろみが一緒じゃなかったら、地球に帰ろうなんて、思っただろうか？　ストーンズみてーに月の地中で生きながらえる自信はさすがにねーけど、それでも、あたし一人のことだったら、脅迫文を作って、あたしを放逐した連中を脅してまで、故郷に戻ろうとはしなかったように思う。それが格好いい、それが面白いって自分に酔って、月で死ぬことを選んだんじゃねーかな——爆死とか。それは逆に言うと、ストーンズほど、あたしは地球を恋しく思ってねえってことかもしれない。愛着がねーのか、愛情がねーのか。ストーンズは、地球にあわせて弱くなることで、地球に帰ろうとする——まあ、重力はともかく、地球の酸素濃度のことを思うと、月の環境に適応してしまったストーンズは、そこまで突出せずには済むかもしれない。だが、そのためにこいつは、一体どれだけのものを失ったんだ？　……とろみ。

「は、はい？」

お前、言ってたよな。あたしに、みんなに合わせて、足並みを揃えてペースを落とすようなことはしないで欲しい、周りに合わせてレベルを下げるようなことはしないで欲しいって——言われたときは何言っててんだかよくわかんなかったが、しかし、どうやら、その心配はなさそうだぜ。あたしにはそういう気持ちは、ないらしい。

「………………」

だからお前みてーなのが大切なんだろ。それがあたしが、お前に見いだす価値なのかもな。あたしはそう言って、皮肉に笑った。おい、ストーンズ。そんなわけで、人質を解放しろ——お前の要求は全部呑む。絶対服従してやるぜ、その宇宙服も、本当は門外不出だけれど、あたしの独断でプレゼントしてやる。ただし、一個だけ、こちらからも条件がある。

「なんだ。何でもする。失うものなど、何もない」

穴掘るの手伝え。得意だろ。

21

その後のあらすじも、できればとろみに任せちまいたいところだけれど、まー丸投げもほどほどにしておくか。あいつも地球に戻ってから、事後処理だったりで色々と忙しいみたいだし——なんだかんだでやっぱり優秀なんだよ、あいつ。宇宙人、つか地球人、元地球人？　なんと言ってもいいんだけれど、とにかくストーンズを仲間に引き入れたことで、地球への脅迫文の作成にかける時間は、とろみの計画より、かなり手早く済んだ。さすがベテラン。いや、こうなるともう、あたし達が送るメッセージは、単純な脅迫文とは言えなくなった——月で百年間生き続けた地球人の発見、それに、ついでとして語るにはあまりにも偉大な発見である、酸素を含有し、強力な重力を持つマスコン岩石——『宇宙対策』として考えるなら、あまりにも突出した手みやげを、あたし達は備えちまったわけだから。新型宇宙服『クローゼット』のテストも、申し分のない結果を出したわけだし……、だから送るメッセージは、かなり硬軟織り交ぜた、向こうの顔も立てつつかつ存分に恫喝《どうかつ》できる、いい落としどころの通牒《つうちょう》となった。怪力ストーンズの手を借りられるようになったから、多少長文になっても、作成に問題はなかったしな。ロシア語で書いてやったのはストーンズへのサービスだ。その後は当初の計画通りのとんとん拍子——ヨーロッパの天文マニアが月に書かれた謎の文書を発見し、世界中の話題となり、当然ＥＲ３システムの知るところとなり、彼らはその『ＳＯＳ』に応じて、救助船を打ち上げた。あたし達は、つまり哀川潤と長瀞とろみとストーンズは、その救助船に乗って、地球へと帰りました——めでたしめでたし。なーんて、実はそんな順調にはいかず、たゆまぬトラブルの末の地球帰還だったのだけれど、その辺はめんどくせーので省略。旅の帰り道を詳細に描く旅行記なんかねーだろ。どんな旅でも、帰り道ってのはブルーなもんなんだよ――地球のようにな。いや、ストーンズにとっては、そうではなかったようだが。省略して語らないと言えば、ストーンズの素性については、このまま何も語らずに済ませることにする。正確な年齢、国籍、性別、姿形も、フルフェイスの宇宙服『クローゼット』に包まれているのをいいことに、一切記さない。ER3システムの保護下に入ったストーンズは、世界最高レベルの機密に指定されたからというのが表向きの理由だが、実のところ、あたしがあいつの正体を、ほとんど理解できなかったから語りようがねーってのが、本音かもしれねー。あくまでも聴取対象としてだが、地球はストーンズを受け入れたわけで――どんな気分なんだろう？　三十八万キロに及ぶ遠距離恋愛が実ったような気持ちなのか、それとも、失った恋を、再び得るなんてことはできねーって感じただけなのか。本当、わかんねー……将来、わかることがあるのかどうかも、わかんねー。地球に戻ってきても、月面と同じくらい、あたしにはわからねーことばっかりだ。ただ、わからねーことがあるってのは、そんなに嫌な気分でもねーんだけどな？　だからあたしとしては、この結末が、ストーンズにとってのハッピーエンドであることを祈るのみだぜ。幸せなんて人それぞれで、生き方も死に方も、人それぞれ……しかし、そんなストーンズを少しだけ羨ましいと思ってしまうのは、とろみの言う通り、あたしにはあいつの生き方が、全然わかってねーからなのかもしれねーけど。生き様よりも死に様を求めていると評されたのは、存外、死についてあたしは、何にもわかってねーからなのかもしれねーのと、おんなじくらい——地球を追放されたストーンズが月で百年、長らえていたことを思うと、あたしもそう簡単には死ねねーんだろうから、いつまでも『わからねー』で棚上げにはできない問題だ。ま、なんにせよ、今回の仕事は珍しく、請負人として、満点以上の仕上がりだったってことだ。あたしが得たものとしては成功報酬の五億円だか五千円だかと、あとは持って帰ってきた、マスコン岩石である。月のみやげは、やっぱり月の石だよなあ。月で持とうとしたときは微動だにしなかったマスコン岩石。そのときより、地球の重力の影響下で、体感更に重くなってるマスコン岩石だけれど、二個もらったので、今はダンベル代わりに使っている。できなかったことができるようになるってのは、なんでも気分がいいもんだ。恋や失恋も、そういうものだったらいいのにな。熱烈に恋をした相手にならば、強烈に失恋しても、それはそんなに悪いもんじゃなかったりして。

と言ったところに、ストーンズ騒動の報告書（あるいは始末書）を書き終えたらしい長瀞とろみから、電話があった。奴はこんなことを言うんだよ。

「新型宇宙服『クローゼット』の改良版が、早くも完成しました。今回は喜連川博士が直々に総指揮を執ったそうで、完全版と言ってもいいかもしれません。つきましては、再度、潤さんにテストして欲しいそうなのですが——潤さん……、火星に行く気、あります？」

あるねえ。失うものなら、いくらでも。

初　出
本書は二〇一五年四月、
小社より講談社ノベルスとして刊行されました。

|著者|西尾維新　1981年生まれ。2002年に『クビキリサイクル』で第23回メフィスト賞を受賞し、デビュー。同作に始まる「戯言シリーズ」、初のアニメ化作品となった『化物語』に始まる〈物語〉シリーズ、「美少年シリーズ」など、著書多数。

人類最強《じんるいさいきよう》の初恋《はつこい》
西尾維新《にしおいしん》

2020年5月15日第1刷発行

発行者——渡瀬昌彦
発行所——株式会社　講談社
東京都文京区音羽2-12-21　〒112-8001
電話　出版（03）5395-3510
　　　販売（03）5395-5817
　　　業務（03）5395-3615
Printed in Japan
講談社文庫
定価はカバーに
表示してあります

デザイン—菊地信義
本文データ制作—講談社デジタル製作
印刷———凸版印刷株式会社
製本———株式会社国宝社
ISBN978-4-06-519716-5

講談社文庫刊行の辞

二十一世紀の到来を目睫に望みながら、われわれはいま、人類史上かつて例を見ない巨大な転換期をむかえようとしている。

世界も、日本も、激動の予兆に対する期待とおののきを内に蔵して、未知の時代に歩み入ろうとしている。このときにあたり、創業の人野間清治の「ナショナル・エデュケイター」への志を現代に甦らせようと意図して、われわれはここに古今の文芸作品はいうまでもなく、ひろく人文・社会・自然の諸科学から東西の名著を網羅する、新しい綜合文庫の発刊を決意した。

激動の転換期はまた断絶の時代である。われわれは戦後二十五年間の出版文化のありかたへの深い反省をこめて、この断絶の時代にあえて人間的な持続を求めようとする。いたずらに浮薄な商業主義のあだ花を追い求めることなく、長期にわたって良書に生命をあたえようとつとめるところにしか、今後の出版文化の真の繁栄はあり得ないと信じるからである。

同時にわれわれはこの綜合文庫の刊行を通じて、人文・社会・自然の諸科学が、結局人間の学にほかならないことを立証しようと願っている。かつて知識とは、「汝自身を知る」ことにつきていた。現代社会の瑣末な情報の氾濫のなかから、力強い知識の源泉を掘り起し、技術文明のただなかに、生きた人間の姿を復活させること。それこそわれわれの切なる希求である。

われわれは権威に盲従せず、俗流に媚びることなく、渾然一体となって日本の「草の根」をかたちづくる若く新しい世代の人々に、心をこめてこの新しい綜合文庫をおくり届けたい。それは知識の泉であるとともに感受性のふるさとであり、もっとも有機的に組織され、社会に開かれた万人のための大学をめざしている。大方の支援と協力を衷心より切望してやまない。

一九七一年七月

野間省一

講談社文芸文庫

加藤典洋
村上春樹の世界
解説＝マイケル・エメリック
世界的な人気作家を相手につねに全力・本気の批評の言葉で向き合ってきた著者が作品世界の深淵に迫るべく紡いできた評論を精選。遺稿「第二部の深淵」を収録。
かＰ６
978-4-06-519656-4

加藤典洋
テクストから遠く離れて
解説＝高橋源一郎　年譜＝著者、編集部
ポストモダン批評を再検証し、大江健三郎、高橋源一郎、村上春樹ら同時代小説の読解を通して来るべき批評の方法論を開示する。急逝した著者の文芸批評の主著。
かＰ５
978-4-06-519279-5

新時代エンタテインメント
ぼく以外、
NISIOISIN 西尾維新
マン仮説
定価：本体1500円（税別）単行本　講談社

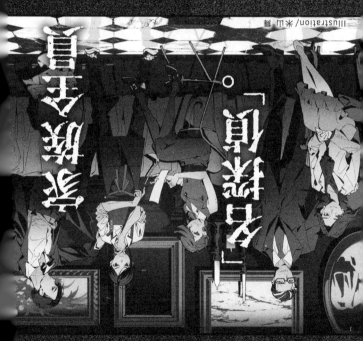

講談社文庫　目録

新田次郎 新装版 鷲ヶ峰物語
日本文芸家協会編 愛 染 夢 灯 籠〈時代小説傑作選〉
日本推理作家協会編 犯人たちの部屋〈ミステリー傑作選〉
日本推理作家協会編 隠された鍵〈ミステリー傑作選〉
日本推理作家協会編 Play《プレイ》推理遊戯〈ミステリー傑作選〉
日本推理作家協会編 Doubt《ダウト》きりのない疑惑〈ミステリー傑作選〉
日本推理作家協会編 Bluff《ブラフ》騙し合いの夜〈ミステリー傑作選〉
日本推理作家協会編 Symphony《シンフォニー》漆黒の交響曲〈ミステリー傑作選〉
日本推理作家協会編 Esprit《エスプリ》機知と企みの競演〈ミステリー傑作選〉
日本推理作家協会編 Life《ライフ》人生、すなわち謎〈ミステリー傑作選〉
日本推理作家協会編 Love《ラブ》恋、すなわち罠〈ミステリー傑作選〉
日本推理作家協会編 Propose《プロポーズ》告白は突然に〈ミステリー傑作選〉
日本推理作家協会編 Acrobatic《アクロバティック》物語の曲芸師たち〈ミステリー傑作選〉
日本推理作家協会編 謎 0 1 0〈スペシャル・ブレンド・ミステリー〉
日本推理作家協会編 ベスト8ミステリーズ2015
二階堂黎人 ラ ン 迷 宮〈二階堂蘭子探偵集〉
二階堂黎人 増加博士の事件簿
新美敬子 猫のハローワーク
西澤保彦 新装版 七回死んだ男
西澤保彦 人格転移の殺人
西澤保彦 麦酒《ばくしゅ》の家の冒険
西澤保彦 新装版 瞬間移動死体
西村健 ビ ン ゴ
西村健 地の底のヤマ(上)(下)
西村健 光陰の刃《やいば》(上)(下)
楡周平 青狼記(上)(下)
楡周平 陪審法廷
楡周平 宿 命(上)(下)〈ワンス・アポン・ア・タイム・イン・東京〉
楡周平 血 戦〈ワンス・アポン・ア・タイム・イン・東京2〉
楡周平 修羅の宴(上)(下)
楡周平 レイク・クローバー(上)(下)
西尾維新 クビキリサイクル〈青色サヴァンと戯言遣い〉
西尾維新 クビシメロマンチスト〈人間失格・零崎人識〉
西尾維新 クビツリハイスクール〈戯言遣いの弟子〉
西尾維新 サイコロジカル (上)〈兎吊木垓輔の戯言殺し〉(下)〈曳かれ者の小唄〉
西尾維新 ヒトクイマジカル〈殺戮奇術の匂宮兄妹〉
西尾維新 ネコソギラジカル(上)〈十三階段〉
西尾維新 ネコソギラジカル(中)〈赤き征裁vs.橙なる種〉
西尾維新 ネコソギラジカル(下)〈青色サヴァンと戯言遣い〉
西尾維新 ダブルダウン勘繰郎《かんぐろう》 トリプルプレイ助悪郎《スケアクロウ》
西尾維新 零崎双識の人間試験
西尾維新 零崎軋識《ぜろざきしきしき》の人間ノック
西尾維新 零崎曲識の人間人間
西尾維新 零崎人識の人間関係 匂宮出夢との関係
西尾維新 零崎人識の人間関係 無桐伊織との関係
西尾維新 零崎人識の人間関係 零崎双識との関係
西尾維新 零崎人識の人間関係 戯言遣いとの関係
西尾維新 xxxHOLiC アナザーホリック ランドルト環《かん》エアロゾル
西尾維新 難 民 探 偵
西尾維新 少 女 不 十 分
西尾維新 本 題〈西尾維新対談集〉
西尾維新 掟上今日子《おきてがみきょうこ》の備忘録
西尾維新 掟上今日子の推薦文
西尾維新 掟上今日子の挑戦状
西尾維新 掟上今日子の遺言書
西村賢太 どうで死ぬ身の一踊り
西村賢太 夢 魔 去 り ぬ

2020年3月15日現在